浙江省哲学社会科学一般项目资助出版（15CBZZ04）

当代浙江学术文库
DANGDAI ZHEJIANG XUESHU WENKU

浙南村落叙事传统中的共同体观念

屈啸宇 著

中国社会科学出版社

图书在版编目（CIP）数据

浙南村落叙事传统中的共同体观念／屈啸宇著 . —北京：中国社会科学出版社，2022.4

（当代浙江学术文库）

ISBN 978-7-5227-0341-1

Ⅰ.①浙⋯ Ⅱ.①屈⋯ Ⅲ.①民间文学—文学研究—浙江 Ⅳ.①I207.7

中国版本图书馆 CIP 数据核字（2022）第 097309 号

出 版 人	赵剑英
责任编辑	田　文
特约编辑	刘殿利
责任校对	姜晓如
责任印制	王　超

出　　版	中国社会科学出版社
社　　址	北京鼓楼西大街甲 158 号
邮　　编	100720
网　　址	http://www.csspw.cn
发 行 部	010-84083685
门 市 部	010-84029450
经　　销	新华书店及其他书店
印　　刷	北京君升印刷有限公司
装　　订	廊坊市广阳区广增装订厂
版　　次	2022 年 4 月第 1 版
印　　次	2022 年 4 月第 1 次印刷
开　　本	710×1000　1/16
印　　张	12.75
插　　页	2
字　　数	219 千字
定　　价	69.00 元

凡购买中国社会科学出版社图书，如有质量问题请与本社营销中心联系调换
电话：010-84083683
版权所有　侵权必究

目 录

前 言 ………………………………………………………… (1)
  第一节 研究缘起、对象与目的 ………………………… (1)
  第二节 研究综述 ………………………………………… (7)
  第三节 研究框架与基本内容 …………………………… (20)

第一章 村落传说的主题结构模式
       ——以《周六争山》等典型村庙传说为例 ………… (22)
  第一节 《周六争山》异文的主题结构 ………………… (22)
  第二节 村落传说的"提问—解释"链 ………………… (31)
  第三节 《周六争山》中的叙事单元主题 ……………… (35)
  小 结 …………………………………………………… (48)

第二章 村落传说诸类型的主题结构 ……………………… (51)
  第一节 "对抗"型传说中的"残缺—对抗—重建"
       主题结构 ………………………………………… (51)
  第二节 "移动"型传说与"讹读"型传说中的空间
       "转换—重建"主题结构 ……………………… (71)
  第三节 "交往"型传说中的"村—庙交换"主题结构 … (84)
  小 结 …………………………………………………… (89)

第三章 村落传说叙事主题中的共同体观念 …………… (91)
  第一节 村落共同体观念的非日常性 …………………… (91)
  第二节 村落共同体观念的动态性与地域性 …………… (94)
  第三节 村落共同体观念的内向性 ……………………… (100)
  小 结 …………………………………………………… (104)

第四章　共同体观念影响下的村落历史叙事 （107）
第一节　村落历史记忆的共同体图式
　　　　——以三官堂社区为例 （107）
第二节　堂庙重建与"土著"身份：
　　　　族谱中的村落共同体叙事 （113）
第三节　公产与柱：族谱叙事中的共同体观念 （124）
第四节　"柱"观念之下的村落共同体历史叙事逻辑 （129）
小　结 （134）

第五章　共同体观念影响下的村落公共仪式叙事
　　　　——以"通香"科仪为例 （139）
第一节　保和宫的神诞"通香"仪式 （139）
第二节　道士与先生："通香"科仪传统中的"宏观/本地"
　　　　对话 （147）
小　结 （168）

结　语 （171）

附录　社区保护神庙的庙界科仪与乡村重建
　　　　——以台州中部村落的保界信仰为例 （175）

参考文献 （193）

前　言

第一节　研究缘起、对象与目的

一　研究缘起

中国的民间文化在很大程度上是村落的文化，因此对于研究者而言，能否准确确定"村"在自身研究中的地位往往是研究得以成立的关键因素。村落是一种有界的聚落居住模式，这既体现在村落人群的身份有限性上，也体现在村落作为一个地理聚落本身的有界性上，而它们的交点是村落居民的定居身份与村落作为一个文化空间整体之间所形成的认同关系，即村落的"共同体"（community）关系。这构成了文化意义上村落作为"一地"的基本价值。因此，说明"村"在民间文化研究中的意义，首先在于理解共同体观念及其实践与各类民间文化现象的内在关系，这是本书的理论出发点。

"共同体"是一个描述人群主体性特质的概念。从滕尼斯（Ferdinand Tönnies）提出"地缘共同体"（community of place）这一术语以来，[1] 乡村聚落就成为对应于这一概念的当然对象。但是，滕尼斯提出的这一范畴是以欧洲特定的封建村落传统为背景的，为其共同体理论中的亲缘—地缘—精神的三段式结构服务。因此，这一理想型投射于不同文化语境下的具体村落传统时就需要一系列的辩证过程。尤其对于中国村落而言，文化系统往往是多个共同体传统交叉影响的结果，定居者对于它们有着全然不同的认同方式，村落作为定居聚落的意义在这些传统中生成的文化实践也各不相同。因此，尽管滕尼斯在"微观"层面确定了乡村社会研究的基

---

[1]　［德］费迪南·滕尼斯：《共同体与社会——纯粹社会学的基本概念》，商务印书馆1999年版，第91页。

本对象，但当研究者面对实际的村落研究对象，尤其是特定文化情境下的村落时，我们依然需要重新认识中国传统村落基于地缘的共同体形态。不同学科对于这一问题的讨论构成了本书讨论内容的基本学术背景，而在其中，"村落共同体"论战尤其能够体现本书的问题路径。

20世纪30年代，清水盛光首先将中国村落制度基于地缘的自律性自治引入了对于中国基层社会的讨论。① 1943年，平野义太郎从满铁《中国北部惯行调查资料》的实地田野材料出发，真正开始论证中国传统村落作为一个基本单位所具有的"共同体"属性。② 平野义太郎所认为的村落共同体首先是基于自然聚落的地缘共同体，他选择华北村落中的地缘"庙会"活动为中心，说明村落在文化上所具有的地缘凝聚力和独立性。但正如同样以《惯行调查》立论的戒能通孝所见，中国传统村落的共同体性质并不明确，村落庙宇更是不能支持一个有着明确地缘边界的村落共同体存在。③ 在戒能通孝看来，平野义太郎以村庙组织为中心建构的村落"共同体"模型之所以并不成立，正是因为比较于日本封建制度之下的"村"，中国村落经济意义上的土地占有关系，还是定居人群本身的地域身份都不与村庙直接相关。因此，单纯从村庙活动中所体现出的地缘关系并不能从现实的村落制度中找到直接对应。戒能通孝的支持者福武直则认为，相比于宗祠和历史上的佛社，村落庙会组织是一个信仰内涵过于多元化，也过于缺乏制度统一性的文化对象，因此，假如直接从村庙本身出发，并不能直接论证一个以地缘为中心的村落共同体的存在。④ "村庙共同体"的不确定性比较于华南学者以为基础的"宗族社区"是最为明显的。同样以小区域中的少数村落作为田野实例，但"宗族"社区以宗族世系和礼法传统为基础，恰恰结合了主观文化认同与客观的社区制度，由此构建了一个对研究者而言可以稳定观察、有着明确界别机制的社区对象。因此，尽管"宗族社区"和日本学者所提出的"村落共同体"在理论上都可以追溯至滕尼斯的"共同体"理论，但前者相比于后者却更少争议。

---

① ［日］清水盛光：《中國の郷村統治と村落》，东京：日本評論社1949年版。
② ［日］平野义太郎：《北支村落の基礎要素としての宗族及び村廟》，《會、會首，村長：支那慣行調査報告書》第1—2號，《中國農村慣行調査》，中國農村調査發行会编，东京：岩波書店1981年版，第289页；《大アジア主義の歴史的基礎》，东京：河出書房1943年版。
③ ［日］戒能通孝：《法律社会学の諸問題》，东京：日本評論社1945年版。
④ ［日］福武直：《中國農村社会の構造》，东京：有斐閣1976年版。

由此可见，中国传统村落的地缘共同体需要寻找不同于直接制度研究的方式才能加以讨论，尤其从平野义太郎作为地缘村落核心元素的村庙入手而言更是如此。综合平野—戒能争论可见，村庙本身并不直接说明村庙对于村落的制度规约，但却是村落的共同体属性得以表达的一个关键平台。早在中国社会研究进入现代学术视野之初，韦伯（Max Weber）就说明了村庙对于村落自我社区认知和表达的关键意义。如其所见："村庙是主要代理人，因为中国的法律及农民的思考方式里没有任何'社团法人'（Korporations）的概念……庙宇的'宗教的'意义仅止于一些仪式的进行，以及个人偶尔的期待，除此之外，庙宇的意义在于其世俗的社会和法律功能。"[①] 抛开韦伯以西方宗教社会学角度对于村落庙宇信仰功能的忽视，这一论断确实指出了对于村落定居者，村落庙宇是拿"村"说事时的重要话语与实践要素。因此，从围绕村庙所形成的民间文本入手，我们首先可以获知传统村落是如何通过村庙这一民间信仰的元素以"共同体"的面貌进行文化表述的，而由其中共约的表述模式出发，我们能够知道中国的传统村如何形成以"地"为中心的共同体认知，就本书所讨论的对象而言，这可以归纳为村落的共同体观念。这一思路可以将平野—戒能围绕"村"的客观形态展开的争论转换为对于村落定居者主体认知的考察。就民间文化本身而言，定居者主体上如何将个体的定居者身份认同转化为对于"村落"的想象，决定了他以何种方式作为一个共同体的成员参与到"村"的共同文化实践中去，也决定了他所认同并参与塑造的村落传统所具有的形态。因此，村落不仅仅是地理上的定居聚合体，定居本身成为"村"具有具体文化内涵的前提，同时也是乡村社会具有特定文化形态的前提。这一转化所体现的意识形态内容可以归纳为村落的共同体观念，它构成了从整体上分析传统民间文化事象的出发点。

假如以村落文化事象对于共同体观念的表述为对象，民间叙事就成为最好的研究载体。民间叙事传统一直是学术界从当地人视角切入民间文化研究的主要路径。如董乃斌与程蔷所言，民间叙事的定义是相对于非民间叙事（如文人叙事、官方叙事）而言的，是从"民间"这一叙事主体的

---

① ［德］马克斯·韦伯：《中国的宗教·宗教与世界》，康乐、简惠美译，广西师范大学出版社2004年版，第147页。

角度，对于传统生活中一系列艺术叙事行为进行的归纳。① 以本书所重点讨论的民间信仰叙事为例，学术界今天的共识是将精英和平民在民间信仰场景中的活动纳入同一套符号系统，两者之间存在的共性远大于主体身份所形成的差异。② 因此，对不同体裁、不同言说者的民间叙事文本进行比较分析能够拟构一个整体上的村落共同体表述。

在这一角度上，与村庙相关的叙事传统的叙事文本提供了一个直接认识村落主体如何表达"共同体"的入手点。首先，村庙尽管与定居身份有着直接联系，但首先是村落中具有集体性、公共性的文化场所，并不是定居家庭的延伸。其次，村庙作为一个信仰空间，本身就由于参与活动的精神属性而成为参与者自我表述的文化空间。因此，对于村落的有界特性而言，民间叙事文本中围绕村庙的"人—地"关系所形成的内容则是体现村落共同体观念的直接载体。

因此，本书选择以"村庙"叙事作为核心研究对象。围绕民间叙事文本针对村庙所形成的种种特定形态，我们可以分析村落作为一个文化整体是如何以民间叙事话语对于自身的表述方式，并由此归纳支配这一表述的共通观念。由这一点入手，本书能够从具体的村庙叙事文本主题出发，拟构一个地区普遍的村落共同体观念形态，并通过具体的田野事实说明这一观念在实际社区民俗实践中的具体形态，由此从区域案例角度，对村落的共同体问题从主位角度加以说明。

二 研究对象与目的

如平野一戒能争论可知，村庙尽管是中国传统乡村聚落最基本的构成元素，但它本身却是极端多元化的。因此，从特定村庙传统中的叙事文本出发，以区域视角形成的讨论比之从文类出发进行的宏观研究更具有效性。

本书选择浙江省南部地区，以温州、台州两市的村落庙宇叙事传统为中心展开讨论。从2008年到2012年，笔者在台州市临海市（县）近郊（Ethnologue：吴语区南台片，ISO639-1代码［WUU］③）东北部平原的大

---

① 董乃斌、程蔷：《民间叙事论纲》（上），《湛江海洋大学学报》2003年第2期。
② 相关综述参见：Stephen F. Teiser, "Popular Religion", *Journal of Asina*, 1995, 2 - 54。
③ Gordon RG Jr (2010) Ethnologue：Languages of the World, Fifteen edition. Dallas：SIL International. Web version：http://www.ethnologue.com/.

田镇街与滨海地区陆续进行了一系列以村落保护神庙与社区民俗传统为主题的田野考察工作。在这一地区，无论地处丘陵还是平原地带，村落社区都与一座或数座特定的庙宇形成对应的护佑关系，而后者则在传统上形成被本地人称为保界的护佑区域，只有在这一区域内的定居者才具有在这一庙宇举办重要庆典，并参与核心仪式的权利，并对这座庙宇负有修建、供奉和保护的义务。这一区域的具体规模大至数个行政村，小至几户人家，但围绕村庙的公共信仰活动，参与的定居者却形成了明确的"庙界"认知。这一村庙直接对应的传统本地称之为"保界"，是浙南地区最常见的民间村落社区形式。在这一地区，民间在民俗上对于村落的认知往往等同于保界而非各种行政区划意义上的地域单位。比如笔者重点考察的台州市临海县，现存至少912个可以确认的保界。尽管经历了从民国初至今基层乡村区划的多次变迁，但它们的地名俗称、庙名和大致地理范围依然能够与清中期至民国初年的民俗地理文献记载大致对应。由此可见，尽管经历了19世纪末以来乡村行政区划的反复重组，但保界传统一直是民间生活中最稳定的社区认同方式。

具体而言，每个保界对应的村庙一般被称为"保界庙"[1]，整个保界也因此在法事中拥有一个等同于该庙宇俗称的称呼，比如洪佑宫保界、青钱宫保界等。但保界庙在民俗生活中的称呼往往不是该庙的额名。对于大多数保界居民而言，他们所熟知并使用于日常称呼与村庙仪式的庙名往往是以"地名＋庙/殿/宫"的方式构成的。比如临海县大田镇下街村的保界庙，其额名为"保和宫"，但更常用的名称是以所在村旧名"下埔陶"命名的"下埔陶殿"。与字面意义不同，保界与保甲制度并无直接关系，[2] 根据

---

[1] 保界庙的正式科仪称呼为"当境庙"，保界成员自称为"本保殿"，"保界庙"为统称。

[2] 保界并非保甲制度之下的基层区划，依据如下。首先，相比保甲中的"保"有一定的人口和地域限定，清代实行"户—牌—甲—保"的四级管理制度，尽管存在户数上的通融，但依然是一个标准化，而且范围较大的区划单位，但不同的保界在规模上差异巨大，以笔者所见而论，保界大可至数千人口，涵盖数个自然聚落，甚至包含镇街；小仅有数户人家，而且能够互相合并，分裂、改变保界范围，如何认定保界范围以笔者研究而言，基本只能依靠本村人的主观认定和实际神事参与情况。其次，保甲制度城乡一体，在府县城乡有对应的坊铺制度，但以现在的文献材料与田野考察所见，椒江流域的府县城均未发现有类似保界的区划制度。最后，本地文献中对"保"与保界有不同认知，光绪二十二年（1896）修成的《台临小芝何氏宗谱》（公产·井头东岳庙）："洪佑宫，俗称井头殿，在井头村后，本保当境殿……保为昔日地方旧制所称，非今之乡甲"，可见在本地观念中，保界和"保甲"尽管名称类似，实际是两种在本地乡村生活中并行的空间区划方式。

本地发现的民间科仪文书，这一观念可能来源于正一道的"当境"范畴，①即"神祇保佑的本地界限"。保界庙的神事参与权限定在特定的一个或多个聚落的居民之内，这也是确定保界范围的常见方式，但保界观念并不对应于一类特定信仰对象。首先，保界之内除了祠堂之外，各类其他堂庙在参与权的限定方式上与保界庙基本相同，都以本聚落的定居身份为基础。其次，保界庙与保界内的其他堂庙并不存在隶属关系，保界之间也不存在类似滨岛敦俊在长三角村镇庙考察中所见的"上位 \ 下位"等级关系，虽然存在少量的"分香"联系，但整体上并不存在具有广泛民俗意义的庙宇谱系网络。再次，保界庙的主奉神祇在法事中被称为"境主"，俗称"本保爷"或"当境老爷"，而事实上，神祇本身与这一神格没有直接关系。除了神格明确的佛道主神比如释迦牟尼、三清四御等之外，不同的神祇都可以作为"境主"。以所供神祇论，这一类村庙包含数百种民间地神。以台州地区为例，其中数量最多者为台州本地成神的白鹤大帝②，其次为平水尊王和山岗（三光）尊王③。但是依然存在相当比例的保界庙仅供奉名为"当境土地"或者"当境真司尊神"的主神，聚落居民直接称呼为"当境老爷"，对其并无相应传说或其他内容说明来历。最后，许多保界庙在未更换庙名和庙址的情况下，却经历了一次甚至多次主奉神祇的更换，而同一保界内，保界庙从一座庙宇更换至另一庙宇的现象也并不罕见。更有甚者，包括佛教庵堂在内，各类在宗教属性上不同的村落堂庙通过以从祀神供奉"当境老爷"，或者将主奉神祇在特定场合下解释为"本

---

① "当境"一词在本地文献中首见于《当境徐府君庙记》（至正二十三年汪继道撰《台州金石录》说明为康谷（现属东塍镇）上宫庙碑碑文），见（清）阮元《两浙金石志》卷十八，浙江古籍出版社2012年版，第477页；另见陶宗仪："虞邵庵先生布衣时落拓……置箕笔画符作法，有顷箕动笔运而附降云，某非仙，乃当境神也……神附云其欲乞虞公撰一保文，申达上帝，用求迁升耳。"见（元）陶宗仪《南村辍耕录》卷二十八，中华书局2004年版，第117页。

② 白鹤大帝即赵炳，汉代方士，宋代时敕封为神神，在元明两代均受封，是本地的代表性祠神。在2008年临海市宗教部门统计的908座民间神庙中（不包括祠堂、专业宗教人士主持的场所和受保护的文物单位），供奉白鹤大帝的庙宇有159座，占到17.6%。

③ 平水尊王即周凯，西晋时横阳人，明初被封为"横山周公之神"；三光尊王，或名山岗尊王，背景不明，前名可能是明代教门三光佛的地方神祇化，后者在民间碑记中有汉代郭大度死后成神的记载，但暂未获得此人的相关材料。平水尊王庙在临海市统计的神庙中占5%左右，已知有50座以上，但在分布位置上与一般认为的水神神职无关；山岗尊王大多数分布于山岭，有山神的属性，庙宇一般较小，但如大田黄土岭庙则是周边较大的庙宇，因此数量较难统计，在笔者直接考察的206座庙宇中，有20座该神庙宇。

保"神祇，都可以被村落作为"保界庙"。因此，正如保界堂庙神事中所常见的说法，在实际的本地民间生活中，保界的信仰内涵仅限于聚落与堂庙之间所建立的"境界平安"关系本身。

综上所述，尽管保界所涵盖的具体民俗事象极度复杂，但就这一村落传统本身而言，它却呈现出了最为简单直接的村庙关系模式，而且其中千变万化的神祇本身并不影响这一传统本身在整个浙南地区所具有的一致性。因此，保界传统的存在为本书所讨论的问题提供了从各个侧面加以考察的可能。本书选择以村庙传说、村落的历史叙事以及保界庆典中的仪式叙事文本这三个对象作为切入点。其中，村庙传说来自民间文学的"传说"概念之下，直接收集的民间口述文本；村落历史叙事由特定村落的口述史材料入手，以族谱文献材料为中心的历史叙事文本；"庙界"仪式叙事文本方面，本书将集中讨论椒江中下游地区所发现的一类专门描述本地村庙分布的特殊科仪传统的仪式叙事文本——"通香观"。在这三类文本中，村庙传说的口头性决定了它能够体现村落社区成员在日常空间最直接的认识状态。尽管经过研究者的收集整理，本书所使用的文本未必保持社区成员以日常口语所形成的原始状态，但相比于其他两类村庙文本，它的共同体属性显然最突出，能够直接从文本出发构建社区村庙表述的内在观念，为从其他不同体裁的村庙叙事文本讨论其社区影响和仪式实践提供基础。因此本书将以口头叙事中的村庙传说为起点，通过三类文本在不同层面的共通关系，说明村庙叙事传统所表述的共同体观念具有的具体形态、社区影响以及信仰实践功能。

第二节　研究综述

本书虽然以民间叙事文本作为直接讨论对象，但却涉及民间信仰、村落社会等一系列研究领域，难以全面叙述相关领域所涉及的前人工作。因此，本节仅对本书所直接面对的学术前史加以综述，并由此说明本书的研究路径与基本方法。

首先，本书的研究目的是以浙南地区的区域案例说明民间叙事传统中围绕村庙所体现的共同体观念，因此，本书首先需要厘清共同体这一概念的具体内涵以及相应的研究方式。在过往的研究中，对于村落文化的讨论往往采用"地方"这一属性定位，形成"地方性文化"或"地方传统"

这类术语，无须讳言，"地方"叙事传统很容易被等同于"地方的叙事传统"，也即将叙事传统中对于研究者而言独特的区域风貌作为客观表征而建立相应讨论。在这一问题上，格尔兹（Clifford Geertz）所提出的"地方性知识"[①]（Local knowledge）是认识异文化时的一种有效分析框架。在这一理论框架下，研究者所面对的"地方性知识"并不意味着为某个观察到的区域文化事象贴一个"地方性"的标签，或者直接与不同文化尺度和层次上的文化事象，比如区域性的社会、宗教、经济或者其他背景建立比较关系，寻找文化事象的"本地生成史"。相反，共同体现场中的文化事象首先是当地人在自身的文化语境中对自身境遇形成的主动文化表达，表达者所处的具体语境与表达的具体关联始终是以本地文化主体的主位认知为基础展开的。在这一意义上，本书选择从村落主体的主位视角出发，并从叙事文本入手，分析本地人在主观文化表述时所形成的一系列文本形态特征，以此拟构本地人从主位角度形成的观念认同。在这一框架下，"地方性"首先是共同体性的体现。因此，本书采用共同体而非"地方"作为讨论的基本方向，用意在于将村落文化中不同层面的叙事文本转换到村落定居者的主体视角重新加以整合，并由此求取它们在村落这一共同背景下所具有的整体关系。

在这一方面，本土学者提出的民间文化研究范式对本书的研究起到了直接的启示作用。"标志性文化统领式"是由刘铁梁提出，并实际应用于民俗志工作的指导理论。这一理论的基本用意在于从本地视角出发，将碎片化的地方民俗事象从原生的"生活层面的文化"角度，作为地域文化共同体的组成部分加以整合，并以其中在原生文化体系中具有核心作用的文化事象入手，建立"统领式"性的整体框架。具体而言，刘铁梁所定义的"标志性文化"包含三个条件：其一，反映"地方"的特殊历史进程；其二，反映"地方"的民众集体性格；其三，内涵丰富，需要联系当地其他诸多文化现象加以理解，具有整体性。因此，"标志性文化"是某一文化共同体中表达出共性特征，反映其中关系、秩序、逻辑的具体现

[①] ［美］克利福德·格尔兹：《地方性知识》，王海龙、张家宣译，中央编译出版社2000年版。

象、事物和符号。① 尽管如西村真志叶所批评的，这一民间文化研究的方法论范式依然建立在对于原生民俗生态的主观切分之上，② 但刘铁梁的"标志性文化统领式"却为直接面对田野工作中真实的共同体文化提供了确实的入手点。

在村落民间信仰层面，刘铁梁提出的"象征的村落个性"范畴能够进一步说明上述"标志性文化统领式"方法的本体论内涵。如其所论，村落是一个不同层次民间文化事象的集合体，通过两类集体仪式活动即庙会和祭祖，村民形成了对于所处社会空间的想象，庙会较之祭祖与各种现实社区关系有着更为宽泛的同构或对应关系，同时又在实践意义上加强着这些关系。因此，以庙会为中心的民俗活动集中了村落日常民俗实践的具体内容，并且始终与村落作为一个整体的兴衰相联系，成为村落自我认同时的总体象征。这对于研究者而言则形成了一个能够对于村落作为文化整体加以研究的对象，也即"村落的信仰个性"。③联系这两个范畴可知，刘铁梁并没有将共同体文化简单诉诸地域所形成的空间标签，而是从文化的内在结构出发，将地域中的人群作为研究者所面对的直接对象，将公共民俗活动作为直接表达共同体认知的媒介，提纲挈领地从一个文化"话头"开始建立对于区域文化共同体的整体理解。因此，"标志性文化统领式"与"村落象征个性"一表一里，为本书对于共同体观念的探讨提供解决其中关键问题的可靠路径。如上所见，中国的传统村落之所以无法直接作为一个地缘"共同体"加以讨论，村落本身在文化事象上的多元性是一个重要原因。和"宗族社区"框架下讨论的文化事象不同，村庙尽管是众多村落文化事象的共存空间，但定居者在其中具体进行的文化实践却并不存在像宗祠活动那样的一致目的，而更多体现出与村落日常本身一样的碎片化特征。因此，如何从理论上对这些不同层面、不同表述目的的民间叙事文本加以整合，求取其中的共约因素，并由此说明村落共同的共同体观念，刘铁梁的理论显然在中国本土的村落文化事实面前提出了一个可

---

① 刘铁梁：《"标志性文化统领式"民俗志的理论与实践》，《北京师范大学学报》（社会科学版）2005年第6期。

② ［日］西村真志叶：《学科范式转变中的"民俗志"——以〈中国民俗文化志〉的"标志性文化统领式"民俗志为例》，《西北民族研究》2008年第4期。

③ 刘铁梁：《村落庙会的传统及其调整——范庄龙牌会与其他几个村落庙会的比较》，见郭于华《仪式与社会变迁》，社会科学文献出版社2000年版，第266—289页。

行的方案，这构成了本书对不同层面、不同体裁的村庙叙事文本加以整合的理论基础。

在具体的研究对象上，村庙叙事文本是围绕民间信仰活动形成的，因此，如何从"保界"传统中形成的民间信仰表述说明村落整体性的共同体观念，是本书面对的第二个问题。这一问题在民间信仰研究领域丰富的研究实践中已经有了深厚的积淀。以近年来影响本土村落民间信仰的研究而言，劳格文（John Lagerwey）通过对客家村落的研究提出了以"烧香"点作为考察村落信仰空间的入手点，选择通过对村落空间中的核心信仰地点加以研究，来分析整个村落的社区文化空间。① 濑川昌久从族谱着手，将村落族谱中的"阴宅"归纳为宗族成员从共同体视野对于村居空间的文化操作。② 王振忠从徽州民间文书出发，提出了村落信仰中的"四隅"观念，说明了民间信仰观念为村落社区提供的空间图式。③ 这些研究都在不同程度上从民间信仰入手，将其作为讨论村落空间的基础。上述三位学者的研究正好体现出村庙本身在不同层次的民间叙事文本中所体现出的多声部特征。

尽管如此，村庙的多元性决定了从这一角度说明共同体观念问题，研究者首先需要对其民间信仰属性进行准确的定位。尽管民间信仰已经成为当今民间文化研究的重中之重，但是如何定义这一研究范畴却长期处于争论之中，本书无意赘述。④ 而研究者之所以无法在概念上取得统一，根本原因在于无法确定民间信仰在民间传统文化系统中的地位。

这一不确定性来自两个方面。其一，民间信仰相对于传统上的几大主流宗教而言，是否是一种具有文化独立性和排他性的共同体传统，这构成了民间信仰叙事共同体性的第一个问题。以杨庆堃的"弥散宗教"（diffused religion）概念为起点，⑤ 民间信仰作为与制度宗教相对的信仰领域

---

① ［法］劳格文：《人类学视野下的客家与客家研究》，黄萍瑛、钟晋兰整理，《客家研究辑刊》2009 年第 2 期。
② ［日］濑川昌久：《族谱——华南汉族的宗族·风水·移居》，钱杭译，上海书店出版社 1999 年版。
③ 王振忠：《明清以来徽州村落社会史研究》，上海人民出版社 2011 年版。
④ 相关综述参见陈勤建、衣晓龙《当代民间信仰研究的现状和走向思考》，《西北民族研究》2009 年第 2 期。
⑤ ［美］杨庆堃：《中国社会中的宗教：宗教的现代功能与其历史因素的研究》，范丽珠译，上海人民出版社 2007 年版。

成为一种主要的学术前见。这一点可以从李亦园的观点中得见，如其所言："所谓普化宗教又称为扩散的宗教，亦即其信仰、仪式及宗教活动都与日常生活密切混合，而扩散为日常生活的一部分，所以其教义也常与日常生活相结合，也就缺少有系统化的经典，更没有具体组织的教会系统。"① 尽管其观点并没有直接说明制度宗教的来源，但是民间信仰实际上已经预设为制度宗教"日常"化的一面，因此，前者并不构成一种独立而明确的信仰表述，仅仅是不同宗教传统在民间日常语境下的一种具体呈现方式。在这一基础上，民间宗教（populer religion）与民间信仰这两个概念也就成为无法完全区分的内容，研究者只能以前者的教义系统化和教会化来界别于包括本书所讨论的村庙信仰在内的一般民间信仰，而后者的主体性在这一表述之下，实际上受到了消解。

其二，民间信仰的主体是地方社区，而后者从宏观视角上则是"国家"的对立面，尤其对于与村落直接对应的村庙信仰而言，它的文化主体性就需要首先面对传统中国文化中"国家"在实际文化权力结构中的主导地位。因此在前人的工作中，"国家—地方"图式构成了讨论地方文化事象的重要学术前见，这一理路正如郑振满、陈春声所强调的："在讨论任何具体问题的时候，都不能忘记在他们的研究对象背后存在着一个无时不在、无处不在的国家。"② 因此，包括民间信仰在内的共同体文化事象被认为本质上是整体国家文化的民间投射。从这一角度入手，韩森（James L. Watson）从天后信仰的"地方—国家"变迁开始，在这一问题上的一系列讨论成为这一二元图式的重要研究实践。③ 如其书中所论，民间信仰本身是作为经文宗教（textual religion，等同于几大传统主流宗教）的对立面存在的，但它本身不仅是标准化的，而且是"集中组织的"。④因此，无论是主流宗教还是国家制度，这两种不确定性都将民间信仰作为某一宏观文化传统的对立面以及被动的受塑造对象加以讨论，它本身并不构成文化对话中具有独立"个性"的主动发言者。

在上述两种思路之下，制度或宗教文化上的"国家"就成了学者通

---

① 李亦园：《文化的图像》（下），允晨文化实业股份有限公司1992年版，第80页。
② 郑振满、陈春声：《民间信仰与社会空间》，福建人民出版社2003年版，第7页。
③ ［美］韩森：《神明标准化：华南沿海天后之提倡》，《思与言》1988年第4期。
④ ［美］韩森：《变迁之神——南宋时期的民间信仰》，包伟民译，浙江大学出版社1999年版，第2页。

过民间信仰来讨论社区文化空间时的重要模板。因此，村落信仰尽管未必从制度上直接体现为"国家"的延伸，但本身还是可以解释为外在文化体系的某种投射。这一理路以武雅士（Arther P. Wolf）在《神、鬼和祖先》中的论述最为著名，如其所论："在三峡地区所发现的超自然世界观念，其实是一个小村庄眼中的传统社会景象的精确反映，在这景象中首先出现的是官吏，代表帝国和皇帝；其次是家庭和宗教；第三是比较异质性的陌生人、外地人、强盗和乞丐。官吏变成神；宗教中的长老变成祖先；陌生人便成为危险性被鄙视的鬼。"[1] 在这一论断中，村落社区在信仰活动中体现的"社区"观是"村落"与"国家"之间实际制度关系的观念投射，前者所形成的观念正是后者作为科层制度一级所体现的内在逻辑。魏乐博（Robert Weller）将民间习俗中官府与神明的类比关系作为讨论习俗观念内涵的入手点。[2] 李亦园则认为民间习俗中的鬼神祭祀本身是由传统社会中亲属关系的"差序格局"所主导的，并由此对于神明本身按照"皇帝—大臣"的方式形成二元的信仰分类。[3] 他们的观点则体现着上述理路在不同层面的一种延伸。这一理路体现着汉学人类学在单独讨论民间"社区"信仰时的一种主流倾向，葛伯纳（Berard Galin）、[4] 乔大卫（David Jordan）、[5] 王斯福（Stephan Feuchtwang）[6] 都在这一思路上对于中国村落信仰所体现的"社区"观念展开讨论。对于这些学者而言，无论是倾向于这一理路，或者在批判的基础上重新进行思考，他们都首先将"国家"，或者某种宏观文化图式，比如"宗法""礼制"作为比较"地方"的起点，将两者之间的投射关系作为寻找民间"社区"观念的起点。

---

[1] ［美］武雅士：《神、鬼和祖先》，张珣译，《思与言》1997 年第 3 期。

[2] Robert Weller, *Unities and Diversities in Chinese Religion*, Seattle：University of Washington Press, 1987：49.

[3] 李亦园：《中国人信什么教》，见载氏《宗教与神话》，广西师范大学出版社 2004 年版，第 127 页。

[4] Bernard Galin, *Hsin Hsing, Taiwan：A Chinese Village in Chang*, Berkeley and Los Angeles：University of California Press, 1966：235 – 236.

[5] David Jordan, *Gods Ghosts, and Ancestors：Folk Religion in a Taiwanese*, Village, Berkeley and Los Angeles：University of California Press, 1972：40.

[6] Stephan Feuchtwang, "Domestice and Communal Worship in Taiwan", In *Religion and Ritual in Chinese Society*, ed. Wolf Stanford, Calif：Stanford University Press, 1974：127；［英］王斯福：《帝国的隐喻：中国民间宗教》，赵旭东译，江苏人民出版社 2008 年版，第 66 页。

综合这些观点，庄英章、许书怡将"君臣"与"宗族"这两种实际社会关系图式综合为"社会观感"，将其作为民间信仰共同体图式的基础，这一观点可谓将杨庆堃以来的"弥散型宗教"概念推至民间信仰的本体论层面。① 而另一方面，即使不采取"国家—地方"的二元投射模式，村落本身的不确定性依然驱使研究者采用更大尺度的地域共同关系作为分析单个村落的出发点，其中无论是滨岛敦俊在讨论江南村镇庙宇关系时归纳的"上位/下位"科层结构，② 还是近年来频繁用于解释区域村庙关系的"祭祀圈"理论，当其以"一个以主祭神为中心，共同举行祭祀的居民所属的地域单位"③ 作为定义村落社区的基础时，它们都有着相同的基本路径，试图将村落的社区信仰以供奉主神为结点，将其归入超出共同体的信仰谱系。但正如 Fiorella. Allio 对于"祭祀圈"中的"分香"科层谱系、吴滔和王键对于滨岛敦俊"上位/下位"理论中的"庙界"问题的反思所见，④ 当上述讨论路径将基于聚落生活本身的社区形态诉诸某个外部科层体系，试图将村落纳入类似如施振民先生所言的"经纬"⑤，无论是"国家话语"，还是"地域崇拜"，都会与实际的村落"地方"语境产生距离，其理论解释就相应形成了明显的"主位"（emic）缺失，无法说明村落民间信仰本身所具有的多样性和动态变化，也就无法真正建立切合实际村落的"地方"图式。

因此，尽管上述研究在不同层面极大地推进了村落民间信仰事象的研究，但"村"为民间信仰提供的文化内容，却依然需要从村落本身出发加以认识。康豹（Paul R. Katz）在回顾和总结上述研究内容时，重新提出了"社区宗教传统"（communal religious traditions）的范畴。他认为社

---

① 庄英章、许书怡：《神、鬼和祖先再思考：以新竹六家朱罗伯的崇拜为例》，见《台湾与福建文化研究论文集》第二辑，"中研院"民族学研究所1994年版。

② ［日］滨岛敦俊：《総管信仰：近世江南農村社会と民間信仰》，東京：研文出版2001年版。

③ 林美容：《乡土史与村庄史——人类学者看地方》，台原出版社2000年版，第121页。

④ Fiorella Allio：" Spatial Organization in a Ritual Context：A Preliminary Analysis of the Koah-hiu Processional System of the Tainan Region and Its Social Significance"，见《信仰、仪式与社会——第三届国际汉学会议论文集》，"中研院"民族学研究所2002年版，第131—179页；吴滔：《神庙界域与乡村秩序的重组——吴江庄家圩庙考察报告及其初步研究》，《民俗研究》2008年第2期；王键：《明清以来江南民间信仰中的庙界：以苏、松为中心》，《史林》2008年第6期。

⑤ 施振民：《祭祀圈与社会组织》，《"中研院"民族学研究所集刊》1973年第2期。

区宗教传统"不仅为民间神祇的地方朝拜,还涵盖民间教派、秘密会社以及诸如佛教和道教之类的所谓'制式宗教',只要这些不同的宗教传统构成社区生活的部分"①。可见在这一范畴之下,社区不仅仅是上述宗教实践的场景,更是上述宗教传统形成实际社区信仰实践的核心要素。关于这一点,康豹在《多面相的神仙》一书中借用"多重书写"这一概念,将道教神祇在具体信仰场景中跨体裁所形成的多重叙事作为讨论对象,说明在实际叙事现场中多元文化因素使得宗教神祇本身呈现出复合化、多面向的趋势,但同时,场景本身也使得异质的书写/叙事传统趋于整合,因此永乐宫依然是作为一个整体赋予了其中多重书写的神仙以共约特质,使其共同成为庙宇信仰叙事的组成部分。② 就这一视角而言,杜赞奇(Prasenjit Duara)围绕"关公"传说形成的"刻划标志"概念也足可参考。如其所见,在关公传说的形成和传播过程中,它不可避免地成为众多共同体话语的阐述对象,其中既包括"地方",自然也包括"国家",在这些阐述文本之间既存在相互竞争,同时又无法消除相关性,因为后起的解释并没有消除之前的解释,而是被"覆写"(Written over)的。因此这一人物的叙事传统是连续性和不连续性的统一,最终一个叙事传统本身的标志力量和适应性取决于诸多不同文化因素的网状影响,并成为社会不同文化层面之间互相对话的重要平台。但这种反复书写的过程本身却被"民间"这一场景所规约。因此,尽管它们是一种交叉的多元表述,但民间生活中的关公信仰作为共同的叙事场景,本身却形成了一种同向的文化实践组合,这也是覆写之所以能够最终形成一种稳定文化图像的内因。③ 而正如戴德中(Alessandro Dell'Orto)所见,类似于土地公崇拜的"在地"信仰首先是共同体认知的"合适介质"(appropri-atemedium)。④ 这一"介质"说使得我们能够暂时将村庙信仰中的多元性和外来影响搁置,而首

---

① [美]康豹:《西方学界研究中国社区宗教传统的主要动态》,李琼花译,《文史哲》2009年第1期。

② [美]康豹:《多面相的神仙——永乐宫的吕洞宾信仰》,吴光正译,齐鲁书社2010年版。

③ [美]杜赞奇:《刻划标志:中国战神关羽的神话》,韦斯缔:《中国大众宗教》,陈仲丹译,江苏人民出版社2006年版,第93—114页。

④ Alessandro Dell'Orto, *Place and Spirit in Taiwan：TudiGong in the Stories, Strtegies and Memories of Every-day Life*, New York：Routledge Ourzon 2002：31.

先将其作为一个村落人群基于共同体观念所形成的文化行为整体加以认知。

就这一点而言，韩明士（Robert Hymes）所提出的"个人模式"理论是对于上述"制度—弥散""国家—地方"理论最有力的回应，也是对如何理解村落信仰共同体观念的最好说明。韩明士从对天心派道士在历史文献中形成的多面向文本的讨论出发，将文本叙事的复合性重新回置到实际的田野之中，得出了与仅从道经或者单一书面文本入手不同的结论。他认为在具体的神祇祈拜活动中，在道教神系所体现的官僚图式之外，真正由"本地人"所形成的观念可以另外归纳为"个人模式"。前者的特征：（1）神祇的权威是官僚性的；（2）神祇分为多个垂直分布的等级；（3）除了至高神之外，神祇的神格与神佑均由上一等级所赋予；（4）世人与神祇的关系本身是间接的，道士或共同体神祇仅仅充当传达者的角色；（5）神祇与居民的关系是暂时性的或任命性的，与神祇本身无关，也与共同体无关。后者则有以下特征：（1）神祇是"异人"，这是通过与"本地人"的比较所界定的；（2）神祇与人的关系是平行对应的，基于特定的世俗关系，尤其基于特定的媒介，比如交易和承诺；（3）神祇的权力与护佑范围之外的上层神祇无关。[1] 韩明士的观点中最关键的一点是认为具体民间信仰活动的"神"存在一个仅仅发生于共同体的观念形态，并不依赖于外部话语形成的界定。因此，民间信仰对于"神庙"的叙事也就首先基于参与者对于共同体的认同，外在的"官僚"道教进入这一意义情境时，本身并不将自身的宗教话语直接植入村落社区群体的话语体系，后者对于前者的重建是其能够进行实际民间仪式叙事的基本条件。

综合上述研究，本书选择从共同体视角入手，对于村落主体所形成的共同体观念表述加以讨论。但对于具体的村落文化事象而言，大多数的民俗活动发生在碎片化的日常生活之中，日常性和多样性决定了不同文本在其中具体的发生和影响模式是截然不同的，因此，选择一类民间叙事文本作为归纳共同体观念的起点就十分必要。因此，在具体的工作路径上，本书选择以村庙传说文本作为首要分析对象。村庙传说，也即以村庙庙址、

---

[1] ［美］韩明士：《道与庶道——宋代以来的道教民间信仰与神灵模式》，皮庆生译，江苏人民出版社2007年版，第5—6页。

主神、祈拜传统、村与庙特定关系的由来作为中心形成的传说叙事文本。在这一方面，以村庙传说为中心的口头叙事文本构成了从民间叙事文本切入探讨共同体观念的绝好对象。口头叙事的口头性本质上是叙事主体日常性的体现，正是因为这一类文本本身是由日常语言所直接组织，并在日常对话情境中形成创编与传播的，它构成了与定居者的日常意识最直接对应的民间叙事传统。与日常性相对，村庙传说的文学性则构成了由其出发分析村落共同体观念的另一重可能性。

在民间文学的定义中，传说是民众创作的与一定的历史人物、历史事件、地方古迹、自然风物等有关的故事，"往往直接讲述一定的当前事物或历史事物，采取溯源和说明等狭义的历史表述形式"[①]。因此，传说的解释性构成了这一文类的基本特征，而具体文本的解释对象则可以构成对于传说的具体分类标准。以传说文本的解释对象而言，有相当数量的民间传说都包含对于特定村落的社区文化事象的解释，因此，聚落风水传说、族源传说、族史传说都可以归入"社区"型传说，而村庙传说正是"社区"传说的子类。近年来，借助"集体记忆"（collective memory）这一范畴，社区传说已经与民间文书、谱牒、碑刻等新史料一样，成为研究者从"在场"视角认知传统村落的主要研究材料，在历史人类学、文化史学等新兴学术领域，与之相关的研究成果已经蔚然大观。但具体而言，这一类民间叙事文本在被引入村落研究时依然存在着问题。如陈春声等所论："历史这只'无形之手'实际上可能对林林总总的各种各样的传说进行了某种'选择'，使传说中与实际历史过程相契合的内容，在漫长的流播过程中，得以保留下来。……如果能够将这些故事置于地域社会具体的时间序列之中，并更具'地点感'地理解这些故事的内容和表达方式，则乡村故事可能对于乡村社会史的研究者具有更重要的价值。"[②] 显然，诉诸"无形之手"这样的表述方式来说明传说文本与社区实际历史之间的关系，事实上已经指出了在传说的虚构叙事话语与乡村社区的实际记忆之间存在的落差，说明直接将传说等同于传统史料学对象所具有的内在问题。王杰文直接指出了以传说内容直接投入"历史"研究的危险性，他

[①] 钟敬文：《民间文学概论》，高等教育出版社2010年版，第183页。
[②] 陈春声、陈树良：《乡村故事与社区历史的建构——以东凤村陈氏为例兼论传统乡村社会的"历史记忆"》，《历史研究》2003年第5期。

将上述"集体记忆"理论的研究方式归纳为"文本中心主义",认为上述研究对于文本的直接截取,"这种宏大叙事策略不能不以牺牲地方之间、个体之间、文本之间的差异性为代价"①。但以本书的研究对象而言,这一研究方式最大的问题还不在于信息缺失,而在于对文本功能,以及由此而来特定文本形态的误置,使得传说,以及更为广泛的民间叙事文本都成为古物学化的对象。

这一问题早已被民间文学研究者所重视,并一直视为民间传说研究中的核心问题。钟敬文先生认为:"人民通过传说述说历史发展中的现象、事件和人物,表达人民的观点和愿望。从这个意义上,民间传说可以说是人民的'口传历史'……不少纯属虚构的传说,实际上只具有'历史的表述方式',却不是社会现实中发生过的事。"②可见在钟先生眼中,传说的"历史表述方式"本身就具有等同,甚至优先于具体表述内容的价值。如海登怀特(Hayden White)所见,话语(discourse)"指一种知识、机构、意识形态在一历史时空中形成的法则或样式"③。对于传说这一口头叙事形式而言,这一"历史时空"尽管是具有纵向延展性的,但首先基于演述者当下的文化动机,演述者本身对于诸如"村"这样的演述空间所具有的认知本身就趋向于形成范式,在这一层面,文本能够通过比较所得出的共约模式,本身也就成为演述者共同意识形态的投射。因此,当我们将村庙传说作为认识村庙观念的入手点时,传说文本本身就构成了我们必须直接加以分析的对象。在这一意义上,万建中的《传说建构与村落记忆》、④ 王清的《村落的记忆——马街及周边村落的传说研究》⑤ 都将传说本身的"文学"属性引入了研究路径,尽管在具体内容上,它依然没有将"集体记忆"的真实性问题单独加以处理,因此,在具体的材料辩证上和陈春声所谓的"无形的手"依然有着内在契合之处。相比之下,

---

① 王杰文:《直义与隐喻——"十八打蜗牛"传说的分析》,《民俗研究》2008 年第 3 期。
② 钟敬文:《民间文学概论》,高等教育出版社 2010 年版,第 136 页。
③ Hayden White, *Metahistory*, Baltimore: Johns Hopkins Nniversity Press, 1973: 2.
④ 万建中:《传说建构与村落记忆》,《南昌大学学报》2004 年第 3 期。
⑤ 王清:《村落的记忆——马街及周边村落的传说研究》,《民间文化论坛》2004 年第 4 期。

庞建春《传说与社会——陕西蒲城县尧山圣母传说传承与意义研究个案》①，杨冰、刁统菊《禁忌：在历史和传说之间——关于济宁马坡梁祝传说的调查》②等论文则开始分离传说文本与"历史"之间的关系，将前者的演述本身作为当下社区中具有文化功能的实际载体加以看待，正面回应了传说"文学性"的自身文化属性。而在通过传说的文本要素对于共同体传统加以探究的研究实践中，陈泳超的工作尤其值得本书借鉴。陈泳超围绕山西洪洞县"接姑姑迎娘娘"习俗进行研究，从习俗中不同社区所形成的传说文本及其相互关系入手，讨论这一习俗所形成的文化圈在传说演述传统形成的动力学影响，实际上将传说转换为探究长时段内区域文化心理的对象。③ 对于上述这些研究而言，传说文本既不是社区历史的佐证，也不是社区制度与传统的直接图解，但传说文本本身的"文学"性叙事为研究者在定居主体观念和村落延续性的社区传统之间形成了稳定的研究媒介，这一属性使得传说本身成为在一个较长时段内，从"本地人"的主体视角考察村落社区传统的最好选择。

　　但是如何建立合理的研究路径，以使得传说讨论取得上述研究所体现的研究有效性，这却是包括本书需要重新加以考虑的问题，而在这一点上，传说研究的传统能够提供足够的理论和实践支持。不同于狭义的民间故事和其他民间叙事形态，传说本身是"对这些实物实事的名称、特征之由来做出解释，解释的过程构成有头有尾的故事，有人物、有事件"④。传说构成的首先是一个有明确功能的文本，如拉波特（Nigel Rapport）所见，是"一种行为工具……一种创造意义的活动"⑤。从此角度出发，传说围绕解释功能形成的"叙事—解释结构"（narrative-interpretation unit）构成了传说文本本身转化为具体演述行为的基本要件。而当研究者面对具体的传说文本时，传说对于对象的诸解释要素所对应的叙事内容则构成了

---

① 庞建春：《传说与社会——陕西蒲城县尧山圣母传说传承与意义研究个案》，《民族文学研究》2004年第2期。
② 杨冰、刁统菊：《禁忌：在历史与传说之间——关于济宁马坡梁祝传说的调查》，《青岛大学师范学院学报》2006年第3期。
③ 陈泳超：《民间传说演变的动力学机制——以洪洞县"接姑姑迎娘娘"文化圈内传说为中心》，《文史哲》2010年第2期。
④ 程蔷：《中国民间传说》，浙江教育出版社1995年版，第25页。
⑤ ［英］奈杰尔·拉波特、［美］乔安娜·奥弗林：《社会文化人类学的关键概念》，鲍雯妍、张亚辉译，华夏出版社2005年版，第246—247页。

传说基本的分析单位,其中所包含的"意义"则可以等同于文本中的"主题",也即叙事阐述的基本意向单位。

因此,对于本书的研究目的而言,主题学(Thematology)的分析方法就构成了一个行之有效的分析路径。这里有必要首先厘清本书中主题(theme)与母题(motif)之间的区别。如万建中所见:"类型着重的是情节,关注的是结构形态,而主题着重的是思想观念,即便涉及到情节,目的也是为了解释主题"①,尽管在具体的民间文学文本分析研究中,这两个概念往往有所混淆,但就根本而言,后者所面对的是中性的叙事结构,而前者从一开始面对的始终是叙事的"目的"。这两者所面对的具体叙事内容可以有所重合,但在分析目的上却有着确然分野,只有在文本中与演述者的动机直接相关的叙事单位才构成一个有效的主题。因此,主题控制着母题在具体叙事文本中的表达目的。在这一意义上,本书将主题作为传说的叙事—解释内容所形成的独立单元,而传说最终所表述的观念内涵正是由一系列主题单元,并借由解释结构的组织而形成的集合。

通过以上研究所形成的理论路径,笔者得以面对浙南地区保界传统之下多元化的民间叙事文本,并以村庙传说为中心,对于村落叙事中的共同体观念加以归纳。本书由此能够从直接的观念表述延伸至共同体观念在具体的民俗仪式实践与制度形态中的具体投射,而这则能够为从整体上说明在这一地区的保界传统下,村落由定居者的主体视角所阐述的共同体认知,并由此说明村落传统内在的基本文化机制。

除了上述理论著作之外,由于本书是一项区域案例研究,浙南地区的相关地域文化研究对本书也助益良多。傅谨经多年考察写成的《草根的力量——台州戏班的田野调查与研究》一书以戏班研究入手,从戏班活动和戏剧表演形态等角度为讨论浙南的保界信仰民俗提供了宝贵的材料。② 连晓鸣与徐宏图等在台州北部地区进行的人类学调查通过组织本地人对本地信仰习俗进行主位叙述,形成了一系列弥足珍贵的微观研究,并且明确提出以社区宗教传统作为本地信仰文化研究入手点,这为本书的提供了重要启示和帮助。③ 陈勤建以本地区的村落"七月节"习俗入手,讨

---

① 万建中:《刍议民间文学的主题学研究》,《民间文化》2007年第7期。
② 傅谨:《草根的力量——台州戏班的田野调查与研究》,广西人民出版社2001年版。
③ 连晓鸣、[美]康豹:《天台县传统经济社会文化调查》,民族出版社2005年版。

论了本地区以保界观念为基础的特殊社区公共节庆习俗,其学术论点和工作所得均使本书的工作大获其益。[①] 除了以上研究,徐三见[②]、任林豪[③]、丁伋[④]等本地学者通过本地文献进行的研究,于本地信仰文化和民间艺术的历史文化背景得出了不少宝贵结论,为本书深化对浙南文化的认识提供了很多有益的帮助。

第三节 研究框架与基本内容

本书将分为五个部分展开讨论。

第一部分,选择一系列村落传说中的典型村庙传说来说明其主题结构的基本特征。首先,从典型的村庙传说案例入手,通过比较不同语境下异文之间的叙事结构差异,说明村庙传说特定的叙事结构方式。其次,从传说的解释本位出发,分析村庙传说围绕村落社区的演述情境所形成的"提问—解释"链,由此说明村庙传说以村庙神事为起点,以村庙关系为目的的解释模式。最后,以典型村庙传说案例为分析对象,说明村庙传说中围绕特定共同体主题形成的功能化叙事—解释结构。

第二部分,通过分析不同村庙传说类型中的核心主题结构,归纳村庙传说中共同体观念的基本表述形式。首先,以典型传说案例为基础,说明"对抗"型传说的基本主题构成,以及各个主题的基本内容,说明"对抗"型传说各个主题形成的共同体观念表述模式。其次,以"对抗"型传说为比较对象,对"移动"型传说和"讹读"型传说围绕共同体观念形成的特定表述模式加以分析,说明村庙传说中共同体观念所具有的立体面貌。最后,以"交往"型传说为例,进一步说明村庙传说中对于村庙关系的具体界定方式,归纳村庙传说中共同体观念围绕"本地人—本地神"关系所形成的特定表述模式。

第三部分,从村庙传说的主题集群出发,从神事、神佑与村庙关系入手,从三个不同角度说明村庙传说所体现的村落共同体观念。首先,从村

---

① 陈勤建:《当代七月七"小人节"的祭拜特色和源流——浙江温岭石塘箬山与台南、高雄七夕祭的比较》,《广西师范学院学报》(哲学社会科学版) 2005 年第 2 期。
② 徐三见:《台州府城墙——明长城的"示范"与"蓝本"》,文物出版社 2011 年版。
③ 任林豪、马曙明:《台州道教考》,中国社会科学出版社 2009 年版。
④ 丁伋:《堆沙集》,中国社会科学出版社 2007 年版。

庙传说的神事表述角度入手，说明村庙传说与现实村落社区神庙祈拜活动之间的内在联系。其次，从村庙传说中的核心内容入手，说明村庙传说在其核心叙事单位中是如何建构"村—庙"之间的神佑关系，从实体性和动态性两个方面入手，说明村庙传说所构建的人、地、神关系所具有的内在特征。最后，以村庙传说中的神事和神佑表述为基础，说明村庙传说围绕村落神庙的建立所形成的共同体表述模式，并由此出发，归纳村庙传说作为村落社区的自我界定所遵循的共同体观念。

第四部分，以村庙传说中归纳的共同体观念为基础，比较村落社区的现实历史叙事，说明村落共同体观念在村落社区历史文化传统中的实践意义。首先，从文本话语上接近传说的口述史文本入手，说明村民社区记忆所形成的历史叙事文本中，村庙对于其中共同体认知的关键作用。其次，以族谱文献中的村庙叙事为对象，以潘氏宗谱中围绕村庙兴建构建的"土著"形象为中心，说明村庙对于宗族叙事的影响。最后，通过潘氏谱中对于"柱"的记述，说明村落历史叙事中村庙共同体观所形成的具体叙事逻辑以及现实文化功能。

第五部分，以从上述讨论中归纳的共同体观念及其叙事逻辑为基础，比较村落社区神庙本身的节庆仪式叙事，说明上述文本叙事与现实民俗仪式叙事的内在共通性。首先，以保和宫的田野案例为基础，说明共同体仪式"通香"在整个村落节庆中的核心地位。其次，通过对于"通香"科仪的技艺分析，说明道士所代表的正统宗教传统在共同体语境中发生的重构，并由此说明上述共同体观念对于外来信仰传统的重塑作用。最后，通过对两类"通香观"在持有者、传承制度以及具体内文方面的比较，说明"通香观"所本的道教传统在村庙仪式实践后纳入本地社区传统的过程。

第一章
村落传说的主题结构模式
——以《周六争山》等典型村庙传说为例

按照材料的采集方式与所含信息，本书涉及的村落传说文本来自两个部分。首先，笔者从2008年开始，在椒江中下游地区进行了一系列以村落社区保护神庙为对象的田野考察工作，采集了一部分直接记录演述语境信息的村庙传说文本。其次，20世纪80年代末以来，民间文学集成计划通过省、地、县三级的民间文化工作者收集了大量村落传说文本，本书采用宁海、三门、天台、仙居、临海、黄岩、椒江、玉环、温岭、永嘉、瑞安、乐清、平阳、泰顺等14个县级文化馆所采集编辑的民间文学集成材料中所载文本作为主要讨论对象。综合上述两类材料，本书首先选择从本地区村庙传说的典型文本入手，从它的主题结构关系出发，说明这一类传说所具有的内在叙事—解释范式，并由此对于村庙传说所体现的村落社区共同体叙事传统建立进一步认识的基础。

第一节 《周六争山》异文的主题结构

就解释对象而言，村庙传说包含各种类型，而本书仅以其中解释庙宇来历的部分文本作为讨论对象，即建庙传说。从单纯的故事入手，这一类型的村庙传说与一般意义上的"神奇故事"并无不同。但正如上文所见，传说的文本结构首先是由其解释功能决定的。因此，我们将以解释村庙的由来、祈拜对象等内容为中心的解释内容纳入文本的分析范围，由此说明这一类传说在文本形态上的特殊性。

《周六争山》是玉环县芦岙坑村[①]流传的一则村庙传说，玉环县民间文学集成材料共记载了这则传说的两则异文，异文A为散文体的《周六

[①] 芦岙坑村，位于今玉环县城关镇玉成街道。

争山》，① 异文 B 为歌谣体的《六哥山》。② 在这则传说中，村庙解释对于叙事表层结构的微妙影响，可以通过异文之间的叙事构成差异一一得见。试分析如下：

其中，异文 A 的情节概要归纳如下：

Ⅰ. 周六干是明朝乐清县玉环乡人，a. 周六干排行第六，因此得名。b. 周六干以六个指头得名。

Ⅱ. 卢岙的徐大宅司官是山场的占有者，被看风水的告知需要关门七七四十九天才能打开。

Ⅲ. 徐大司官提前开门，四个女儿变为凤凰飞走，幺女五凤被夹住脚成为跛子。

Ⅳ. 外来的海匪孙度抢占了徐大司官的山场，后者告官失败。

Ⅴ. 周六干愿意帮助徐大司官争山，徐大司官许以酒宴和许配五凤为妻。

Ⅵ. 周六干挑衅黄胖道人（孙度的手下），获得胜利。

Ⅶ. 孙度搬兵，周六干到百丈岩下的城隍庙祈借神力，获得茅剑，取得胜利。

Ⅷ. 周六干的胜利造成卢岙附近形成"红山"。

Ⅸ. 周六干与五凤结婚，形成"采桑岭"。

Ⅹ. 百姓纪念周六干和五凤，建起"六将军庙"。

异文 B 的情节概要如下：

Ⅰ. 周六居住在百丈岩，是一个单身汉。

Ⅱ. 周六正月走到卢岙山，向卢真人学习法术，获得茅剑。

Ⅲ. 卢岙的本地富户大泽司官被风水先生告知居地为五凤朝阳地，造房屋要观中门四十九日，可以引来五凤朝阳，如果不关到四十

---

① 《民间文学集成·浙江卷·玉环县卷·故事册》，玉环县文化馆编印，1992 年，第 32—34 页。

② 《民间文学集成·浙江卷·玉环县卷·故事册》，玉环县文化馆编印，1992 年，第 139 页。

九日，连跛脚五凤也要逃走。

Ⅳ. 风水先生说明本地为"五凤朝阳"，卢岙的富人大泽司官按照建议建楼关住五凤姐妹。

Ⅴ. 后湾的孙度抢夺大泽司官的山场，派遣黄胖道人看守。

Ⅵ. 周六学法归来，回到百丈岩居住。

Ⅶ. 周六遇到楼上的五凤小妹，两人调情，周六希望上楼。

Ⅷ. 徐大司官以五凤向周六许亲，作为争山的条件。

Ⅸ. 周六向黄胖道人挑衅，获得胜利。黄胖道人向孙度报告，引来徒弟报复。

Ⅹ. 周六得知报复，向大帝庙许愿。使用茅剑，战胜孙度，人血染红红山。

Ⅺ. 周六办起婚宴与五凤成亲。

Ⅻ. 卢真人道贺，看穿五凤真身，周六背负五凤逃出五凤楼。

ⅩⅢ. 众人询问因由，卢真人放出宿流星，使周六夫妇脱凡胎成为泥墩/上天成神。

ⅩⅣ. 百丈岩下建造起六将军庙，以周六夫妇为主神。

比较可见，这两则异文的主干情节基本相同，但在具体的叙事结构上却有着内在的差异。

首先，从上述情节概要可见，异文 A 包含两个前后连接的叙事单元：故事 1 "徐大司官关门求风水，四女成凤，幺女跛足"，由Ⅱ、Ⅲ组成；故事 2 "周六干争山"，由Ⅳ至Ⅶ这四个情节单元构成。在异文 B 中，虽然情节序列构成不同，但同样包含这两个部分。异文 A 则以"许亲"作为连接故事 1 和故事 2 的情节单元。在异文 A 中，"许亲"的原文如下：

（争山）格件事一传十十传百，七传八传传到六干耳朵里，周六听清楚问明白，一走走到徐家，对大宅司官讲："我帮你争山！"大宅司官讲："你头前的大山争得转，我酒菜摆起来请你吃三天；左面的大山争得转，我因五凤给你做老晏。"

可见，异文 A 中的"许亲"虽然是两个叙事单位互相关联的情节素，却与上文中的"酒菜"互相并列，因此，它仅仅是换取周六"争山"的条件之一，在异文 A 中是一个可置换的情节单元，对于故事 2 而言并不具有动力意义。[①] 另一方面，故事 1 的核心内容"五凤跛足"仅仅在直接解释"采桑岭"和间接解释"六将军庙"时才与故事 2 的叙事内容发生关系。因此，异文 A 中的两个故事所形成的是两个独立的叙事"序列"，它们本身是"由核心功能将一系列功能以某种关系连接而成的情节段落，本身是自足的，起始项和终结项分别不与前后的功能发生联系"[②]。

文本表层的这种松散结构可以归功于异文 A 中叙事部分与解释部分之间的关系。异文 A 中一共包含三个解释项，分别是"红山的地名来源""采桑岭的地名来源"，以及最后的村庙来历解释。从上述梗概可见，前两个解释项是由故事 2 的叙事内容加以说明的，属于一般意义上的"风物"解释，单就本书所讨论的村庙解释而言，异文 A 并没有将其与主要情节序列建立直接的情节联系。异文 A 的解释项 X 原文内容如下：

百丈岩下还有一座"六将军庙"，那是人们为纪念六干而修造的。清朝大沙头秀才林增辉有诗云："不见徐娘旧日裙，漫传周六俨将军。前朝人物都陈迹，岭上遥看但录云。"

尽管 X 说明了"庙址"和"建庙因由"，但在具体的表述中并没有涉及村庙的核心属性，以及村庙关系，而且也没有直接说明"周六干"神祇身份的由来。同时，无论"争山"还是"逃楼"，异文 A 的叙事内容和叙事主题都没有在解释项 X 中找到对应的内容，后者与前者之间也并不存在直接的情节联系。因此，村庙解释项在传说文本中并不构成一个不可置换的结构元素。综上，仅以文本本身而言，异文 A 的叙事结构是松散的，两个情节序列之间并没有直接的动力关系，最终的村庙解释本身则与

[①] 本书在分析传说的叙事结构时采用托马舍夫斯基（B. Tomashevsky）提出的情节素理论。他将叙事文本的情节素分为两组四类：A：1. 动力情节素：直接推动新事件发生的叙事片段，2. 静止情节素：不直接推动新事件发生的叙事片段；B：1. 自由情节素：事件叙事中可置换的叙事片段，2. 束缚情节素：事件叙事中不可置换的叙事片段。但在具体分析中，本书尝试对这一理论加以扩展，将其作为文本整体结构的分析方法，说明由多个情节素组成，未必基于情节线性序列的叙事单位在整个文本中同样具有的动力作用，因此使用"动力情节单位"这一术语。见 B. Tomashevsky Thematology, *Russian Formalist Criticism: Four Essay* edition, by L. T. Lemon and M. J. Rcis Lincoln: University of Nebraska, 1965: 182.

[②] 李扬：《中国民间故事形态研究》，汕头大学出版社 1996 年版，第 239—240 页。

之前的叙事内容相互脱节。

相比而言，异文 B 则展现出完全不同的文本结构方式，这一点体现在以下两个方面。首先，纵观异文 B 的文本概要，它只有一个明确的解释项，那就是最后围绕"建庙奉神"叙述的XIV。这一解释项的原文内容如下：

> 古迹流传嘀真稀奇，
> 百丈岩下啊起庙宇；
> 造起庙宇闹盈盈，
> 两堆啊泥墩塑金身。
>
> 塑起六哥同五娘小妹两神像，
> 千家啊万户来烧香，
> 六哥啊争山嘀原是真啊，
> 万古流传直到今。

比较异文 A 的村庙解释项可知，上述内容不仅说明了"庙址""庙神""建庙因由"这三个解释元素，而且与异文 A 的叙述方式并不相同。异文 A 仅仅以"纪念"说明"建庙"，异文 B 的XIV则形成了一个相对完整的叙事片段，其中包含了"百丈岩建庙—以泥墩塑周六夫妇像—烧香者流传'争山'"这三个情书单元。联系异文 B 的情节梗概可知，其中"百丈岩建庙"对应了"周六"的地域身份，"争山"是主人公周六与本地发生联系的核心情节，"泥墩"则与周六夫妇由人变神的过程直接相关。XIV作为解释项本身，直接说明了村庙关系、周六夫妇神祇身份的来源，以及这一身份与本地地域神佑的关系。因此，这一解释项与异文 B 各个叙事部分之间具有一系列的映照关系，而后者构成了这一解释项中围绕村庙形成的各个解释元素。

其次，解释项在叙述方式上的不同，实际上也指向了异文 B 中各个主要叙事单位之间相互关系的不同。异文 B 尽管同样由"五凤逃楼"和"周六争山"这两个情节单元构成叙事主干，但它们之间形成的却是一个统一的情节序列，其中的关键依然在于"许亲"。这一内容在异文 B 中的原文如下：

六月嗬日头落斜嗬西，
六哥嗬拖鞋过桥溪，
一走走到大泽司官屋横头嗬，
只见那五娘小妹打打扮扮在啊南楼。
……………
二人正在谈说笑连连嗬，
只见那大泽司官走啊过来，
叫声六哥你给我孙度占去山场夺得回嗬，
我小囡五妹给你啊做老晏。

六哥听话笑盈盈啊，
急忙啊回转自家门，
随手拿起一把扯柴绳一把刀嗬，
要到孙度山中斫啊柴烧。

异文 B 中的上述内容形成了"困楼—调情—许亲"这一情节片段。若以歌谣本身的抒情功能而言，异文 B 用以引出"结亲"的恋爱情节并不突出，但这一情节却使得这则传说的叙事结构发生了改变。首先，异文 B 中"许亲"成为主人公周六展开"争山"的唯一原因，"争山"也就成为"五凤逃楼"中"困楼"情节所引出的事件。其次，在异文 A 中，故事 1 中的"逃楼"与"争山"并没有直接的情节关系，在异文 B 中则不同，原文如下：

六哥嗳一人敌千兵嗬，
争转山场啦闻大名，
六哥争山嗳显本领啊，
办起酒席嗬要同五娘小妹来啊成亲。

四亲六眷嗳来贺喜嗬，
请来啊师父卢真人嗬，
堂前宾相哼赞礼吟嗬，

吹箫作乐啦闹盈盈。

六哥嗳背起五娘小妹来奔逃嗯,
逃出楼门啊若飞云,
四亲六眷嗳惊一惊啊,
大众其来问师尊。

请问真人嗯为何因,
新娘双双啊跳出门?
真人听见嗳气愤愤啊,
随手啊放出宿流星。

异文 B 中的"许亲"情节使得"五凤逃楼"和"周六争山"这两个叙事单元之间形成了一个统一的情节序列:"困楼"—"争山"—"逃楼"。因此,故事 1"五凤逃楼"成了"周六争山"的情景语境(context of situation)。① 从这一编列结构出发,我们能够对于整则异文 B 的叙事结构加以整体分析。

首先,如上所见,"结亲"既是"争山"直接引出的结局,同时也是"五凤逃楼"的结局,构成这一情节关系的关键是"结亲"所展开的"婚宴"场景。如上所见,这一情节片段本身由 XI 到 XIII 这三个情节单位构成,从"卢真人识别出五凤真身"到"卢真人施法,周六夫妇脱胎变神",其中的核心情节素都与"婚宴"发生关系,前者由"卢真人"介入"婚宴"而发生,后者如上所见,婚宴的本地来宾"四亲六眷"成为"卢真人施法"的直接动因。如上所见,这一片段中最重要的内容是"变神",其中最关键的动力情节单元是"卢真人放出宿流星",这促成了周六夫妇由人变神。对于解释项 XIV 而言,芦岙村人"建庙奉神"是最直接的叙述内容。因此,"结亲"在异文 B 中同样构成了"变神"情节的情景

---

① 根据本书的研究对象,文中所使用的情景语境(context)仅指叙事单位之间在情节序列中的片段包含关系,即上下文,而不考虑这一术语在外部文化的文本影响方面进一步的引申,这参考了 J. R. Firth 对于马林诺夫斯基情景语境理论的引申。见 I. B. Malinowsk, *The Problem of Meaning in Primitive Languges*. C. K. Ogden& I. A. Richards:*The Meaning of Meaning*,London:Routledge,1923;周淑萍:《语境研究——传统与创新》,厦门大学出版社 2011 年版。

语境。

其次,"许亲—结亲"同样与异文 B 中前半部分的内容发生了一系列的情节关联。如上所见,在异文 B 中,故事 1 的叙述始于如下内容:

> 大泽司官嗳府里五个囡嗬,
> 风水先生啊把话谈;
> 此处啊原是五凤朝阳山嗬,
> 你造起房屋啊要把中门关。
>
> 七七四十九日嗬关得全啊,
> 五凤朝阳飞进来,
> 若是四十九日关勿全嗬,
> 连跛脚五凤嗬要逃出去。

在异文 B 中,这一内容位于对徐大司官的夸富叙述之后,两者构成了同一个情节单元,前者说明了共同体的富裕,后者则借由"风水先生"的建议说明了这种富裕状态可能存在的两种变化。其中"五凤朝阳"意味着现存状态的延续,"五凤逃楼"则意味着本地繁荣的转变可能。因此从这一情节单位出发,无论是由"困凤"引起的"争山",还是"争山"最终导致的"逃楼",都是由风水先生的预见所展开的情节,之后的叙事内容则以此直接关联到这一片段。由此可见,在此之后的"五凤逃楼"所包含的各个情节单元,都处于这一叙事片段所构成的情景语境之中。在异文 B 的叙事内容中,这一叙事片段与"周六"这一核心人物是通过"许亲"建立情节联系的,但如上所见,这一人物之所以能够成为"结亲"的对象,本身却是以"招赘"的方式介入传说的,"许亲—结亲"是处于故事 1"五凤逃楼"之内的情节单元。

在异文 B 中,周六介入传说叙事的关键在于他和"芦岙的卢真人"的关系。在异文 A 中并没有出现"卢真人"这一人物,周六最后用以制胜的神器"茅剑"则来自地域保护神的赐予,而异文 B 是如此引入这一人物的:

> 正月里来是嗨新啊春嗬,

六哥肩背包裹啊啦出门。
一走走到芦岙山上啊，
求拜师父嗬卢啊真人。

在叙述了故事1中"风水师告诫"和"建楼困凤"情节之后，异文B转而叙述"周六向卢真人学法"的结局：

六哥学法啊三年六月零嗬，
学得了奥飞檐走壁啊会腾云；
一身拳棒无人敌嗳，
茅草飞剑嚓会啊杀人。
辞别师父回乡转嗬，
依旧在百丈岩下宿啦安身。

这一"求法—学法"情节片段对于下文有着广泛的情景语境功能，基于这一关系，"卢真人"这一人物本身则成为异文B中推动一系列情节的关键因素。首先，周六之所以进入"芦岙"，是为了学得"芦岙真人"的法术；其次，异文B支持XIV的核心情节是"争山"，而这一情节中最终促成周六胜利的法术"茅剑"来自"卢真人"所传授的法术；最后，在直接与XIV相关的"变神"情节中，"卢真人赴宴—施法"更是最关键的动力情节素。

由上述分析结果出发，异文B各个叙事单位之间的关系可以表示如图1—1所示。

由此可见，相比于异文A中故事1和故事2之间松散的叙事联系，从最后与XIV直接形成情节联系的"横死成神"到开篇说明庙神来历的"周六学法"，异文B的各个部分在不断叠加的语境套嵌关系下形成了一元化的情节序列。在这一过程中，最终解释项中包含的各个解释要素分别是由各个形成情境语境关联的叙事单位所逐层解释，最终汇总到XIV所包含的内容中的，传说的解释功能显然在异文B的叙事结构中起着核心作用。由此可见，异文B中的叙事单元所呈现出的特定互相结构关系正是由于XIV在文中的内在影响而形成的，而且这一影响本身并不是由故事的主干叙事情节决定的。如张志娟所述："传说与故事最明显的不同在于：传说

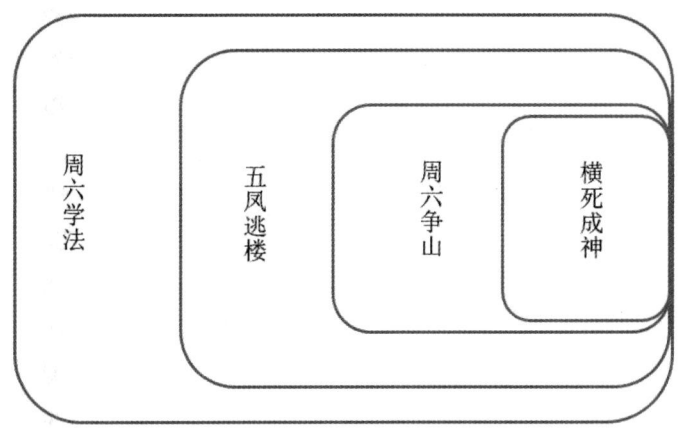

图1—1 《周六争山》异文B叙事结构示意图

常用具体实在的人名、地名、物名等，这些人名、地名或物名不是孤立的，它们仍须经由连贯的句子表述予以展现，不过此时的叙事往往是关于状态而不是行动，是名词性而非动词性的叙事。"①XIV 尽管同样是由叙事构成的，但内容上，它却构成了对于"六将军庙"的名词性叙述，而在异文B中的各个叙事部分正是围绕这一叙述内容中形成的各个要素加以组织的，它们的具体内容则可以对应于某一具体要素。正如绪论中所言，这一对应关系体现的正是异文B的叙事内容在这则传说中实现的"主题"功能。

第二节　村落传说的"提问—解释"链

从《周六争山》的两个异文出发，我们得以对村庙解释项构建下的传说文本结构形成了基本认识，如上所见，《周》② 异文B的内容不仅能够从直接的情节序列关系加以认识，以各部分主题的解释关系入手，它同样可以梳理为由"提问—解释—提问"所构成的链状序列，示意如图1—2：

---

① 张志娟：《论传说中的"离散情节"》，《民族文学研究》2013年第5期。
② 由于反复引用同一则传说，未免行文繁复，因此本书将以《周六争山》的简称称呼该则传说，下文所引传说的题名称呼同此例。同时，下文将如无特别说明，题名简称仅指直接分析的异文，比如《周》仅指异文B。

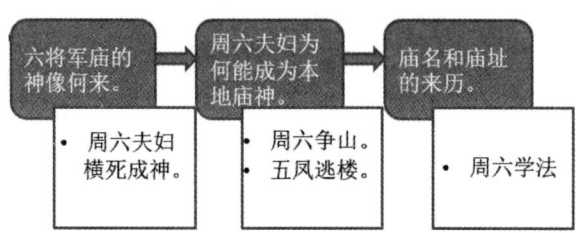

图1—2　《周六争山》异文 B 的提问—解释链

　　如上节所见，在异文 B 中，解释项 XIV 形成的名词性内容正是全文形成整体情节的关键因素，而在这一"提问—解释"链中，XIV 的内容对应着最直接的村庙祈拜场所与对象，这正是村庙信仰活动最直观的一面，而最终形成的"庙址和庙名"则说明了"村"与"庙"的相互关系。如本·阿莫斯（Dan Ben Amos）所言，"语境就是一种互动的现实"①，对于口述文本而言，文本内部的语境关系正是原生演述—接受关系在文本内部的投射和固化的结果。这一"提问—解释"链与传说口头演述现场的对话关系有着明确的对应关系。很遗憾的是，笔者仅获得了《周》经由民间文学集成计划整理之后的版本，但从另一则村庙传说出发，我们可以对这一点得到更清晰的理解。

　　七里村是笔者在 2008 年考察过的一座保界村落，拙文《社区生活与村落节庆的时间结构》曾经对这一村落特殊的年关演剧庆典加以讨论。②如文中所见，七里村的两座庙所供奉的主神为位于石柜岙口村的石柜殿岱石尊王，50 年代以前，这一村落每年通过复杂的请神仪式使两庙与石柜殿轮流供奉着同一尊主神造像。在这个一神多庙的循环圈中，从腊月二十到正月初一，七里村无神，正月初一到正月十五，老庙无神。针对这一祈拜安排上的异常之处，笔者向老庙中的两位庙务主持者提出了疑问，采访实录引述如下：③

---

①　Dan Ben Amos，"'Context'in Context"，*Western Folklore*，1993（7）.
②　屈啸宇：《社区生活与村落节庆的时间结构》，《民俗研究》2012 年第 5 期。
③　主要讲述人陈先生，92 岁，小学文化，世居七里村，现为全村陈氏辈分最高者，主持两庙事务；刘先生，86 岁，小学文化，世居七里村，老庙庙祝。

第一章　村落传说的主题结构模式　33

陈：这个事情是因为老爷（岱石尊王）的大小娘娘是我们七里人，姓方，就是我们村里方家人。方氏娘娘小孩的时候是在七里村的，有一次捣米，有一个相公跑到七里村卖碗，就问："米有没有捣熟？没有捣熟，我帮你一脚捣个熟。"方氏娘娘是姐妹两个，大方氏和小方氏，小方氏年纪小，不知道嫁人的事情，听了就知道咧嘴笑，大方氏年纪大点，就知道了，就讲："你是哪里人？"相公讲是石柜岱岱石庙那边，大方氏就回答讲："那我们几时到你那里嬉一趟。"后来两姐妹跑到那里去看，一到庙上，打雷一响声，两姐妹都死了，这一下就揭穿了。那个岱石庙就在邵坑的石柜吞，是山上村，所以那个岱石尊王就是我们七里的招进女婿，娘娘平时应该是在岱石庙自己户里的，过年完要接到七里来。

刘：我是小孩的时候，接娘娘到七里要铺荷花叶，放荷花灯，而岱石尊王也在北面，年年也要接来送走。岱石庙正月初一夜接到七里，正月头送到新庙，正月半请回老庙，十二月二十再送回岱石庙，这样都保平安。这样过年娘娘老爷要在岱石庙过，寿日就在七里过，是八月初十。这样，大年初一前村里是没老爷的，但是过去年外做戏每做一堂，还要向石柜岱方向请老爷，现在都乱了，不搞了。

笔者的问题是围绕现实中的村庙祈拜活动提出的，受访者的传说叙事内容也明确地围绕这一点展开，并围绕"岱石尊王"夫人的方氏来历形成了一则完整的传说，可定名为《方氏娘娘》。参考上文对于《周》的分析可见，构成这则传说叙事—解释结构中心的是其中的"神婚"情节。石柜殿①是浙南地区较为著名的村落庙宇之一，尽管七里村村民也认为本地的两座庙宇在神事身份上仅仅是前者的行宫，但从两位采访者在叙述最后形成的解释叙述可知，行宫的次级地位被"神婚"情节通过入赘习俗，转换为平等的村庙关系。

这则由"提问—解释"链所形成的传说文本可以与《民间文学集成》中的书面记述版本加以比较，引文如下：

---

① 石柜殿位于今黄岩区澄江街道下洋灰村，现存庙宇建筑始建于光绪二十一年（1895），每年农历三月初九举行神诞庆典。

《岱石娘娘》：①

老庙后殿坐着岱石尊王的两位娘娘。为什么一位脸上笑嘻嘻，一位却愁眉不展呢？这要从两位娘娘的来历说起。

相传董尚书来到黄岩，扮作一个买盐的年轻人，在乡下卖盐。这天来到澄江岸边的七里村。董尚书见到村口有两位姑娘在捣米，她们是姐妹俩，长得很漂亮。董尚书想娶她们做妻子。但是怎么样才能使她们成为自己的妻子呢？他想了个办法：挑着盐担走过去，绕姑娘捣米的地方转了一圈。说也奇怪，这么一来，姐妹俩的米就捣不熟了。董尚书走过去对她们俩说："我愿意帮忙，把米一脚捣熟，你们俩都嫁给我好吗？"姐妹俩以为是开玩笑的，就答应了。董尚书上去只捣了一脚，果然把米捣熟练。妹妹见了很高兴，爽快地答应嫁给他。姐姐却后悔了，但刚才话已讲出口量，后悔也没有用了，只好勉强嫁给他。

这样，姐妹俩就成了岱石娘娘。妹妹当初愿意嫁，脸上笑嘻嘻。姐姐不愿意，整日皱眉头。你若不相信，可以到老庙仔细看看。

尽管采录时间不同，但就内文而言，这两则传说依然可以形成一系列比较。首先，相比于笔者主动提问引起的现场对话形成的文本，《民间文学集成》中收录的版本尽管并不是以七里村的特定的信仰习俗作为下列叙述的对象，但如上文所述，它依然和众多村庙传说一样，是由对祈拜对象的直接解释作为叙述起点的。在具体的叙述内容上，笔者提问所形成的传说文本由于演述情境，直接嵌入了本村具体的宗族信息，《民间文学集成》中的版本虽然略去了这一内容，但比较《周》可见，神祇的"外地/外地"移动与由此形成的神婚情节依然是两则异文共同的主干情节。这成为两文与现实祈拜对象（神像）之间最直接相关的内容。由此可见，尽管《民间文学集成》中收录的文本并没有说明采录过程，但从文本本身而言，它依然遵循着与《周》相同的"提问—解释"链。

其次，这两则传说所包含的神异内容存在一系列不同，最大的差异在

---

① 《民间文学集成·浙江卷·黄岩县卷·故事册》，黄岩县文化馆编印，1992年，第161页。

于后者省略了前者解释方氏娘娘"人神"转化的"横死"情节，直接叙述了"神婚"本身。如上所见，现场版的《方氏娘娘》一文是笔者针对七里村围绕一村两庙在年关的奉神时间安排所提问题生成的，因此，其叙事内容也就必须包含对于石柜殿奉神和本地奉神何以相同的解释。在这一前提下，本地人方氏娘娘的神性来历必须在演述文本中加以阐述，才能使笔者这个"外来者"认识到共同体的神佑来源。相比而言，《岱》一文由于民间集成采录的需要，这一叙事—解释关系已经不再需要直接呈现于传说文本的表层内容之中，但就内文而言，"神婚"在其中依然是对于"老庙"供奉对象的直接解释。尽管形成传说叙事的是"岱石娘娘"的塑像特征，但它依然建立在岱石尊王庙的神像供奉问题上。因此，尽管呈现于叙事表层的内容不尽相同，叙述次序也有所区别，但两者都是从村庙现实中的祈拜对象开始形成"提问—解释"链，并依次对应于文中各个叙事单位。

将从《方》一文由现场演述形成的"提问—解释"结构与《周》中各个叙事单位之间的"叙事—解释"链加以比较，两者的相似性是不言而喻的。因此，传说解释结构形成的层进关系不仅是现场演述情境所提供的，对于村庙传说而言，这本身就构成了一种统一的内在文本结构，使得叙事内容本身沿着从"神像"到"村庙"的路径生成，然后以从"村庙"到"神像"的方向形成按照叙事因果关系组织的传说文本。因此，"提问—解释"链实际上将最终直接的"村庙"解释项分解为对于村庙本身而言深浅不同的多个层次，正如《周》中所见，这些层次由直观到抽象，逐步将围绕村与庙形成的神佑关系投射于具体的村落空间身份上。

在这一过程中，每一层解释所推动的叙事内容由此具有特定的内涵，由此才能在线性的情节序列中形成图式化的村庙解释。正如上文所见，这一固定化的内涵可以被主题学的方法所分析，因此，传说随着叙事部分的展开最终形成的完整解释内容，也可以被理解为各个叙事单位所对应的主题所形成的有序集合。从这一思路出发，我们可以回到《周》，由其说明这一集合的具体构成。

第三节 《周六争山》中的叙事单元主题

如第一节所见，《周》的叙事内容是由四个独立但又互相形成情境套嵌关系的叙事单元构成的，解释项XIV的内容正是与这四个部分通过"提问—解释"链层层组合形成的联合结构相互对应的，而在叙事内容和解释结构之间，叙事单元各自的主题成为两者相互对应的关键。因此，分析《周》中各个叙事单元的主题所具有的特定意涵，我们能够理解村庙传说为何要以上述方式构建关于村庙来历的叙事内容。

一 横死—成神主题

在紧接XIV的叙事内容中，从XI到XIII这三个情节单位构成了"卢真人施法，周六夫妇脱胎成神/泥墩"，其中最关键的动力情节素是"卢真人放出宿流星"，这一法术的结果是"脱胎"。如上所见，这一独立的叙事单元是以"周六结亲"作为场景的，就内容本身而言，它构成了主人公，也即"六将军庙"两位主神经由一个突发事件由人变神的过程，实际上也就是一个"横死"事件，"泥墩"本身是这一事件中直接构成"变化"的对象，而"星宿归天"则是事件中对于"横死"的信仰解释。因此从叙事本身而言，这一单位的核心母题是"横死—神尸"，主题则是"横死成神"。如果进一步进行分析，"横死成神"这一主题在"地方神"的传说叙事中进一步承担了两重解释功能：其一，它说明了神祇是如何完成"人神"转换的，也由此说明了村庙供奉对象在宗教上的合法性；其二，它通过"尸体"这一具体实物，建立了具体的祈拜活动与具体社区地域之间的联系。

首先，"横死—神尸"这一叙事主题在中国的叙述文学传统中由来已久，王孝廉在归纳"变化神话"这一范畴时，就将《山海经》中的奢比之尸、祖状之尸、据比之尸作为开端。[①] 如李丰楙所见，在道教的法术思维中，由非自然死亡引起的"生—死"转换是构成"神格"的重要元素，其中最直接的就是道教中的"尸解"，在"药解""剑解"等的"上尸解法"逐渐因为炼丹术的流行而趋向主流之前，刀解、兵解、水解、火解是这一"脱胎成神"范式的主流。[②]《太平御览》归纳道："《登真隐诀》

[①] 王孝廉：《死与再生》，见《古典文学》第七集，台北学生书局1985年版，第383—397页。

[②] 李丰楙：《神化与变异：一个"常与非常"的文化思维》，中华书局2010年版，第147页。

曰尸解者，当死之时，或刀兵水火，痛楚之切，不异人世也。既死之后，其神放得迁逝，形不能去尔。……董仲居，淮南人也，少时服气炼形，年百余岁不老，常见诬系狱，尸解仙去。……《真诰》曰：辛玄子，字延期，陇西定谷人。好道，行渡秦川长梁津，致溺水，解而去之。"① 由此可见，相比于精英化的"上尸解法"，"尸解"在早期道教中的含义更加接近日常生活中对于"横死"的理解。因此，如果将"横死"作为"尸解"在日常观念中承担的实际意义也并无不妥。

其次，考察民间叙事传统中形成的传说文本，"横死"的意义不仅止于李丰楙所谓在"常—非常"之间形成人神转换这一叙事—解释功能，尤其对于村庙在传统信仰体系中所具有的"地祇"属性而言，这一点更为突出。如《道法会元》在论述"五雷法"时所论："社令雷乃一郡一邑之中，有忠义报国、孝勇猛烈之人，报君落阵，居家愤死，英灵之性，聚为此类……百姓祭之及时，则风雨顺如。失祭告，则作狂风暴雨，疾雷猛电，连作大水，害人苗稼，伤人性命。今世人一州一土，或有神庙，祈求感应，因而封祀，乃此类也。昔赵鸾凤运斧而图者，正此等耳。学真奉道之士，得此口诀，能遣动此雷，以救百里之旱，一邑之灾。"② 由此可见，五雷法这一在民间道教中最重要的法术体系在界定"地方正神"的时候形成的是"愤死—祭告—封祀"序列，与《周》中形成的"横死—成神—建庙"序列是相同的，"愤死"或"横死"既是神祇由人变神的关键，同时又是与"一州一土"形成特定祈拜护佑关系的前提。假如说《周》之前的叙事内容中，周六夫妇各自与一系列具有象征意义的神奇事件相关，那么直到这一情节，这对人物的神祇身份才从异人转化成为与现实中的村庙祈拜相对应的"地祇"。这一"成神"和"地祇仪式"的信仰逻辑在今天依然可见，其中陕西的"血社火"、广西的"端公戏"以及依然在浙中以及浙南村社神诞祭祀中搬演的"目连"类演艺形式中，"横死"主题都是构成仪式叙事的重要支点。

从浙中和浙南地区的"地方"神传说中，"横死成神"的叙事—解释功能更为明确。朱海滨对衢州地区周雄信仰的神祇形成过程进行了详细的

---

① （宋）李昉：《太平御览》，《道部》卷六，总第664卷，河北教育出版社1994年版。
② 《上清玉府五雷大法玉枢灵文》，见《道法会元》，《道藏》第二十九卷，上海书店1988年版。

文献梳理。如其所见，明代中叶的时候，围绕周雄的成神过程开始出现"溺水成神"情节，最早的版本如下：

> 衢州周宣灵王者，故市里细民，死而浮尸于水亭滩，流去复来，土人异之。祝曰：果神也，香三日臭三日，吾则奉事汝。已而满城皆闻异香，自尸出三日，臭亦如之。乃泥其尸为像，其母闻而往拜，回其头，至今其头不正，显异百出。

仅以"香尸"本身而言，这一情节与《搜神记》中钩弋夫人的故事类似，在佛教故事中，"坐化生香"这一情节则更为常见。但如朱海滨所见，"浮尸"情节是周雄在明中叶开始成为衢州渔民社区，尤其是"九姓渔民"守护神的时候出现的。因此，"浮尸"这一"横死"属性首先建构了"神奇尸体"与特定社区之间的地域神佑联系，此后才以"神奇尸体"展开对其神性的解释。[①]

在笔者所收集的浙南村庙传说中，有一系列案例与这则周雄传说相同，如与《周》一样收集于玉环地区的《包老咀头》中的"成神建庙"内容：

> （主人公被海盗碎尸抛海）第二天，当大家在海上找到尸体时，说也奇怪，已分身的尸体被海浪卷在一起，浮在他平时放哨停小船的南山咀头海绵上。渔民们就把它埋在南山咀头，并在那里用长石条筑成一座小坟屋，坟屋的小匾额上写着"包老爷庙"，并把"南山咀头"改名为"包老咀头"了。[②]

尽管《包》的"建庙"情节中并没有像异文 B 中那样直接的"变神"内容，也没有周雄传说那样以"香臭尸"的形式套入佛道"脱胎"传统，但它在表述横死者的神奇尸体时，既将郭璞解释《海内北经》中

[①] 朱海滨：《祭祀政策与民间信仰变迁——近世浙江民间信仰研究》，复旦大学出版社2008年版，第87页。

[②] 《民间文学集成·浙江卷·玉环县卷·故事册》，玉环县文化馆编印，1992年，第196—197页。

"据比之尸"时所谓"形解而神运"的意涵与日常层面的"建庙"相对应，其中又以"浮尸"对应了周雄传说中尸体的"流去复来"对于神祇护佑对象的说明。如朱海滨所见，明末由于江神传说而出现的"逆水"传说在连接更早的"孝子"传说时，"乃泥其尸为像"成为两者之间的共同动力情节单元，可见对于周雄信仰而言，它是其在本地语境中生成传说叙事的起点之一。如异文 B 中所见，"横死"本身使得周六夫妇转化为两种神祇身份，其一是"脱胎返天庭"，重新恢复其星宿身份，其二是"留形成泥墩"，如上所见，后者成为包括主干情节"周六争山"在内，传说由 XIV 真正形成"提问—解释"链的起点。比较上述两种"横死"的结果，《周》中"泥墩塑像"引入了"千家万户"作为塑像建庙以及神祇祈拜的主体，因此，从"横死成神"到"神祇"之间的转换也就有了"本地人"的参与，由此形成的祈拜对象成为一个"本地化"，同时"现实化"的实体。这一点在周雄的"溺水"传说中也可得见，浮尸的神迹是由本地的"祝"，也即神庙事务的代言者所引发，"泥尸造像"也隐含了"横死"地点的社区群体对于"神"的主动塑造。《包》虽然没有直接说明"造像"的过程，但是本地人"收殓建庙"的过程，所确立的依然是"祈拜"对象本身。

因此如《周》中所见，"横死"的这两重解释都是围绕"神尸—神像"加以叙述的。这一主题之所以能够进入传说叙事，最直接的原因在于其提供了一个具体的物化对象，村庙祈拜对象的宗教合法性、"庙神"的地域属性正是在这一前提下才成为对于现实中村庙祈拜行为的直接解释。在《民间文学集成》中，我们可以找到一系列直接以村庙的直接祈拜对象、神像或神物成为传说叙述起点的例子，比如《"狗味相公"与"狗味相公庙"》[①]："在古顺乡南山外边，有一条陡峭的山岭，那岭脚有一个小庙，庙内有三个香炉，却无神佛塑像。"又如《岱石娘娘》[②]："岱石庙后殿坐着岱石尊王的两位娘娘，为什么一位脸上笑嘻嘻，一位却愁眉不展呢？这要从两位娘娘的来历说起。"由于《民间文学集成》中的传说

---

① 《民间文学集成·浙江卷·玉环县卷·故事册》，玉环县文化馆编印，1992 年，第 162—163 页。
② 《民间文学集成·浙江卷·黄岩县卷·故事册》，黄岩县文化馆编印，1992 年，第 161 页。

文本经过民间文艺工作者的二次编辑，其文本叙述顺序往往已经根据"民间故事"的叙事认知有所调整，在传说的实际口述版本中，由"神像"作为传说叙述的起点应当更为常见。

二　对抗主题

异文 B 中将"成神"的发生置于场景"周六结亲"之中，这一场景实际上是"五凤逃楼"和"周六争山"这两个情节序列通过"许亲—结亲"组合编列成的结果。如上所见，这一叙事单元是整则传说情节序列的中心，它所阐述的主题也构成了村庙解释的主要内容。

这一点首先可以从其中包含的"五凤跛足"这一元素入手加以说明。异文 A 中，"跛足"本身就是"徐大司官建楼造风水"失败的结果，在异文 B 中，"跛脚"这一元素却出现在风水师的直接叙述中，而且，"跛足"还可以和这一人物的"幺女"身份相联系，这强调了徐大司官的"无嗣者"身份。因此，异文 A 中形成的是"造风水失败—跛足"的因果联系，异文中的"跛脚五凤"则在这一叙事关系中直接成为"地方"神佑缺陷的一种隐喻。在这一前提下，"结亲"之于"五凤朝阳地"的意义也就明晰起来。如上所述，异文 B 中的"周六"是以"外来单身汉"的身份介入情节的，对应于徐大司官的"无嗣者"身份，周六和五凤的婚姻形成的是"招赘"关系，"许亲—争山—结亲"首先意味着徐大司官"无嗣者"的身份得以解除。而且，由于"结亲"成了"逃楼—成神"的场景，风水师对于本地神佑的预言得以实现的同时，"五凤"的"残缺"也经由"变神"而得到另一个层次的"补足"和升华，她与地域神佑之间的对应关系也由隐喻而转化为对于现实地域神佑的说明。因此，"入赘"本身对于"五凤"所代表的"风水"缺陷而言是一个重建过程，而"争山"在其中又起着核心情节动力作用。

在这一基础上，"争山"中对于两个对手的身份表述能够从另一个角度说明"逃楼—争山"的主题功能。异文 A 和异文 B 中，周六这一人物介入叙事的方式并不一致，前者是以"仗义相助"的形式出现的，本身与人物的地域身份并不产生联系，后者的"帮助"本身就是"调情"打破"五凤困楼"之后的结果，"五凤困楼"则是一种对于本地神佑的保护措施，因此，周六在这里实际上是以外来侵入者的身份出现的。比较《周》的两个异文对于"孙度"这一人物的身份叙述，异文 B 中对于周六身份表述的主题意义可以进一步得见。首先，异文 A 对于"孙度"的身份表述如下：

> 有一年，一股闽广海匪在披山洋被朝廷官兵打得人仰船翻，哭爹叫娘，无办法，只得缴械投降，他们的头脑叫孙度。孙度望中了芦岙格块地方和附近的山场，就带着百把人住了下来。

联系玉环县的历史，文中提及的闽广海匪很可能是指清代的艇仔海盗，因此，异文 A 中的"孙度"完全是一个异乡外来者角色。但异文 B 说道："莫说嗬大泽司官豪富家啊，再唱啊后湾孙度老本①来作啦对头。"后湾指今后湾村，② 因此就芦岙"本地人"而言，孙度和周六一样都是华德英所谓的"目前模型"下生成的"邻人"，③ 他发起的"争山"与周六的"结亲"也就有着相同的空间身份意义。如华德英所论："每一个窖西村民都与非窖西人有一连串的二元组合关系，以及与仪式或娱乐有关的关系。人类学家可以观察到，这些关系所集中的空间会构成一个汇集区，我建议套用动物学称谓，把它唤作版图（territory）。住在该版图内的人，并非属于一个社群，虽然他们知道彼此间有很多相同的地方，但他们没有因此互相视为同属一个单位，也没有团体行动。版图只是一个可以在地图上勾画出来的地域，它的范围内有着较频密的社会经济往来，只有少数类似的关系会延伸到该范围之外，版图内整个人口，对个别窖西村庙来说，就只是要接触外界时所找的对象。"④ 可见在华德英看来，这样的空间范畴是村落居民的自身生活空间所形成的最大范畴。另外，村落社区的边界观念在这一范畴内也得到了最大程度的强调，在日常生活中，"我是某村人"的认知显然比"我是某省人""我是某国人"或"我是凡人"更具有实践意义。因此，来自"邻人"的社区界定也就构成了对于地域神佑

---

① 老本，即老本师，浙南方言中对拳师、佛道法师等人物的惯常称呼。
② 后湾村位于今玉环县城关镇玉城街道，与芦岙坑村仅隔 7 公里，上文中的百丈岩位于芦岙坑村南侧，两地正处于芦岙坑村南北两邻。
③ ［英］华德英：《从社会学看自觉——意识模型的一些用途》，《从人类学看香港社会》，尹庆葆译，香港大学出版社 1985 年版，第 57 页。
④ ［英］华德英：《意识模型的类别——兼论华南渔民》，《从人类学看香港社会》，尹庆葆译，香港大学出版社 1985 年版，第 47 页。

而言，形成"边界"认知最直接的因素，而争夺者的"边缘"身份在其中所起的标示作用是不言而喻的。因此在异文 B 中，"争山"情节本身也就不仅限于单纯地域空间的争夺，而是以"边缘—中心"图式所形成的"本地人"身份争夺。这也是周六的"单身汉"身份在这一叙事片段中反复出现的原因，"结亲"与"争山"实际上可以被视为同一主题的复调重叠。

由此出发，我们可以进一步理解"争山"在这则"村庙"传说中形成的主题阐述。《周》的"争山"叙事内容可以图示如下：

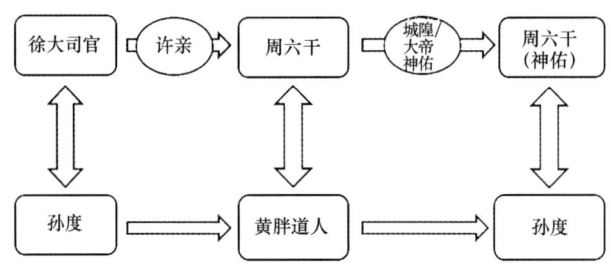

图 1—3 "对抗"情节示意图

"争山"情节是按照民间叙事中常见的三重式结构组织起来的，而在其中，最初的"山场之争"借由两个动力情节素而发生了两次转换。"争山"首先是在徐大司官和孙度之间展开的世俗争夺，在异文 B 中略去了异文 A 中贯穿始终的"徐大司官打官司"，这一情节也就并不成为之后转换在意义情境上的限制。因此当"争山"情节展开之时，异文 B 的叙事语境也就从"徐大司官"所代表的静态共同体转向了以上述两个外来侵夺者之间形成的动态共同体争夺过程。

在两则异文中，"争山"的最终胜利都直接与"神庙"发生了关联，并由此成为在最后的对抗中周六获胜的原因，但它们在这一情节上的表述有着微妙差异。其中，异文 B 原文如下：

> 六哥当时来晓得嗬，
> 走到大帝庙前许啦愿心，
> 求你大帝老爷啊帮我打一阵嗬，

重修庙宇再塑金身。

你若不帮我喵六哥打一阵啊，
一脚啊跌翻黄泥身。
六哥许愿嗳出庙门，
两脚啦奔走啊快如云。

异文 A 原文如下：

> 百丈岩下有城隍庙。六干从岩头跳到庙里，向城隍老爷许愿："这场官司打得赢，我改换庙宇塑金身；金打橡皮根根到，银打香炉两龙抱；买来码砖铺地浪烫平，买来蛎灰粉墙画麒麟。"愿刚许完，香炉里就冒出一株茅剑。

如上所见，异文 B 除了许愿的神祇从"城隍老爷"换为"大帝老爷"外，还在许愿之后添加了"罚神"内容，而且在祈求的内容上仅说明"帮我打一阵"，而不是异文 A 中的"官司打得赢"。从这一角度看，上述三重转换实际上构成了对于本地神佑加以重新界定的过程，第一次转换中，"周六"和"黄胖道人"这两个法术者的斗争也就在异文 B 中成为第二次转换的铺垫。"周六"因此进一步对位于"大帝老爷"，直至传说最后一部分脱胎成神。

在具体的"争山"叙述中，这一意义更为明确。如上所见，在这一叙事单元中，最关键的情节素是周六得以获胜的法术/法器"茅剑"，而两个异文中，它的来源并不相同。异文 A 中，它是周六城隍庙祈愿之后的神赐，而在异文 B 中，它与"祈神"并无关系，是周六自身所携的法术。如上所见，在异文 B 叙述第三次对抗的两节韵文中，第二节明确包含了与"罚神"相关的内容，联系"罚神"习俗在信仰民俗，尤其是村庙传统中的具体形态，异文 B 中周六与庙神的关系实际上被置于平等的地位，后者不再是前者祈求的对象。因此，"茅剑"在两个异文中来源的不同，异文 A 中的周六是作为共同体受佑者获得神赐，并代表"本地人"获得对抗胜利的，而异文 B 中的周六则直接成为地域神佑的负载者，他的法术在"争山"过程中，实际上已经等同于地域神佑本身。因此，假如异文 A 中的"争山"依然处于"徐大司官—孙度"的静态"本地/外地"关系之内的话，异文 B 中这一叙事单元通过两次转换，已经由世俗对抗变为神力对抗，其中的"茅剑"法术已经成为周六与"芦岙山"之间神圣护佑关系的具体象征。

由此出发，我们可以进一步明确"五凤逃楼"所阐述的主题。"争山"所阐述的是由"邻人"对于共同体在神佑层面形成的重新界定，这一界定的前提则是"五凤朝阳地"所存在的神佑缺陷，这正是"五凤困楼"中由"困楼"和"跛足/幺女"所共同阐述的内容。因此，在异文 B 中，"周六争山"所体现的本身就是"五凤朝阳地"的神佑重建，"逃楼—争山"这一叙事单位的主题也由此可知为地域神佑的"残缺—转换—重建"过程，"结亲—横死"正是对这一"重建"主题在叙事上进一步加以阐述。因此，假如"神奇尸体"仅仅通过具体化说明了神祇与地域之间的联系，那么"争山"中的"转换"主题则阐述了村庙神事的神佑功能与共同体的内在联系。

三 "中心—边缘"主题

如上所见，在异文 B 中，"周六学法"是情节序列中距离最后的解释项 XIV 越远的叙事单位，它的情节动力作用也就越广泛。从"横死成神"主题对于"神事"的阐述开始，到"争山"的"转换"主题对于"神佑"的阐述，传说从直接的村庙活动延伸至对于神祇与共同体护佑关系的说明。但如上所见，"争山"实际上是对于地域共同体神佑的重新界定，那么，地域为何能够成为外来神异者所争夺和重新界定神佑关系的对象，这一点本身并没有在上述两个叙事单元所阐述的主题中得以说明。纵观整则异文 B，我们可以从全文开头围绕"周六学法"这一情节所形成的叙事单元对这一点加以认识。

在这一叙事内容中，首先值得注意的是由它展开的一套空间图式。如上所见，《周》这则传说是围绕两个明确的空间点展开的即"百丈岩"和"芦岙"，"周六学法"这一叙事单元的内容正是由主人公在这两个点之间的移动所展开的。如上所见，周六是在一个特殊的时间点"正月"，从单身栖身的"百丈岩"到了卢真人所在地"芦岙山"，这也是下文周六为徐大司官"争山"的对象。借由这一移动，卢真人向周六传授的"茅剑"法术，主人公在"许亲—争山—结亲"中又形成了第二次空间移动。"周六学法"中的这套空间图式可以在由"结亲"引发的叙事内容中找到对应。示意如下：

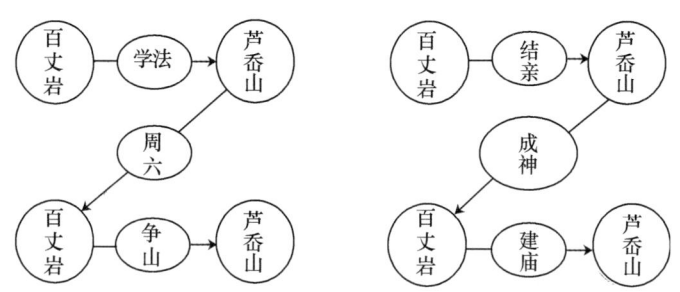

图1—4 《周六争山》异文B的中心—边缘主题

进一步比较的话，这两个首尾相连的叙事部分不仅有着共通的空间图式，它们所组织的具体叙事内容也存在一系列的共通性。

首先，"周六学法"中的核心情节素"学法"在"周六结亲"中对应于"结亲"，两者对于主人公周六而言都是一种"授予"身份的过程，前者是师徒，而后者则是入赘，但它们都与"本地人"身份相关。其次，"争山"是周六在学法之后第二次进入"芦岙"所引发的事件，这一情节的核心主题在于"本地神佑"的转移和重建，以周六而言，这一次移动的结果则是其由人变神。如上一节对于异文B的叙事结构分析所见，"周六学法"中的内容对于其他叙事单元而言形成了整体上的情景语境关系，之所以形成这一结构关系，根本原因正在于上述图式所阐述的主题在整则传说叙事—解释结构中的主题。

这一空间图式的主题意义可以从实际的村庙传统加以理解。考察笔者所集的浙南村庙传说可见，山岭、离岛、深潭以及更加具有聚落边界标识意义的"路廊"在这一类传说中都是具有标志性的"建庙"地点，如《仙人岭》《高岩头》《沙龙岗》《水沥口》《遇仙亭》等，这些村庙传说和《周》一样，都将客观具有标界意义的地理对象作为发生"庙神"事件的主要场景。如上所见，《周》的"争庙"情节是在周六和孙度两个"芦岙人"的"邻人"之间发生的，因此，他们对于共同体山场的争夺，也就具有天然的"争界"内涵。当周六的身份由"边缘"的"邻人"通过"争山"而转化为共同体的地域保护神时，周六与孙度发生最后一次对抗的场所也就成为"芦岙"新的神佑边界，成为村落社区在地域神事层面的中心。因此，"周六学法"中围绕"周六"和"芦岙真人"形成的空间图式，首先是为现实中"六将军庙"的神事形态所进行的说明。

其次，如上所见，在"逃楼—争山"这一叙事单位中，空间的争夺与共同体身份的转换是同步进行的，周六在进行地域争夺/保护的过程通过"入赘"而由"边缘人"逐步转化为"本地人"的。因此，当传说中将"周六学法"中展开的二元空间图式实际为在这一叙事单位中"边缘人"与"本地人"视野中的"中心"文化资本与社会资本发生的转移关系提供了阐述基础。由此可见，首尾两个空间图式在《周》的叙事内容之内形成了"外部—内部"的身份循环，这一过程既是传说阐述主人公"本地人"身份的基础，也是阐述"本地神"属性的基础。

联系异文 B 的整个"提问—解释"链中的其他部分主题，"周六学法"中"百丈岩—芦岙山"图式的意义不仅在于对"本地人"权利形成过程的叙述。在这则传说中，卢真人、徐大司官与周六之间不断形成的是"授予"关系，在周六与五凤之间，实质上建立的却是"重建"关系，重建的前提则是后者所代表的共同体本身存在的一系列"缺陷"。"争山"起于本地地域的残缺，"逃楼"本身就起于本地"五凤朝阳地"这一神佑状态的隐忧，而周六这一人物同样不仅是一个"外来者"，原文表述如下：

> 周姓六哥嗳取为名嗬，
> 百丈岩下宿啦安身；
> 上无兄来下无弟嗬，
> 单身独自过啊过光阴。

周六作为"外来者"的地域身份和他的"孤儿"身份是互为一体的。这一点在异文 A 中可以得到进一步的补充，原文如下：

> 六干是明朝乐清县玉环乡人，据说姓周。为什么又叫六干呢？有人讲，他在兄弟辈中排行第六；也有人讲，他一只手有

六个手指头。

因此，假如纳入这些表述，周六在《周》中的传说体系内和作为幼女/跛足的五凤一样，都是以"残缺者"的形象出现的，这一身份特征在整则传说的解释图式中起着关键作用。异文B中，孙度在说明升级对抗的理由时表述道："百丈岩下嘀光棍人啊，飞檐走壁啦会腾云。要砍我山中大小树木嘀不要紧，打得我黄胖度（道）人啊好伤心。"如上所见，"争山"本身就包含着"边缘人"对于"本地身份"的争夺，"黄胖道人"的"道士"身份也和"单身汉""幺女"一样，都意味着社会身份上的"残缺"。因此，无论是"争山"还是"五凤逃楼"，这些叙事单位都是围绕"残缺者"身份展开的，在"争山"形成正向的共同体身份构建叙事的同时，从"本地人"角度出发叙述的"残缺—重建"过程则具体叙述了共同体身份的负向建构。在这一前提下，"百丈岩"也就不仅仅是一个单纯的空间点，后者在空间上的"非本地"特性与主角身份"残缺"特性是互相一致的。上述空间"中心—边缘"图式所承负的叙事内容，在这一意义上首先叙述了两个"残缺"地域之间互相结合，以重建地域神佑的过程。从这一角度出发，百丈岩人"周六"所引起的"入赘""成神"和"建庙"，也就意味着"芦岙山"与"百丈岩"成为当地人共同体视野中的地域共同体，这一"并地"情节对于芦岙"五凤朝阳地"而言也同样意味着"残缺—重建"。通过新村庙的建立，聚落地域的神佑也随着新的村庙神祇而得以重构完全，因此，"六将军"作为地域护佑神祇的生成过程，同时也是新的社区共同体的生成过程。"周六学法"所展开的空间图式，首先是这则传说通过村庙解释重新界定共同体以及"本地人"时的基础。

因此，我们能够从《周》的主题结构中发现李丰楙修正自高夫曼（Erving Goffman）"社会戏剧"理论的"常与非常"模型，如其所言："非日常生活，从日常生活中作有意的区隔，认识到礼仪实践中的自我表演，乃是日常时间里其社会生活浓缩而又高度集中的演出，它加强了日常性社会行为的戏剧性。"[①] 假如将保界观念之下，社区在人神之间通过

---

① 李丰楙：《礼生与道士——台湾民间社会中礼仪实践的两种面向》，王秋桂等编：《金门历史、文化、生态国际学术研讨会论文集》，汉学中心，2001年，第333页。

周年神事维持的神佑状态视为"本地人"视野中的"日常状态",那么《周》作为一则解释村庙来源的传说,则通过在叙事—解释语境中不断通过"缺陷"所代表的"非日常"状态来重新定义地域神佑关系中的"日常"权利。当这一过程投射于传说的"地域神佑"主题时,它的具体呈现方式也就体现为一系列的"法术",周六由卢真人传授的"茅剑"如此,卢真人最后使得周六夫妇变神的"宿流星"也是如此。由此可见,在以普洛普式的"神奇故事"① 作为叙事主体的情况下,村庙传说的具体叙事—解释元素依然是对于现实中"村"和"庙"实践关系的映射。由此可见,《周》所构成的是一系列由特定社区信仰意涵所塑造的表意单元,而围绕这些表意单元,文本的演述者与接受者同样处于预设的对话语境之中,完成的是与村庙所对应的"人—地"关系直接相关的文化功能。因此,《周》也就不仅是一篇单纯的叙事作品,它体现的是村落社区语境中具有特定功能的文化行为。

小　结

至此,我们能够对《周》异文 B 所展现的村庙传说文本结构有一个全面的认识。

首先,《周》中的"提问—解释"链尽管是由叙事单元之间的情节关系所推导出来的,但却是这则传说作为村庙传说的核心特征。联系上文对于《方》的两个异文进行的比较可知,对于村庙传说而言,"提问—解释"链是原生状态下村庙传说文本的生成过程。在这两则异文中,《岱石娘娘》是经过民间文学集成工作者整理而成的,因此它的叙事内容占据了传说的表层,而假如以笔者在现场所采集的《方》一文所见,村庙传说本身就是由在场者对于特定村庙祈拜的提问触发的,而由此展开的叙事内容则是根据笔者逐步提问形成的内容。由此可见,就村庙传说的原生状态而言,《周》中情节序列与"提问—解释"链的位置关系反而是一种异常,但即使如此,当我们将其中的"提问—解释"链条作为入手点再次分析《周》的叙事内容时,上述异文 B 的一元化特征正与其线性形态互相对应。因此,《周》异文 B 的一元情节序列本身是由村庙传说本身的解

---

① ［俄］弗·雅·普洛普:《神奇故事的历史根源》,贾放译,上海中华书局 2006 年版。

释功能决定的，而联系下文所引案例可知，这一叙事结构的一元化特征是几乎所有村庙传说的共同特点。由此，我们能对上文对于村庙传说的界定进一步加以确认，即村庙传说是将静态的村庙现象解释通过叙事话语转化为文本中的情节结构所生成的。在传说文本中以文内因果逻辑关系形成历时序列的叙事内容，本质上是共时的解释图式中直观与抽象部分的投射。因此，越与解释项拥有直接叙事—解释关系的内容，它所对应的解释内涵也就距离现实中直观的村庙祈拜越远，而更加切近共同体观念这一抽象内容。如下文的分析所见，由此出发，我们可以将村庙传说的叙事内容逐步转化为图式化的观念叙述。

其次，《周》的叙事结构之所以能够与"提问—解释"链形成一体关系，各个叙事单元中的特定主题起到了关键作用。它们既是叙事单元之间形成情景语境关系的枢纽，同时又是"提问—解释"链中逐层界定"人—地—神"关系的要件。这些主题包括"周六学法"中说明周六身份的"边缘人"主题，最后说明"六将军庙"来历的"横死成神"主题，以及传说主干情节"周六争山"中，直接说明新神庙地域神佑来源的"对抗"主题。对于《周》而言，阐述"对抗"主题的"逃楼—争山"叙事单元是这则传说的核心组成部分。如上所见，争山情节之所以在全文中扮演最核心的叙事内容，其原因并不仅仅在于它是对之前徐大司官—孙度这一对立关系的消解，更为重要的是，这一情节提供了一个典型的"神佑"事件。最后成神的主人公在这一情节里形成了自身与地域之间的神佑关系，因此这一情节本身也就成为之后村庙祈拜的戏剧性预演。而由下文的分析可知，村庙传说始终将直接体现"神佑"的内容置于传说叙事结构的中心，这构成了村庙传说的基本叙事—解释模式。

综合以上两点，我们可以推测村庙传说本身的基本形态。首先，传说中村庙解释项的内容是生成整则传说叙事内容的起点，而这一生成过程是由最直接的神奇故事（横死—成神）到最抽象的人事（学法—结亲）逐步展开的。

其次，传说的主题组成相比于叙事内容，构成了传说与解释结构直接对应的部分，而无论演述情境如何变化，只要文本不缺失"对抗""残缺""中心/边缘"等关键主题单元，传说叙事内容本身经过流传和再生成形成的改变并不影响这一叙事—解释关系。后者尽管并不能以母题来归纳，但在传说"村庙"解释项的主导之下，它却构成了村庙传说的基本形态。

由上述讨论出发，我们可以绕过传说的具体叙事结构构成，直接将主题作为讨论传说叙事—解释结构，进而说明村庙传说共同体表述的入手点。

第二章
村落传说诸类型的主题结构

从《周》等典型村庙传说可见，这类传说的主题结构具有鲜明的类型化特征。因此，下文将从这一类"对抗"型传说出发，对村庙传说中的几个主要类型加以讨论，进而归纳村庙传说的共同体解释范式。

第一节 "对抗"型传说中的"残缺—对抗—重建"主题结构

《周》的"提问—解释"链首先是以庙宇的来历为起点展开的。"对抗"主题对于"建庙"的意义在于说明在新村庙形成过程中，外来神佑通过"残缺—转移—重建"形成新的村庙护佑关系，这构成了它与其他两个主题的内在联系。在同样以"对抗"主题为中心的传说文本中尽管未必如《周》那样形成多层的叙事结构，但有着相同的主题结构。举例如下：

《包老咀头》[①]：

Ⅰ. 北方来的包姓拳师在鲜迭岙定居，为本地人帮工过活。
Ⅱ. 本地人聘请包姓拳师为保镖，赠船在南山咀头放哨。
Ⅲ. 包姓拳师击败了外来的海盗。
Ⅳ. 包姓拳师被海盗暗杀。
Ⅴ. 包姓拳师的尸体分为几块，在南山咀头聚拢。
Ⅵ. 本地人将尸体埋葬建庙，称为"包老爷"庙，埋葬地改名为"包老咀头"。

---

① 《民间文学集成·浙江卷·玉环县卷·故事册》，玉环县文化馆编印，1992年，第196—197页。

《穿笼裤的菩萨》①：

　　Ⅰ. 乌士幼年丧父，跟着大人出海。
　　Ⅱ. 乌士租船出海总能发现鱼群和风浪。
　　Ⅲ. 东海底的海鬼王因为少翻船而没了新鬼，叫阴司官捉拿乌士下海。
　　Ⅳ. 乌士的船被风浪打翻，坐进饭桶，让海鬼王的捉拿失败，平息了风浪。
　　Ⅴ. 乌士漂流到小屿上，发现周围的暗礁，定居为来往船只导航，得到讨海人的馈赠。
　　Ⅵ. 乌士死后建庙受供奉，被塑造为讨海人形象的笼裤菩萨。

《鱼司娘娘》②：

　　Ⅰ. 玉环大麦屿居住着只有父女二人的渔户，在岛外的渔场打鱼。
　　Ⅱ. 父亲出海赶鱼汛却没有收获，在家的女儿获得渔仙的指示，要求上船。
　　Ⅲ. 女儿上船后，父亲重新得到收获。
　　Ⅳ. 村里的渔霸以"破忌"攻击父女，抢夺收获，女儿跳海自杀。
　　Ⅴ. 海水发生异变，淹没渔霸，渔场更加兴旺。
　　Ⅵ. 村民建庙，奉女儿为神。
　　Ⅶ. 神庙前的香炉能够保佑渔获，被外地渔民偷到自己村的庙宇，本地鱼汛移动到偷香炉地。

---

① 《民间文学集成·浙江卷·玉环县卷·故事册》，玉环县文化馆编印，1992年，第121页。
② 《民间文学集成·浙江卷·玉环县卷·故事册》，玉环县文化馆编印，1992年，第264页。

《吹角仙师》①：

Ⅰ. 马娄乡沙岸地方出了一个善于吹号角的十三岁神童，叫作"吹角"。

Ⅱ. 吹角在溪边看到龙，找来父母邻居观看。

Ⅲ. 众人都没有看到龙，吹角辩称因为天旱，龙在熟睡，要吹号角去唤醒。

Ⅳ. 吹角应父母的要求，连续吹了两次，吹醒了龙。

Ⅴ. 龙将吹角带上了天，下起大雨，即将引起洪水。

Ⅵ. 吹角震破了龙的耳膜，赶走了龙，自己摔死了。

Ⅶ. 沙岸人奉神立庙，向吹角求雨。

比较上述四则村庙传说的叙事梗概可知，它们都是以某一二元对抗关系作为核心情节的。由此出发，这些传说中各异的叙事表述同样可以与《周》中的三重主题找到叙事—解释关系上的对应。另外，这些传说的差异又能够说明"对抗"传说这一类内容，上述主题与具体叙事内容之间的具体生成关系何在。因此，以下将以这一比较分析思路出发，分别从三个主题单元说明"对抗"型传说共通的主题结构。

一 "残缺"主题

如上所见，《周》中以"周六学法"叙述的"中心—边缘"主题是整则传说形成村庙解释的基础，联系文中对"五凤"的表述，这一主题可以进一步归纳为以"残缺者"为中心形成的叙事—解释主题。这一主题在上述四则传说中同样存在，但却有着各自不同的表述方式。

首先，相比于《周》中由"周六—卢真人"和"周六—徐大司官"所构建的"边缘—中心"关系，《包》对于主角"边缘人"身份的描述更为直接，其中地理意义上的"外地人"处于表层，而"拳师"身份则形成一种隐性的"外来异人"叙述。以表层的"边缘人"身份而论，这两则传说形成的都是如下情节序列组织：A. 边缘人进入本地定居→B. 与

---

① 《民间文学集成·浙江卷·三门县卷·故事册》，三门县文化馆编印，1992年，第10页。

本地人发生互动（有条件的帮助）→C. 参与中心/边缘对抗→D. 横死成神。因此，尽管相比于《周》，《包》的叙事结构中并没有复杂的语境构成关系，但以"人神"转换而言，这两则传说的叙事—解释关系都是以主人公的"边缘人"身份为基础，在传说的二元空间图式中展开的。

除了这一直接以地域身份表述的"边缘人"之外，《周》中构成另一重"边缘—残缺"身份表述的是象征着地域神佑残缺的"跛足五凤"，由此出发，我们可以看到其他几则传说中的主人公身份表述与这一主题的关联。在《笼裤菩萨》中变神的主角是"丧父的孩子"，这和《周》中的"单身汉"类似，都指向无继承权、残缺的"本地人"。比较《周》的异文 A 和《笼裤菩萨》的异文《鱼神爷》[①]《摇浪大和渔师庙》[②]，前者说明了周六的"六指"特点，后者都说明主角"全身乌黑"的特征，因此在这则传说中依然包含了对主角"残缺者"身份的表述。在《鱼司娘娘》中，成为庙神的是本地渔家的"女儿"，传说的叙事内容则是围绕这一性别身份与本地渔业禁忌之间发生的冲突展开的，并由此引出变神情节。这种将"本地身份的残缺者"指向性别的表述方式在《周》中对于"五凤"的身份叙述中可以得见。这样以主人公的女性身份作为展开"残缺—重建"叙述的案例还可以见于《姑嫂娘娘庙》[③]《天后宫》[④] 等村庙传说文本中，在笔者所集的村庙传说中，这样的叙事—解释方式在庙神为女性的时候是一种常态。在《吹角仙师》中，庙神的未变神身份表述为"十三岁的神童"，这与上述传说中的主角身份叙述有所不同，但同样指向了"残缺者"。《吹角仙师》中将"神童"引入叙事的重要对立关系是"吹角"与"大人"的关系，"大人"指向了完整的"本地人"身份。因此，《鱼》中的"女儿"和《吹角仙师》中的"十三岁的神童"与"单身汉""外地人"或"丧父者"一样，同样以"本地人身份的缺失

[①]《鱼神爷》中，主角名为"陈乌嘌"，得名于"通体乌黑"，可以直接类比于《笼裤菩萨》中主角的名称"乌士"。见《民间文学集成·浙江卷·温州市卷·故事册》，温州市文化馆编印，1992 年，第 1 页。

[②]《民间文学集成·浙江卷·椒江市卷·故事册》，椒江市文化馆编印，1992 年，第 45 页。

[③]《民间文学集成·浙江卷·椒江市卷·故事册》，椒江市文化馆编印，1992 年，第 21 页。

[④]《民间文学集成·浙江卷·黄岩县卷·故事册》，黄岩县文化馆编印，1992 年，第 55 页。

者"存在于叙事结构之中。

二 "对抗"主题

如上所见，在《周》的传说叙事中处于核心位置的是"争山"，"庙神"所具备的"人—地—神"关系内涵是以"争山"为中心，由对抗的三叠式转换加以叙述的。从上述四则传说中"对抗"主题的具体叙事内容可见，这一主题在形成具体"叙事—解释"内容时既具有多样性，又存在内在的一致性。

如上所见，《包》和《周》一样，都是以"本地/外地"的空间身份对抗为中心的，《笼裤》中同样以"对抗"作为中心情节，但它的主要对抗情节发生在"乌士"与"东海底的鬼王"之间。围绕这一叙事单元，传说不仅说明了"乌士"这一主人公是如何与"东海外"发生联系的，而且还使得"乌士"这一人物本身成为地域神佑的替代者。因此，乌士与海鬼王的争夺从另一个侧面说明了后者所具有的地域神祇身份是如何生成的，而这一"人神"之间的"对抗—转移"关系，一定程度上替代了以"横死"主题阐述神性来源时的解释功能，因此它的"对抗"主题所对应的叙事—解释结构一开始就包含了"人神"转换。

相比之下，《吹角》和《鱼》的"对抗"叙述较为特殊。《吹角》中的"对抗"发生在"本地人—龙"之间。"人—龙"对抗是"对抗"型传说中最常见的叙事呈现方式之一，单纯以这一情节序列成文的村庙传说可见下例：

《龙皇堂》[①]：
Ⅰ. 朱家岸人煮食了降雨的龙鳗，东北方的龙潭出现了祸害当地的巨龙。
Ⅱ. 村里人出主意在龙潭上住人，污染了水源，让龙无法生存。
Ⅲ. 龙潭边的住户增多，周围的百姓获得平安，该地定名为"龙皇堂"。

[①] 《民间文学集成·浙江卷·临海市卷·故事册》，临海市文化馆编印，1992年，第55页。

由上例可见，尽管这则传说中的"建庙"元素仅以最后的村名"龙皇堂"这样隐晦的方式提出，但是它却叙述了一个乡村聚落在打破本地神佑之后，通过对抗神佑破坏后出现的"龙"，以及进一步打破禁忌的方式形成新的居住地，并由此形成新村落社区的过程。在这则传说中，"龙"很明显是地域神佑的具体象征，龙的出现/为祸形成了"残缺"主题，而在禁忌对抗之下形成的新聚落虽然名为"龙皇堂"，却是以龙的死亡为前提的，其中神佑置换的意涵不言而喻。当然，《吹角》的叙事—解释结构要更加复杂，上述"人—龙"对抗情节在这则传说中被增幅为和《周》一样的三重结构。"人—龙"的对抗也和《周》中一样，首先由世俗斗争（吹角看到了龙，被大人无视）开始，在发展到单纯的法术驱逐（吹角吹醒了龙），最后以神祇的生死转换（吹角震死了龙，自己落地而死）作为结局。但和《笼裤》一样，在这一叙事—解释结构中，《吹角》并没有将"对抗"置于和《周》与《包》那样的竞争性关系之中，而是以"人神"对抗的模式出现，因此它的"对抗"情节本身也就隐含了和《笼裤》一样的双重意义。

和上述《龙皇堂》一样，构成《鱼》核心情节的首先是"禁忌"，但这一禁忌却是由主角的性别身份引发的。如文中所见，主角的性别身份之所以介入传说叙事，其起因在于"父亲出海却没有收获"，因此，这一对抗本身就起因于地域神佑的缺失，同样与"五凤逃楼"的主题叙述一致。因此，尽管相比于《笼裤》和《包》围绕"身份—空间"元素形成的二元对抗，《吹角》和《鱼》中的核心情节尽管并不包含直接的"空间"属性，但是由于主人公的身份从"本地人"视角而言，在传说语境中同样形成了与本地神佑之间的二元对立关系。因此，它们的情节也就同样按照"残缺—转移—重建"的叙事—解释结构展开，其中"中心—边缘"图式所形成的"对抗"主题成为传说解释新的村庙关系中心。

三 "横死成神"主题

如《周》所见，它与村庙解释之间的叙事联系是由"横死成神"所建立的，而这一主题实际上构成了对地域神佑"重建"结果的说明。在这三个部分中，上述几则传说在"变神—建庙"情节的一致性相比于前两个部分更加明显。《包》《鱼》《吹角》虽然没有像《周》那样有一个明确的"变神"情节，但它们却都包含了一个"横死"情节。其中，

《包》的"横死成神"主题在上文已经有所提及,《鱼》中"横死—海水变异—神佑重建"的叙事单位虽然直接成为"对抗"的结局,在"横死"和"变神"的关系上却是一样的。因此,这三则传说在"横死变神"主题上采用了基本相同的叙事—解释结构。

相比之下,《笼裤》和《吹角》在这一点上略有不同。《吹角》同样将"横死"作为"对抗"的结果,但他的"横死"却没有像上述三则传说那样直接引出一个神奇事件直接说明"成神",并使"奉神建庙"位于这一情节序列之内。但在这则传说中,"本地人"为"吹角"建庙的直接原因是"求雨",事实上也就是将主角作为"龙"在神佑功能上的替代物,因此,尽管没有直接的"变神"情节,"横死"还是处于"对抗—神佑转换"的情节序列之内,作为"奉神"的隐性前因加以表述。

《笼裤》并没有在传说叙事中引入"横死",与之相应,"漂流小岛"成为之后"奉神建庙"的直接前因。但联系《笼裤》中的主角身份,这一情节素虽然不能直接对应于"横死",却依然指向了一种身份从"在序—脱序"的转换。另外,《笼裤》的"漂流小岛"和"赶海人将其塑造为穿笼裤的菩萨"是共通的,都说明了主角在身份完全转变之后,成为护佑对象奉神建庙的对象。因此,对于最终"成神建庙"的解释而言,《笼裤》中直接对应的叙事单位"漂流小岛"本身构成类似于《包》中对于"横死成神"主题的叙述。尽管并不包含主人公本身的"生—死"转换,《笼裤》的叙述中依然包含了可以与"横死成神"相类似的主题,它和《吹角》尽管在"横死"主题所对应的叙事—解释结构上与《周》《包》和《鱼》并不相同,但这一主题在这两则传说中依然可以直接说明现实中的村庙祈拜活动。

综合对上述四则"对抗"型村庙传说在"边缘人""对抗"与"横死成神"三个主题之下相应的叙事—解释内容,我们可以进一步理解上述三个主题与村庙解释之间的关系。如上所见,比较于《周》,尽管它们都拥有大致可以对应的主题,但对于具体的叙事—解释结构,上述四则传说却拥有各异的具体叙述方式,这三个主题所对应的叙事单元所形成的情节序列构成也不尽相同。由上述分析出发,这四则传说的叙事—解释结构可以比较如下。

首先,比较这四则传说与上述《周》的叙事—解释结构可以发现,

图 2—1　"对抗"型传说的叙事—解释结构比较

这四则传说中的核心叙事单元可以在《周》中找到对应，但在各自的文本叙述序列中，它们所处的位置却有很大的不同。比如在《包》中，传说尽管在开头就形成了主人公的"外地人/异人"身份叙述，并且以此展开之后的叙事—解释结构，但它并不包含《周》中由"学法"所形成的"空间/身份"图式。因此在"横死成神"中也就不包含对于"成神"内在过程的说明，同时，在对"对抗"主题的叙述中，它也不包含明确的神佑"转换"内容。细读内文，《包》中能够与此后"横死成神"主题之下，主人公转化为地域保护神相对应的，是之前他作为"外来者"和本地人形成的"保镖"契约，这与后来的"神佑"契约形成了隐喻关系。因此这则传说关于地域神佑的"残缺—转换—重建"阐述尽管同样是以"对抗"主题展开的，就叙事—解释关系而言，却简化了《周》的具体表述方式。

这一简化现象在其他三则传说中同样存在。如上所见，《周》围绕"逃楼—争山"实际上形成了周六与五凤这一对主人公，围绕他们形成的村庙叙事—解释也就存在两个并存的"对抗—转移—重建"序列。在《鱼》和《吹》中，"对抗"发生在"残缺的本地人"与"残缺的本地神佑"之间，前者通过对于后者神佑禁忌的打破而实现新地域神佑的重建。这一点在《鱼》中体现得十分明显，《吹》则需要比较同一地区其他一系列以"龙"作为地域神佑象征的村庙传说。比如《白龙娘娘》①《湫水山

---

① 《民间文学集成·浙江卷·玉环县卷·故事册》，玉环县文化馆编印，1989 年，第 1 页。

龙的传说》①《寒坑龙》②《小白龙的传说》③,这些涉及"龙"的村庙传说都和《吹》一样,共同包含"龙的目击禁忌"这一情节,当"女性""儿童"通过不同方式"看到"或通过其他方式接触到"龙的真形"时,往往会引发自身的"残缺"(大多为盲目、死亡),或形成其他由打破禁忌而引发的神佑转移情节。因此比较之下,《吹》所构成的叙事—解释结构也和《鱼》一样,形成的是"触犯禁忌—引发对抗—形成神佑转换"叙事—解释结构。在这一结构中,尽管同样存在主人公身份的"残缺",但《周》中村落日常空间的"边缘—中心"转换并没有直接出现。

其次,上述传说与《周》的不同不仅在于情节构成,各个主题与叙事内容之间的对应关系也有很大的不同。这一点在《笼裤》和《吹》中体现得最为明显。《笼裤》从直接的叙事内容而言并没有直接的"横死"情节,而"成神"主题则是由"漂流荒岛"这一情节与"对抗"情节中的"人神"二元关系阐述的。《笼裤》中缺乏在《周》中由"卢真人施法"对于主人公夫妇的"人神"转化的说明,同时也缺乏在《包》中由"神奇尸体"直接说明的"神性—地域性"关联。但从《笼裤》内文可见,主人公一开始就是以"出海总能看到鱼群和风浪"作为展开"人神对抗"情节的前因,它的"对抗"情节中已经隐含了"人神"转换内涵。《周》中由"周六学法"和"争山"中的"祈神—施展茅剑"所逐层说明的主人公身上的神祇属性,在《笼裤》中则成为主人公本身与"东海鬼王"这一负面的地域神佑形成"对抗—转移"的前因。这使得后来的"漂流建庙"则仅仅是对于这一直接的"新旧神转换"结果的交代,在这一前提下,《笼裤》中并无直接的"横死"情节,但却有和《周》一样阐述"横死成神"主题的叙事内容。

这一叠合现象在《吹》中也可得见。仅从情节序列而言,《吹》和《包》《鱼》与《周》是基本一致的,都由"残缺者""对抗"与"横死"这三个叙事单元组成主干情节。在完成"人—龙"对抗之后,《吹》

---

① 《民间文学集成·浙江卷·三门县卷·故事册》,三门县文化馆编印,1992年,第3页。
② 《民间文学集成·浙江卷·三门县卷·故事册》,三门县文化馆编印,1992年,第140页。
③ 《民间文学集成·浙江卷·临海市卷·故事册》,临海市文化馆编印,1992年,第151页。

并没有出现《周》和《包》中说明"横死"与"建庙"关系的"神奇尸体"情节。因此,尽管主人公的对抗对象是象征地域神佑的"龙",同时也和《周》一样,以三重式展开具体的"对抗"情节。但和《周》不同,这一情节本身与文中的村庙解释项之间至少在"横死"与"建庙"之间并没有直接的情节联系。这一点可以从《民间文学集成》所收录的原文加以分析。《吹角》中"建庙祈雨"情节的原文如下:

> 吹角为民献出了生命,村庄保住了。沙岸村人们为了纪念吹角的功德,盖起了"吹角仙师庙",仿照吹角生前容貌塑了像。以后,如遇久旱不雨,人们就向"吹角仙师"求雨呢!

由此段可见,《吹》一文中的后期编辑修改痕迹较为明显,但其中还是保留了"仿照吹角生前容貌塑了像"这一内容,所以它和《周》《包》等传说中的"尸体造像/建庙"依然存在着一定的共通性。上述情节缺失首先可能来源于《民间文学集成》对于口头版本的再创作所形成的叙事—解释结构畸变。正如上文所论的《岱石娘娘》一文在不同演述场景中的具体表现可知,《吹》一文中连接"横死"与"建庙"的情节在这则传说的原始演述语境中是可能存在的,只不过在缺乏充足口头证据的情况下,难以完全还原这部分情节。

但仅以《民间文学集成》所载录的这则文本而言,我们依然能够从其文本表层找到与上述传说中的"横死成神"主题相对应的内容。文中的"沙岸人"成了传说中最终说明主角"人神"转换的关键因素,由其选择"吹角"成为新的地域保护神。因此,尽管没有《周》中"泥墩塑像"的情节,但是这里的"沙岸人"在整则传说叙事—解释结构中体现的功能和《周》中的"千家万户"有着内在的共同点。因此,这则传说完全是以共同体作为群体语境的。主人公由人到神的"残缺—转换—重建"过程是发生在同一身份语境中的,这从整体上提供了上述两个情节之间的连贯性。

另外,尽管《吹角》对于主人公本身的"神性"来源依然没有直接表述,但在前文中,直接引起主角"横死"的对抗过程却可以让我们窥见这一内容与"成神"主题之间的联系。原文如下:

懒惰龙狂怒了,驮着吹角窜出洞外,摇头摆尾地升入半空。……吹角当机立断,只有把恶龙赶跑,才能保住地方平安。这时候的吹角,被懒惰龙驮着左盘右旋,上升下腾,有些恍恍惚惚了,但还是用双脚夹住龙头颈,又把号角对准龙耳,用尽毕生之力吹了起来。只听嘟嘟几声,恶龙本已受伤的耳膜更加被震痛了,它狂怒地向东南方向逃遁而去。吹角也终因精疲力竭,双脚夹不住龙头颈而从空中摔了下来。

这种对抗形成了一个明确的"乘龙升天"情节单元,其中形成了明确的"成神"隐喻,之前对抗中主人公使"龙"形成的"残缺""受伤的耳膜"则成为最终胜利要件。从这两点出发,这一情节中形成了较为明确的"成神"——"置换神祇"的隐喻,其中"升天",或者"鬼界"所形成的空间转换隐喻在《周》和《笼裤》中都已有所见,"残缺—逃遁"则形成了"龙"所代表的神佑"受损"和"解除"明确的地域意义。在这一叙事单元中,一个与前文照应的关键内容是"祈雨"。如上所见,"龙"是村庙传说中最常见的直接指代地域神佑的对象。"沙岸人"以"祈雨"为目的选择了主人公作为新的祈拜对象,实际上也就构成了在新旧神之间的置换关系。因此在这两点下,《吹》这则传说形成了完整的"横死—成神"主题。

由此可见,尽管上述传说在具体的叙事呈现上存在一系列的变化,但是它们在形成村庙解释的时候,其主干叙事内容与上述三个核心主题始终保持着内在的叙事—解释联系。杨利慧认为:"尽管每一次表演中的细节和母题组合都有大大小小的差异,但是神话的类型和核心母题的变化很小,可见,文本也有其自身独具的意义。"[1] 以上述四则传说的主题结构所见,尽管原初的叙事情境因素可能已经在文本的形成过程中受到各种层面的影响,但是"残缺—转移—成神"和《周》中的叙事—解释结构并不存在本质区别。由此可见,相比于传说的叙事内容,这些主题在文本中形成了对村庙之间稳定的解释功能。如何廷瑞所见:"我们可以把这个主题叫做'频发性主题',不叫做'类型',因为同一个主题的异文有可能与历史关联,也可能与历史无关。同一'类型'

---

[1] 杨利慧:《表演理论与民间叙事研究》,《民俗研究》2004年第1期。

的异文在情节上相似,并被认为同出一源,同一主题的异文则在情节上未必相似或同源。"[1] 对于村庙传说而言,这些主题,以及它们之间形成的固定组合关系相比于单纯的叙事结构而言具有更加稳定的类型化特征。由上述案例出发,我们可以对更多有"对抗"情节的村庙传说以同样的视角加以分析,说明其中的叙事内容与上述三个主题的对应关系,并由此从类型归纳的角度加以整体讨论。以笔者所搜集的浙南地区村庙传说为对象,分析列表如下:

表 2—1　"对抗"型村庙传说主题构成分析表(该表所析作品均来自浙南地区《民间文学集成》县市卷,具体出处见参考目录)

篇名	出处	残缺者主题	对抗主题	横死—成神主题
打癞蛤蟆娶妻	温岭	幼年谢铎	幼年谢铎与本方庙主对抗	本方庙主掠妻受挫,败走
盘山岭	温岭		本地祈雨者对抗龙王	自杀后得雨
山市	温岭	本地少女芸香	少女及外来神物(羊)对抗外来力量(官兵)	羊破坏祠堂后成神
天后宫	温岭	本地渔家小女儿	护佑父兄对抗自然力量(风浪)	护佑失败后哭亡,受封为天后
姑娘嫂殿	温岭	外来者赵大佑(明朝尚书)	外来者对抗(神变化而成的)本地女子(姑嫂俩)	姑嫂跳井而死,外来者建庙供奉
马望庙	温岭	外来者萧仁茂(明朝守将)	外来者对抗倭寇	被倭寇围困,拒降自尽,受封成神(萧圣帝主)
三月三迎圣会	温岭	外来逃荒者周三行、章良(舅甥俩)	外来逃荒者保护本地水井,对抗瘟神	舅舅溺亡、外甥哭亡,建庙

---

[1] 何廷瑞:《台湾高山族神话传说比较研究》,王炽文译,《民间文学研究》1985 年第 3 期。

续表

篇名	出处	残缺者主题	对抗主题	横死—成神主题
宋高宗避难观音洞	椒江		本地船老大帮助赵构对抗追兵	尽忠投水，受封为"陈大圣"
陈真人的传说	椒江	外来逃难者陈医生，孤身独居		雪压屋倒而死，显灵治病，受封为"陈真人"
李大王刀	椒江		神物（李大王刀）帮助本地人对抗财主	神物惩戒财主（砍脚）后入庙
张元帅庙	台州	外乡过路者张书生	外乡人示警毒水井，对抗本地（不信任他的）人	饮毒水而死，成神
戚夫人夜袭倭寇	温州	外来者戚夫人（女性）	戚夫人解救本地人，对抗倭寇	在战斗中崴脚，本地建娘娘宫
五通爷断十指	温州	十岁小儿张某	小儿对抗本方庙主（五通爷）	本方庙主断指
小白龙赠玉章	温州	外来隐居者陶弘景	外来者对抗本地神小白龙	小白龙被劝化，陶弘景成神
陶姑	温州	外来采药客陶姑（女性）		在本地行医，终生未嫁，成神
瑞安城隍庙为什么搬迁城外	温州	幼年卓敬	幼年卓敬受诬，对抗本地城隍爷	本地城隍受挫，移往城外
将军潭	温州	外来者逃难将军	将军帮助本地妇孺，对抗恶霸	投潭自尽后成神
戍浦江的来历	温州	本地女未婚生子		儿成年后化形为龙（失去人身），开江成神
鱼神爷	温州	本地孤儿乌姆，通体乌黑	乌姆借得外来神力（海鱼之泪），带领讨海人对抗财主	乌姆被财主害死，托梦显圣，成神

续表

篇名	出处	残缺者主题	对抗主题	横死—成神主题
斗玄坛	温州	外来者陈十四（道姑，女性）	外来者对抗本方庙主玄坛，解救本地人	玄坛受挫，神庙出城
土地公公逃了	温州	外来戏班	戏班作神戏，对抗本方土地神和瘟神	本方土地神败逃
金法师斗鲶鱼精	温州	小儿金红姆，面红	红姆儿沉江得道，对抗假神鲶鱼精	沉江为神
吹角仙师	三门	神童吹角	吹角为救灾对抗睡龙	摔死成神
落马庄的传说	三门	外来问路者将军		勤王无望而自尽，成神
百邪尽消	三门	不信神不拜神的本地人	不信神的本地人对抗本方庙主	本方庙主受挫败走
"老硬"三斗家堂佛	三门	不信神的本地人"老硬"	"老硬"对抗家堂佛	家堂佛受挫，臀肉被砍
黄龙仙	天台	八字有缺的本地儿童石形	协助本地神（黄龙仙）对抗外来神（吕洞宾）	石形溺亡后借尸还魂，得道升天
紫铜殿潭的来历	天台	失怙的本地后生，肤色紫铜	后生事母至孝，背约于神人（公主）	沉潭后建庙成神
踹死娘庙	天台	穷人家的漂亮女儿	贫女逃婚，对抗财主家	逃婚路上急死，成神
三官堂	天台	外来者欧三娘（财主的小女儿）	欧三娘协同本地残缺者癞头哥对抗富有的娘家	三娘气死、癞头哥自尽，成神

续表

篇名	出处	残缺者主题	对抗主题	横死—成神主题
十相公殿	天台	外来过路者十相公		外来者应誓在本地投水溺亡,建庙
梁妃塔	天台	本地美女水仙	与本地砍柴郎相爱,对抗外来强权(梁武帝)	双双殉情自尽,本地建庙
白鹤殿的传说	天台	外来神白鹤兄妹	鹤哥协助嫁与本地人的鹤妹对抗天神	鹤哥战死,本地建庙
伍伯颜婵不团圆	天台	失怙的本地裁缝伍伯	欲与相府小姐如约成婚,对抗宰相	双双抑郁而亡,本地以村名纪念
翠屏山上的尼姑庵	黄岩	外来者朱熹	本地神白狐精与外来者结交,对抗草鞋精	白狐被害,外来者建庙
御崇院	黄岩	外来者朱熹	外来者对抗本地吃人精	吃人精被打死,立碑镇之
杜丞相治瘟神	黄岩	本地十岁放牛娃杜德望	杜德望对抗瘟神	瘟神远遁
牟大昌的传说	黄岩		牟家人对抗金兵	牟大昌斫首而死,成神
戚继光斩蟒射蛟	黄岩	外来者戚继光	外来者对抗本地精怪(蟒、蛟)	本地精怪败逃
黄岩山的传说	黄岩	外来者云游仙人	外来仙人欲移山建城,对抗本方土地爷	外来仙人自尽,地名传承
升谷寺与马铺	黄岩	外来者刘伯温、领兵大将	外来者对抗本地神怪(龟、龙)	外来者坐骑累倒,"马扑"地名流传
石捣臼	黄岩	本地孤儿金福	金福借助神物(石捣臼)对抗本地恶人	神物以地名流传

续表

篇名	出处	残缺者主题	对抗主题	横死—成神主题
仙姑洞的传说	黄岩	本地少女李玉莲，父母双亡	玉莲兄妹对抗贪色财主	玉莲坠崖而死，成神
石牛渡	黄岩	本地神童金生	金生受本地神佑（关公、石牛），对抗外来强权（皇帝派出的大将军）	金生骑牛而去，地名纪念
岱石尊王	黄岩	外来者董尚书	董尚书在都城对抗外来仙人	尚书醉死成神，云游至本地定居（成本地神）
石大人	黄岩	外来者董尚书	外来者对抗本地神（石大人）	本地神受制，外来者占庙成神
白龙潭与吴公庙的传说	黄岩	外来者、孤老、吴公	吴公对抗本地神（白龙）	本地神败走，外来者成本地神
高桥庙	黄岩	本地骄横少年泮大夫	少年对抗为害本地的蛇、虎	泮大夫战死成神
杨梅的故事	黄岩	本地少女杨梅	杨梅在本地山泉之神的帮助下对抗外来者洋神甫塞米司	杨梅被砍死，本地以果名纪念
梁祝故事由来	宁海	本地早逝县令梁山伯	梁山伯率阴兵帮助康王对抗金兵	梁山伯被封忠义王，并赐阴婚
九顷塘	宁海	本地五岁小儿何天罡	本地神蛇蟠大王帮助何天罡家对抗风水先生	何家被灭门，化作荷花
塘下勿谢年	宁海	本地姑娘吕金花	吕金花帮助康王对抗金兵	金花被杀，本地以不谢年习俗纪念
三抲白羊精	宁海	本地赵道士	赵道士对抗为害本地的白羊精	白羊精受制
应树园斫柴遇仙人（异文）	仙居	本地贫苦樵夫陶继应	陶继应得本地神仙姑娘娘赠马，对抗外来神（南斗和北斗）	马坠入深坑，陶继应成神

续表

篇名	出处	残缺者主题	对抗主题	横死—成神主题
吴时来赶五星神	仙居	外来（做客）者吴时来	吴时来对抗鱼肉乡里的本地神五星老太	五星庙被废，神像移至茅坑
吴都堂造七星塘	仙居	外来者吴都堂	本地渔民得神仙托梦，救助吴都堂，对抗奸臣	吴都堂溺死复生，为本地渔民建庙
吕师囊起义	仙居		本地人吕师囊带领百姓造反，对抗官府	吕师王受刑而死，建庙、村名纪念
龙皇堂	仙居		本地人触犯恶神，污染水源对抗恶神（巨龙）	巨龙退走，地名形成
龙母娘娘	仙居	本地少女龙母娘娘	少女误吞龙珠产下龙子，布雨失败后得龙子救助，与外乡人对抗	外乡人受挫，为龙母建庙
白吼娘娘和护神将	仙居	本地得法道士	本地道士与外来灾神（白吼娘娘）对抗	白吼娘娘败逃，遗留神将成本地神
朱相公潭与东龙殿	仙居	本地失踪少年朱相公，在龙宫学法	朱相公私自布雨救助本地百姓，对抗玉皇大帝	朱相公受罚入天牢，本地建庙
遏浪将军和水仙娘子的传说	椒江	本地渔家年幼的姐弟俩，丧母	护佑父亲对抗自然力量（风浪），后因继母打断而失败；对抗继母	护佑失败（父死）后投海，成神
沉东京，涨绍兴	椒江	本地少年石龙	石龙救助乡人，对抗外来神力（东京城沉海）	过世后成神

续表

篇名	出处	残缺者主题	对抗主题	横死—成神主题
龙潭岙的传说	椒江	本地少女李姑娘，已许人，未婚	李姑娘误吞龙珠，未婚产子，与乡人对抗	龙子现身后投河自尽，成神（龙母娘娘）
黄礁龙潭坑的传说	椒江	外地道士	外地道士应约对抗本地恶神（秃尾巴龙）	秃尾巴龙败走
合旗山	椒江	本地和尚	本地和尚得神助，对抗外来海盗（绿客）	绿客败逃，地名纪念
竹牛坑	椒江		本地渔民兄弟（土实、土灵）对抗外来海盗	土实被打死，成神
黄石岙与将军殿	椒江	外来护驾将军，在本地问路		将军救驾无望自刎于本地，成神
常乐寺风水	椒江	外来官员	外来者与本地神庙对抗（争风水）	外来者弃地而走
灵济将军殿	椒江	外来者陈英夫（唐朝官员）	陈英夫得本地人救助对抗自然力量（船难）	外来者溺水得救，在本地出家，成神
龙翔庙	椒江	外来者宋高宗赵构	赵构得本地人救助对抗金兵	赵构上岸，本地建庙纪念
道感堂	椒江	本地戏班	戏班借助关公神力对抗外来绿客	戏班大花脸被毒死，成神；外来匪被感化，在本地修行得道
杨家堂	椒江	外来伐木人	外来者得本地神助对抗海上风暴	外来者为本地神建庙
关老爷的脸为什么是红的	临海	本地精怪银鱼	作恶的银鱼得本地神人（道士）相助，对抗玉皇大帝	银鱼化为幼儿，得名成神

第二章 村落传说诸类型的主题结构　69

续表

篇名	出处	残缺者主题	对抗主题	横死—成神主题
白灵康的传说（异文1）	临海	外来女性，过路者		过路姑娘被本地神掳去（神婚），陈尸神庙
九指大人	临海	本地寺庙长工		长工为本地神事断指而死，转世为官，在本地出家成神
戚继光降服桃渚龙	临海	外来者戚继光	外来者对抗本地恶龙	恶龙战败行雨，本地灾情解除
龙潭寺传说	临海	外来风水先生	风水先生借本地神力（寺中神像），助本地人对抗外来匪寇（长毛人）	长毛人败退，本地神留下脚印
武坑庵下小姑娘和桃渚县令	临海	本地少女刘氏	刘氏助本地县令对抗外来强权（知府、皇帝）及本地恶神（蛇精）	刘氏病夭，托梦显圣，成神
大虫坑故事	临海	外来怪物大老虎	本地人对抗外来怪物	老虎死，地名纪念
擂鼓门出人	临海	外来穷苦农民	外来者上京告状，对抗本地恶霸（地主）	地主被斩，地名纪念
落马岩的传说	临海	本地人的幼子小皇，游手好闲	小皇以法术对抗外来强权（官兵）	小皇显圣失败被抓，地名生成
白剑山的来历	临海	外来父子俩，路过本地		父病死于本地，遗下宝物；本地人寻回失败，地名纪念

续表

篇名	出处	残缺者主题	对抗主题	横死—成神主题
穿山金和龙王塘的传说	临海	外地人金某，奔走各地	穿山金得本地神（龙王）救助，对抗本地强盗	外地人得救，为本地神建庙
杀上皇	临海	本地兄弟俩，父母双亡	弟弟学得术法对抗本地财主、外来官兵，受嫂嫂阻挠而失败	弟弟被斩首，成神
石新妇桥	临海	外来新娘，嫁入本地		新妇落水溺亡，村名形成
老王爷借潮造桥	临海	外来得道高僧，路过本地	本地神助外来者在本地造桥，对抗自然力量（山洪）	本地神受惩失位，本地人供奉
李元和、杨九千的田界碑	临海	外来神（日游神）化身乞丐到本地	带领穷百姓对抗本地恶财主	外来神化身被打死，恶财主气死，本地纪念
海盐的来历	临海			本地人白崇和献宝（海盐）于君，被冤杀，成神
白龙与府台	临海	外来府台，在本地上任	外来者邀约本地神（白龙）对抗自然力量（旱灾）	本地神归位，地名形成
雨伞庵的故事	临海	本地屠户杀猪四	杀猪四得观音点化，与本地神（龙王）对抗	龙王布雨，杀猪四放下屠刀出家，圆寂后成神

由上表可见，上述五则传说之间围绕这三个主题在叙事—解释结构上的对应关系，同样可以在其他包含"对抗"情节的村庙传说中得见。尽管三个主题所对应的叙事内容表现各异，同时也并不总是表现为如《周》一般 A+B+C 式的组合方式，但上文四例中所见的缺项、重叠和叙事—

解释关系上的重组现象都可以得见。由于形成情境不同，在一部分传说中直接形成情节序列的主题，在另一部分文本中是由一系列并无直接情节关系的叙事单位之间通过隐喻形式加以呈现的，一部分传说中以线性情节序列阐述的主题关系，在另一部分传说中可以对由多个叙事单元中的次要情节素以不同的方式加以说明。但它们所体现的主题构成却是大致相似的。比较上述文本可见，这些文本在主题上的一致结构均是以其中"对抗"主题所形成的叙事单元为中心形成的。因此，正如语域（register）对于具体语言表述差异性的归纳，这些在文本层面各异的叙事—解释呈现受到"对抗"主题所形成的主干情节的限制，同样处于以"对抗"叙事—解释单元为中心形成的叙事域（narrative register）之中。

第二节 "移动"型传说与"讹读"型传说中的空间"转换—重建"主题结构

"对抗"型传说在笔者所收集的村庙传说案例中占据了主流，但其三段式的主题构成模式并不能涵盖所有村庙传说。当我们以上述分析"对抗"型传说的方法，将这些在文本表层与上述"对抗"传说有着较大差异的"建庙"传说作为分析对象时，我们能对村庙传说的主题结构及其文化功做更进一步的理解。

首先能够与上述"对抗"型传说形成比较的，是一类以"移动"情节作为核心叙事单位的"建庙"传说。如上文所见，《周》主角"周六"首先由"边缘—中心"的二元空间图式来确定这则传说中的村庙空间关系，而"移动"型传说的叙事内容则直接完全建立在这一图式之上，以移动情况为中心展开。在这一类传说中，形成空间移动情节的既可以是特定的人，也可以是某种"宝物"，但它们的共同特点是以"外地—本地"或"边缘—中心"的移动建立新的村庙，或者对原先存在某种残缺的庙宇加以补全的契机。试举一例如下：

《沙岗殿》[①]：

---

① 《民间文学集成·浙江卷·温岭县卷·故事册》，温岭县文化馆编印，1991年，第244页。

Ⅰ. 捉蟹的农夫在海涂上遇到了潮水，看到海上浮来一只石香炉，用手一拉，很轻松地就拉上岸。

Ⅱ. 农夫担着石香炉和一箩沙蟹凑担往家里担，担子从轻变重，到了塘下的下张就走不动了，只好放下香炉自己回家。

Ⅲ. 当地人第二天只看到香炉放在沙岗上，但却抬不走，于是建庙供奉，每逢八月十六庙上空就会金光万道。

Ⅳ. 当地大户人家的长工铡断了沙岗殿大门口的水蛇，也破坏了石香炉上的石龙，从此沙岗殿上不再放金光。

如上所见，"石香炉"从"海涂"到"沙岗"的移动形成了这一则传说的核心叙事单元。其中神物的来处往往完全是一个虚化的"边缘"空间，如《沙》中所见的"海上"。而且不同于上述《笼裤菩萨》一文作为"人神"对抗空间的"东海"，上文在谈及这一地理概念的时候既没有说明方位，也没有说明它与社区日常空间之间的相对关系。因此，"海"在后者中象征的是神佑本身的来源，也即宏观的外部神圣世界。这类传说情节最常见于地名传说。本地的地名志资料中罗列了一系列由此定名的村落，试举两例如下：

独木堂：据传古时有人在海边捡捞一株大木修造神殿，后以"独木堂"故名。

市场：有一讨海者见海涂上有一石香炉上面铭刻"上场"，重可对白，讨海者负背而走，后就在此妆神起殿名上场。后人居市兴，故名。①

以上两例虽然是经过体裁转换之后的版本，但从内容可见，它们与《沙》中的核心叙事单位是共通的，尤其是"市场"的命名来历，基本可以视为《沙》的异文。而且从"独木堂"一例可见，"移动"主题同样可以形成与"对抗"型中类似的"残缺—重建"叙事，这一点在《民间文学集成》所收集的传说文本中也可得见。这一解释模式可以从《沙》的另一则异文中进一步加以说明。见下例：

---

① 彭连生：《杜桥志》，浙江人民出版社2009年版，第59—62页。

《水沥口》①：

Ⅰ. 推虾人发现了海边的香炉，拿回时发现十分轻盈。

Ⅱ. 推虾人获得比平时更多的收获，向香炉感谢神助，挑担时发现香炉和收获的大虾一样重。

Ⅲ. 推虾人将香炉挑至水沥口清洗，香炉变重无法挪动，留在了该地。

Ⅳ. 水沥口周围的孩子将香炉视为玩具，戏称为"浮石大王"。

Ⅴ. 孩子的牛突然倒地，向浮石大王祈香医治。

Ⅵ. 孩子戏拟的供品变化成真，牛获得了医治。

Ⅶ. 别村的人偷走了石香炉，建庙供奉，称为"水沥口"庙，从此有了两处"水沥口"。

这一则传说同样形成了两个相互关联的解释项，它们之间形成的并不是转换—关联关系，而是叙事内容上的递归关系。首先，Ⅰ到Ⅵ叙述了"推虾人搬香炉"和"水沥口香炉显灵"，形成了一个独立的叙事—解释单元，说明了第一个"水沥口"的由来；其次，Ⅶ则通过"别村偷神"形成了第二个叙事—解释单元。这两个单元是围绕"偷神"情节联系在一起的，在之前引述的《鱼司娘娘》中也有同样的叙事内容。《沙》中"铡断石龙"情节的发起者"长工"一定程度上可以视为"别村人"的一种特殊表述，因此，它和上述两则传说中的"偷神—神佑转移"有着内在共通。通过这一"偷神"情节，我们可以进一步说明"移动"型传说的主题内涵。试举一例：

《惠音寺四大金刚的来历》②：

Ⅰ. 惠音寺没有四大金刚，方丈化缘塑的泥像反复倒塌。

Ⅱ. 方丈出门化缘，在道感堂后岙看到四株香樟树，与本村人商

---

① 《民间文学集成·浙江卷·温岭县卷·故事册》，温岭县文化馆编印，1991年，第232页。

② 《民间文学集成·浙江卷·临海市卷·故事册》，临海市文化馆编印，1992年，第217页。

量购买。

Ⅲ. 本村人以风水树为由拒绝了方丈，说明挪动樟树会导致灾祸。

Ⅳ. 十月节，惠音寺龙山上发洪水，一直冲到了道感堂。

Ⅴ. 洪水带来了樟树，方丈雕像成功。

Ⅵ. 道感堂后岙的村落因此获得村名"大树岙村"。

以《惠》一文比较上述两则地名传说，我们可以看到"移动"型传说中的"地名"与村庙的联系和《周》异文 A 存在的不同。惠音寺尽管是一座佛教寺院，但传说中作为解释对象的是寺院的护法神，这实际上也是本地区保界村庙护佑的一种模式，那么这一则传说的这两个解释项之间的关系，实际上也可以等同于对"大树岙村"和"惠音寺"之间"村—庙"护佑关系的说明。由此可见，上述"移动"情节在传说的叙事—解释结构中的作用和"对抗"情节一样，首先是围绕村庙的对等神佑关系所展开的，围绕神物的移动形成了两个对应的空间视角。从"本地人"的角度，"外地人"或者"残缺者"引起的"偷神"或"神佑失效"事件首先是在另一重"本地/外地"空间图式上对于本地神佑的进一步说明。而以"偷神"的"外地人"视角而言，"偷神"则往往转换为对于"争庙"的叙述，由此形成对于后建村庙地域神佑合法性的阐述。《惠》正是这一双重视角互相叠合的体现。

另外，《沙》和《水》中"石香炉"转化为"庙神"的过程则体现了"移动"传说的另一重主题。如上所见，《水》中的这一过程是诉诸"儿童"的祈拜戏拟而完成的。在戏拟的过程中，石香炉展现了它的神佑功能，并由此将神号和神性从戏拟转化为真实的村庙神佑关系。对于"儿童"在村庙传说中的象征意义，上文在讨论"对抗"型传说时已经有所论述，而在这则传说的叙事—解释结构中，从"戏拟"到"显圣—建庙—偷神"，传说实际上形成了另一重"残缺—重建"叙述。但相比于神物对于"神佑"的象征意义，"对抗"型传说中神格与神物的神佑意味并不能直接从叙事内容进行理解。但对于这一点从下例可以加以理解：

《高岩头》①：

Ⅰ. 栈头有一户渔霸娶亲，逼迫渔民送礼，择日先生安排黑道日的子时作为渔霸娶亲的日子。

Ⅱ. 新娘被迫在夜里出嫁，石将军施法，婆家准备的嫁妆变重。

Ⅲ. 变重的嫁妆延误了子时，嫁妆抬到高岩头，鸡鸣一响，新娘死亡，嫁妆变为石头。

Ⅳ. 石将军获得/守护着嫁妆。栈头乡人从此获得护佑，变得富裕。

Ⅴ. 栈头人从此供奉石将军。

上述数则"移动"型传说说明神物的地域神佑属性首先是神物的"移动—中止"，在这一过程中，神物本身体现出了对于共同体的神圣选择，其与"地方人"的神佑关系正是建立在这一选择关系上的。而在《高》中，这一过程与"庙神施法"情节编列一体。其中神物的"移动—中止"虽然作为"惩罚渔霸"情节序列一部分存在，但在这一"对抗"情节中，"嫁妆"本身成了"富裕"的具体象征。它的"移动—中止"过程实际上构成了对神祇"石将军"与栈头村之间神佑关系的一个直接解释，与"对抗"型传说中的"争山""横死"情节相对应。这一点也可以从以下两例得见：

《错斩三神》②：

Ⅰ. 北仙和南仙看到三门圆里和宁海冬岙之间的海峡，要建造一座长桥。

Ⅱ. 南北两仙唤来圆里葬鞭山的财神、土地和潮爷，驱赶其搬运石料堆积在葬鞭山附近。

Ⅲ. 南北两仙分别在桥南北两边造桥，北仙向南仙传话，本地三神误听口音，使得造桥失败，石料留在了圆里变成山头。

Ⅳ. 南北两仙斩杀了三神，圆里人将无头的三神奉为庙神。

---

① 《民间文学集成·浙江卷·玉环县卷·故事册》，玉环县文化馆编印，1989年，第143—144页。

② 《民间文学集成·浙江卷·三门县卷·故事册》，三门县文化馆编印，1992年，第4页。

《金鳌山》①：

Ⅰ. 东海修炼了上千年的金鳌到岛上山洞神延山成龙，被神延山的报晓鸡破坏了法术，化为金鳌山。

Ⅱ. 当地的徐姓大族为留住金鳌，在鳌头挖了口池，鳌尾挖了一口。

Ⅲ. 金鳌留在了本地，徐姓大族在鳌头修建了文昌阁。

这两则传说一则以"横死"情节说明了"奉神"，另一则直接以"建庙"事件为中心，但这两则传说中神物在叙事—解释结构中的意义则有相同之处。《错》中围绕最后转化为庙神的"三神"形成了一个明确的"横死"情节，其中"错斩"情节将这三位原本仅仅代表自然地域的神祇转化为具体的村庙神祇，在这方面，它和上述"对抗"型传说中"横死—成神"主题所对应的叙事内容是相同的。在这两则传说中，神物移动显然构成了神祇形成这一转换的要件。其中，神祇的"本地性"正是由于造成神物"移动—中止"所赋予的。因此，相比于《周》中的"对抗"主题，"移动"情节将地域的神佑"残缺—转移—重建"转化为神物与地域主动或被动的结合过程，"神佑"本身由于这一物化的叙述方式而得以直接呈现于叙事表层。

因此，"移动"型传说中的"移动"情节本质上是另一种"残缺—对抗—重建"主题结构的叙事呈现方式。这一点可以在大量"移动"型传说中反复得见。以下试举几例：

《吕洞宾造桥》②：

Ⅰ. 吕洞宾等八仙在王母娘娘的蟠桃会上喝醉了，走到海门上空，要在葭芷与章安间架桥。

Ⅱ. 吕洞宾喝醉了，误到梓林乡九子村前的小河架桥。

Ⅲ. 桥未完工天就亮了，残桥留在了村口。

---

① 《民间文学集成·浙江卷·黄岩县卷·故事册》，黄岩县文化馆编印，1992年，第148页。

② 《民间文学集成·浙江卷·临海市卷·故事册》，临海市文化馆编印，1992年，第16页。

《黄岩山的传说》①：

Ⅰ. 云游的仙人看到括苍山上的黄石，决定在这里建造一座城池，需要一块平地。

Ⅱ. 仙人在夜间驱赶巨石建造平地，巨石化为畜群，黄石化为黄牛，成为了众石头的领头。

Ⅲ. 石头群给永嘉山化身为老人的山神土地阻拦，黄石掉落到山下。

Ⅳ. 仙人向山神土地询问畜群的去向，山神点明畜群其实是石头，指出仙人打破了境界。

Ⅴ. 仙人强行赶石，被土地阻止，因天亮法术失效。

Ⅵ. 石群成为了黄岩的群山，黄岩以领头的黄石命名。

上述两则传说都是以同一叙事结构加以组织的，梳理如下："神祇期待改变某一地的地貌—神祇因为某种本地因素使得法术失效—用于改变地貌的神物滞留在本地"，而分析上述传说可见，它的"提问—解释"链可以归纳为："地貌是什么形成的—为何在本地形成—神奇地貌是由谁带来的。"在谭达先对于解释型传说的讨论中，这一类传说从情节角度被归纳为"秦始皇赶山"型，② 从核心情节入手，董晓萍与万建中曾经分别以"赶山鞭"型和"迁移"型风物传说的类名对这一类传说加以讨论。③ 以万建中所见："赶山鞭型传说的出现，往往出于人们寻求某一奇特的风物景观的来源之欲望心理，在古人看来，大自然中岿然存在的美景皆为神仙所弄，而当人们说，此山此石本不会落在这里，只是由于某某仙人迁移时，恰巧某某俗人道破天机，使山石停在这里不动了，此种想法进入故事的叙事范式之中，自然就会引起一个禁忌母题。"但对于传说为何形成一个"此山此石本不会落在这里——山石停在这里不动了"的"提问—解释"结构，万建中的解释需要在具体的传说案例中加以辨析。

---

① 《民间文学集成·浙江卷·黄岩县卷·故事册》，黄岩县文化馆编印，1992 年，第 11 页。

② 谭达先：《中国的解释性传说》，商务印书馆 2002 年版。

③ 董晓萍："迁移"型风物传说类型研究》，见中国民间文艺家协会辽宁分会《民间文学论集》第二册，1985 年；万建中：《西南民族地区赶山鞭型传说中禁忌母题的文化阐释》，《中央民族大学学报》2001 年第 2 期。

由上述几例可见，从村庙传说的角度，这一类赶山传说的叙事—解释核心在于两点：首先，这一本地风物首先是一系列重要神祇所驱使的对象，它所对应的是某一"非本地"目的地，如上文所见，它的神圣意义要大于"本地护佑"的范畴；其次，这些神山/神石因为某一共同体因素而成为"本地风物"。在《沙》和《水》中，石香炉的"移动—中止"是"海上—海涂—本地"，而且和《笼裤》中将其明确标记为"东海渔场"不同，这一移动的出发地显然形成了一个虚指的空间，它在空间描述上唯一的特点是相对于社区共同体的外界属性。在《吕》《黄》《错》三文中，神物本身就是由高于共同体神佑的宏观神祇所驱动的，它的"移动—中止"情节实际上形成了从上位/外在神佑到"本地"神佑的转换。因此仅就上述几则传说而言，神物的"移动"之所以能够成为直接指代地域神佑的内容，核心在于其在外在神佑和本地神佑之间所起的转换中介作用。

因此，与"对抗"型传说相同，"移动"型传说同样可以归纳为三个明确的主题单元：A. 外来神物的移动—中止；B. 神物择地；C. 神物—神庙转换。

比较"对抗"型和"移动"型两类传说，后者将前者由"对抗"这一二元对立主题结构对于地域神佑的隐喻阐述直接由神物的"移动—中止"情节加以叙述，更为重要的是，"移动"型传说围绕神物的"宏观/日常"转换，说明了地域神佑的来源，以及村庙在其中所起的作用。由这两点可见，这一类传说尽管是以地方风物为解释对象的，但其叙事—解释结构形成的却是一类"置换"叙事，即共同体通过外来神物的"移动—停止"过程，将后者所承负的宏观神圣属性转换为本地的神圣属性。钟敬文先生曾将上述"赶山"类型的传说按照典型的"鸡鸣中止"情节归纳为"鸡鸣"型，如其所见："这个类型的故事，大略是以前有人或动物或超自然者要于一夜内完成某项工作……这是对于人间某种人工物或自然物之有某部分欠缺者的解释传说"[1]。尽管视角与本书不同，但钟先生依然将神物由于"移动—中止"而形成的"欠缺"作为这一类传说叙事情节的关键特征。就上述传说的叙事—解释结构而言，这一"欠缺"也意味着"移动"神物的宏观神圣性本身形成了某种残缺，向"本地"神

---

[1] 钟敬文：《钟敬文民间文学论集》（下），上海文艺出版社1985年版。

佑转化。通过以"讹读"情节为中心形成的一类"移动"型传说可以更加直接地说明这一点。试举两例如下。

《黄石岙与将军殿》①：
Ⅰ. 小皇太子逃难到黄礁乡，护驾将军前来寻找。
Ⅱ. 护驾将军向农民问路，农民说依然有"一箭之地"。
Ⅲ. 将军将"一箭之地"听成"一千之地"，自刎而死。
Ⅳ. 本地百姓为将军建庙奉神，将自刎之日定为寿日，为小皇太子投宿的村子定名为"皇宿岙"，讹读为"黄石岙"。

《落马庄的传说》②：

Ⅰ. 宋朝时候皇帝南逃到宁海县的上京安身，勤王将军向上京赶来。
Ⅱ. 将军到了沙柳黄洛岭下，落马向本地老人问路。
Ⅲ. 老人回答的本地地名中包含一系列"周"字，将军听成"一国九州岛"，随即自刎。
Ⅳ. 本地人安葬了将军，为之落葬，奉神建庙，取村名为"落马庄"。

如上所见，这两则传说的主干情节是由"寻找—中止—横死"这三个部分组成的，在这一点上，它们应当被视为上述"移动"型传说的一个子集。但从传说的叙事—解释角度看，这两则传说和上文所述的几例"移动"型传说又有着内在的差别。"讹读"型与典型"移动"型的相同之处在于它们都拥有一个明确的"移动—中止"情节，传说的村庙解释项建立在空间移动所形成的神佑转换上。如上所见，在上述更为典型的"移动"型传说中，"移动—中止"往往是以神物本身为中心展开的，即

---

① 《民间文学集成·浙江卷·椒江市卷·故事册》，椒江市文化馆编印，1992年，第220页。
② 《民间文学集成·浙江卷·三门县卷·故事册》，三门县文化馆编印，1992年，第107页。

使在"赶山鞭"型中诉诸具体的神祇,但依然是将地域神佑投射于具体的"神物"之上。如《黄》中所见,"讹读"型传说中的"移动"情节是以"寻主"这一情节素作为前提展开的。在这一二元叙事关系中,外来者的"神圣"性与共同体虽然有关,但却并没有直接与共同体形成赋予关系。从这一点可见,"讹读"型传说中虽然有直接作为"高贵者"的人物赋予共同体以传奇色彩,但对于传说本身而言,它的神佑关系却不是由这一人物赋予的,事实上如果考察更多的"讹读"类传说可见,这一"高贵者"在传说叙事中是完全可以省略的情节素。

在这一类传说中,主干情节"讹读"承担了上述传说中由"对抗"和"移动"所承担的叙事—解释功能。在《黄》中,"讹读"是在"一箭"和"一千"之间形成的。这一讹读仅仅对本地空间进行了空间尺度上的"错估",原先日常性的空间尺度被扩大成了超越日常认知的"千里"。"寻主者"正是由于这种"错估"所形成的"讹读"中止了原先的"寻主"过程。在《黄》中,这一"错估"仅仅说明了"移动"本身受到阻止的共同体因素,首先是"本地人",其次是"本地空间",并没有直接说明它与最后的村庙地域神佑所形成的转换关系,在《落》中,这一点得到了更为明确的体现。相比于《黄》,《落》明确将共同体与"高贵者"所在的地域做了区分。《落》采集于三门县,这一行政区划诞生于20世纪40年代,是由宁海县、临海县和原南田县分别析出乡镇所组建的新行政区划,文中的"上京"是指宁海县的梅林镇,与"沙柳黄洛岭"是两个相距不远的地点。因此可以想见,《落》中在"宋朝时候的皇帝"所在地与"中止"地点之间形成的空间图式,体现的正是"本地人"的"版图"认知,而基于这一视角形成的空间图式与前者构成了明确的空间二元关系。

因此,《落》在围绕"讹读"形成"移动—中止"情节的时候,两个不同尺度的空间范畴之间的比较关系也就尤其明显了。无论是"上京"还是"沙柳黄洛岭",这些空间标识本身区别于"小皇太子"或"宋朝时候的皇帝"所指代的宏观世界。它们对于共同体而言,其作为边界的意义要远大于其作为"外部"的意义,而围绕它们展开的"对抗"叙事,实际上也就是对于共同体社区空间的一种界定。假如说在《黄》中,这种界定竞争的意义并不明确的话,那么《落》中存在的两个共同体——"宁海县上京"与"沙柳黄洛岭"之间所形成的共同体竞争关系就体现得较为明确。和《周》中"百丈山"与"后湾"这两个"空间"点一样，它们所描述的是在本地"版图"内所形成的竞争关系，以及由此形成的"中心—边缘"关系。

如上所见，《黄》中的"讹读"情节仅仅涉及了两种空间尺度之间的误解，而在《落》中，这一内容还被赋予了更多内容，原文如下：

> 有一个勤王将军听到后，带了一队人马，朝上京赶来，到了沙柳黄洛岭下，见有一间草舍，门口坐着一位老人。将军就落马上前去问："老人家，去上京还有几州？"老人说："黄洛岭下是后周，过了后周身路上路下西周，再过去是后山周、下洋周，还有田孔周、桑州，后面还有几周我也说不清。"将军听了心想："一国九州，我无论如何也赶不到皇上身边了。"越想越伤心，就拔出宝剑自刎了。

在《落》中，"讹读"是在"一国九州"和本地的一系列地名之间发生的，因此相比于《黄》，这一空间误置情节也就存在两重意义。首先，和《黄》一样，这一"讹读"在日常空间尺度和宏观空间尺度之间形成了转换；其次，这种空间误置在"本地人"作为一个中国人的世界观和"本地人"的日常生活"版图"之间形成了对应关系，"州"和"周"之间的"讹读"转换，实际上也就成为两者在神圣性上形成的一种直接类比。后者的"地方"属性与前者的"天下"属性在"本地人"那里通过"讹读"得以相互联系共通。仅就这一点而言，浙南村庙传说中的"天子口"型传说可以视为将"讹读"传说中"宏观/本地"的神性赋予关系单独转化为传说文本，举例如下：

《三尊佛土地庙》[①]：
Ⅰ. 南宋小康王赵构逃难停留椒江期间，要到海门枫山清修寺游览。
Ⅱ. 小康王从码头上岸后，走到了现在的育才路和西门路口，经过槐阴桥时向三个老人问路，老人不回答，小康王怒责其为"槐阴

---

① 《民间文学集成·浙江卷·椒江市卷·故事册》，椒江市文化馆编印，1992年，第211页。

桥土地",三个老人乘机下跪接封。

Ⅲ. 三个老人过世后,本地人在槐阴桥边修建了一座小庙,叫"三尊佛"土地庙,每年二月初二庆祝寿诞。

相比于上述传说,这则传说就叙述风格而言更像一则机智故事,但其中的"敕封"情节尽管没有《落》那样复杂的"讹读"转换过程,也不存在以"横死"主题最终形成的"成神"情节,它却对"皇帝"如何为本地风物赋予神圣性,并由此转化为村庙信仰提供了直接的说明。《落》是浙南地区大量围绕宋高宗赵构南逃所形成的传说中的一则,这一历史事件不仅是浙东南历史上最为人所知的事件,它更是极少数能够在浙南"边地"与"皇权"或"中央"之间建立联系的历史事件之一。这一类"赵构"传说中往往充满了大量有关本地地名、风俗和具体风物的"天子口"情节,其中宏观/上层世界对于共同体事物的赋圣意味是不言而喻的。在这些传说中,共同体获取"天子口"的方式往往是语言层面上的诈取,因此它与"移动"型传说的共同体因素是类似的。共同体因此成为一个主动的神圣性获取者,对于"皇帝"或"神物"所代表的宏观神圣性加以主动攫取。

在上述几则"讹读"型传说中,"寻主者"的身份以"误读"为契机,由此延伸形成了"横死—成神—建庙"情节,成为最终的"庙神"。因此相比于上例中"天子口"型传说,这一类传说也就更加契合村庙传说的叙事—解释特征。如上所见,"横死"是"对抗"型传说将之前的叙事—解释内容转化为说明现实村庙祈拜传统的主题,一方面,它说明了村庙祈拜的信仰意涵,另一方面则将之前由具体的叙事内容所建构的"人—地—神"权利关系固化为具体的"神物"对象。在"讹读"型传说中,地域神佑直接由"宏观/本地"之间的空间误置生成,最终将"横死"作为"神佑"与村庙之间形成直接对应的要件。当然,这一过程在"讹读"传说中也可以以另一种方式完成:

《踹死娘庙》[①]:

---

① 《民间文学集成·浙江卷·天台县卷·故事册》,天台县文化馆编印,1992年,第168页。

Ⅰ. 五百岙地方有户财主人家，儿子是个癞头跛脚加驼背，许重金向西坑村的穷人家讨女儿。

Ⅱ. 女儿嫁过去之后逃跑返回，一直到五百岙岭头，碰到一个老倌说此地"万世不到"的谚语，急得乱踹而死。

Ⅲ. 当地人为这个女儿建庙，叫作"踹死娘庙"。

在这一则传说中，"讹读"并没有像上述传说中那样，以明确的"上位/下位"人物身份比较作为神佑转换的铺垫，同时相比于上述几则传说，其中的"讹读"也并不典型。但在其中，问路老人直接将本地的空间属性与"死亡"联系在一起，一方面是对于空间本身的夸张，另一方面则将主人公的"移动"直接等同于"人神"的生死转换，此后的"横死"情节也就成为这一空间界定的直接结果。从《踹》一文可见，主人公的"嫁入"在传说中虽然是以批判面目出现的，但假如从"身份/空间"图式的角度看，两者遵循的是相同的叙事图式。"讹读"不仅是在共同体日常空间和"宏观/上位"空间之间形成的误置，就村庙解释而言，更是对于共同体神圣性的直接说明。

因此，假如将"讹读"型传说作为两种叙事—解释结构的交叉点，那么我们能够在"移动"型传说和"对抗"型传说之间形成更进一步的比较。相比于"移动"型传说将"空间"因素作为阐述共同体神佑来源的核心要素，"对抗"型传说以"对抗"说明不同神佑提供者之间的置换过程，"讹读"型传说则直接将"地理"作为其阐述地域神佑的核心因素。这三类传说中，"讹读"型传说将前两者通过不同的叙事—解释关系曲折形成的主题阐述直接以讲述而非叙事的方式呈现出来，而由此可见，上述三类传说尽管在具体的叙事—解释结构构成上大不相同，但是在从村庙神事的直接解释通过"提问—解释"链向着"村"本身的界定延伸时，"人—神"或"人—人"之间的空间身份关系形成的二元关系在其中充当了最直接的叙事—解释单元。无论是"对抗"主题中明确的新旧神佑置换意涵，还是"移动"主题通过神物的"移动—中止"对于村落神佑生成过程的说明，传说对于村落空间神佑的解释都依赖于将村落的共同体空间置于二元比较之中。对于这一"比较/转换"模式在村庙传说中的重要性，我们可以引入一类直接以此为核心主题的传说进一步加以说明。

第三节 "交往"型传说中的"村—庙交换"主题结构

通过上文对"对抗"型传说的讨论可见，尽管三个核心主题所对应的叙事内容有着很大的不同，但由于"对抗"主题所形成的叙事单元与村庙解释项之间形成的固定叙事—解释关系，它们依然具有共通的解释对象。从主题所形成的叙事—解释结构而言，"讹读"型传说通过非叙事化的"宏观/日常"地理阐述所形成的内容最直接地说明了村庙神佑的来源，"对抗"型传说通过神佑本身的"置换"过程说明地域神佑中的身份内涵，"移动"型传说则将地域神佑本身投射为具象化的神物。尽管在这些传说中构成核心叙事单元的主题并不相同，但这些解释对象本身却是三类传说所共有的内容。对于这一问题可以通过"讹读"型传说加以直接认识。围绕"讹读"这一本身非叙事性的内容，这一类传说通过"宏观/日常"的空间转换，将共同体主动置于与"天下"的二元关系中，本地的神佑来源正是由此得以确定的。由此可见，村庙中的共同体并不是作为一个自然地理对象而成为"村—庙"之间神佑关系基础的，而是由"非本地"与共同体因素通过比较、转换和重新定义所形成的。在"移动"和"对抗"传说中，"本地/外地"或"中心/边缘"所构成的空间/身份图式在上述案例中都作为全篇最重要的情景语境存在，足可见这一点对于村庙传说的重要性。因此，直接以"本地人和外地人之间的交往"作为核心叙事单位的村庙传说能够进一步对此加以说明。举两例如下：

《狗味相公与狗味相公庙》：

Ⅰ. 古顺乡南山外的岭脚，有一座只有三个香炉，没有神像的庙宇。

Ⅱ. 清代，永嘉楠溪江有个被诬陷的官员，携带妻子和狗定居到古顺乡山脚，成为猎户。

Ⅲ. 猎户与本地人相处融洽，因为赠送野味获得"狗味相公"的称呼。

Ⅳ. 猎户夫妇死后，猎狗守灵绝食而死。

Ⅴ. 本地人为猎户一家与猎狗建庙，以三座香炉代表，称之为

"狗味相公庙",所在地为"狗味相公岭"。

《杨家堂》①:
Ⅰ.放排人在东海遇到风浪,向观音菩萨祈祷,观音驱散了风浪,将木排送到了目的地。
Ⅱ.观音托梦放排人,说明自己住在杨家,尚未修建祠堂。
Ⅲ.放排人醒后报恩,将木材送到了杨家,建造了下陈杨家堂。

在这两例传说中,《狗》的核心情节是"外地人与本地人的交往(施受)",《杨》的核心情节则是"本地神帮助外地人,外地人回报本地人/神",虽然后者在叙事结构上更为复杂,但它们都以"本地/外地"交往与交换关系直接作为核心叙事内容。分析《杨》可见,"杨家堂"的修建基于"放排人"与"观音菩萨"之间形成的神佑关系,但它和"移动"型和"讹读"型传说所形成的神佑转移关系正好相反。在后者中充当宏观神佑施予者的"观音",在这里首先充当了共同体神佑的承担者,因此,"放排人"的"报恩"情节则将共同体神祇在日常空间之外显示的神佑重新转移到了共同体。《狗》一文开篇对于村庙传说"提问—解释"链的直接呈现在上文中已经有所提及,文中"为主人绝食的狗"这一情节照应篇头的"三个香炉",形成了对于村庙神事的解释,但传说的核心叙事单元却是围绕"猎户"的"外地流落的官员"身份与"本地人""交往"展开的。由这两则传说可见,尽管没有"对抗"型传说中通过主人公的神性"对抗"对于"神事"的直接界定,也没有"移动"型传说和"讹读"型传说中对"宏观/日常"空间之间神佑转换的说明,但是围绕"本地/外地"这一简单的空间/身份二元关系展开,它们依然形成了对于村庙神佑的解释。

由此展开,这两则传说中的"交往"主题可以进一步扩展为对于村庙关系的直接阐述。试举一例:

---

① 《民间文学集成·浙江卷·椒江市卷·故事册》,椒江市文化馆编印,1992年,第241页。

《牟贤访寒坑龙》①：

Ⅰ．牟贤从广东做官回家，途中与一个割稻客模样的老头同路，牟贤为他端汤倒水，分手时老头许诺帮助牟贤，要其来寒坑找他。

Ⅱ．六月山区大旱，牟贤到寒坑拜访，但看不到人家，老头子忽然出现，交给他两个纸包。

Ⅲ．牟贤打开纸包，以其中的法术消解了旱灾。

Ⅳ．第二年牟贤再到寒坑寻找，只看到寒坑龙的神位，于是加以供奉。

Ⅴ．从此以后茅畲人一遇旱灾就浑身缟素上寒坑求雨。

在这则传说中，"村"和"庙"之间同样是以"本地/外地"的二元空间关系作为叙事—解释结构的前提。但和上述传说不同，村落的神佑对象与聚落地域之间同样是由这一二元关系所区隔。通过"人神交往"，它们之间的神佑关系单纯由"祈拜"所维系。这一村庙关系在上文所引《惠音寺》一文中也有所见，但相比之下，《牟》一文不仅仅说明了"村"和"庙"之间的护佑关系，维系"村—庙"形成对应关系的是村落社区与神位/庙宇之间以"祈雨"形成的联系。显然，在《牟》所形成的村庙解释中，村庙关系尽管同样包含地域因素，但"村落"本身的地域属性却并不直接转化为神祇护佑的共同体属性。如"讹读"型传说与"移动"型传说中所见，共同体既是村庙神佑得以区别于宏观神佑的前提，同时也是使村庙神佑得以具象化的基础，参照《牟》一文可知，这不具有基于自然地域的当然关系。假如说《牟》还是围绕"祈雨"这一特殊神事展开，并不能说明如绪论所见保界意义上完整的村庙神佑的话，这一点还可以进一步从"交往"传说中得见。试举一例如下：

《朱相公潭与东龙殿》②：

1．狂风卷走了龙头山下朱家的公子，被东海师父所救授法。

---

① 《民间文学集成·浙江卷·黄岩县卷·故事册》，黄岩县文化馆编印，1992年，第19页。

② 《民间文学集成·浙江卷·仙居县卷·故事册》，仙居县文化馆编印，1992年，第238页。

2. 朱相公在给西海龙王送请帖的时候看到，龙头山大旱，东海师父告诫他回乡会触犯玉帝天条，但依然为朱相公回乡施法降雨。

3. 降雨被玉皇大帝知道，降下红面龙王抓回了朱相公，化出一口深潭，并且降下圣旨，本地才知道降雨者是当年的朱家公子，为其建庙。

《朱》同样是以"祈雨"作为神佑的具体内容展开的，但是与《牟》不同，它并没有直接涉及"村—庙"之间的二元空间关系。《朱》将神祇身份的生成过程明确置于"本地/外地"的二元关系之中。《朱》主人公的"本地神"身份是通过"对抗"情节，由"残缺"的宏观神祇身份转化而来的，在这一点上它和"移动"型传说，包括"讹读"型传说对于村庙神格的阐述是一致的。但是，《朱》中的主人公却是以"流散者"首先对于神祇的"残缺"身份加以说明的，因此，它以断绝共同体身份而获得神性，又由于与宏观神祇的对抗，触发横死情节而重新转化为共同体神，原先所拥有的"本地人"身份"朱家公子"，也在这一过程中重新被"本地人"所承认/赋予。显而易见，这一在"本地/外地"之间形成的空间身份循环可以与《周》中由"边缘—中心"移动所形成的空间/身份图式加以比较，其中都包含了与空间/身份图式同步展开的"人神"转换过程。但在《牟》中，这一过程在空间图式形成的转换过程上正好与《周》中相反，主人公的神性身份与共同体护佑者的身份在这里截然两分，通过"施恩本地—本地人奉神建庙"，这两个身份才得以叠合在主人公这一村庙神祇上。进一步认识这一点，我们可以从具体的"造神"传说入手。试见下例：

《关羽出世》[①]：

1. 村里的男人初一、十五的时候挑粪下地，玉皇大帝要以旱灾惩罚。

2. 旱灾惩罚没有奏效，玉帝查到是本地村庙的木龙精为全村降雨。

---

① 《民间文学集成·浙江卷·玉环县卷·故事册》，玉环县文化馆编印，1992年，第45页。

3. 玉帝要斩杀木龙，木龙托梦给村里人，要用木桶接住龙血，七七四十九天后打开。

4. 村里人按照托梦的内容照办，但是到了四十八天，有人偷偷揭开了木桶，诞生了一个小眼睛的小孩，这是天数不到造成的。

5. 这个小男孩被关姓人家收养，后来成为了关羽。

关羽是浙南地区最常见的村庙神祇之一，因此可以认为《关》一文是用村庙传说叙事的话语对于"本地神"如何成为村庙庙神过程的说明。就传说本身而言，《关》一文首先是围绕"村人触犯禁忌—本地神物对抗玉帝"展开的，并由此形成一个明确的"横死"情节，因此仅就这一内容而言，它可以归入"对抗"型传说。但与典型的"本地／外地"或"人／神"对抗传说不同的是，《关》中的核心情节是围绕"木龙"与"村里人"的交往展开的。这一情节序列与村庙的共同体属性之间的叙事—解释关系可以从其中的"残缺"情节入手加以认识。在这则传说中，上一代神祇在因为村里的神佑关系而触发神罚，因此形成了自身的身体残缺，"本地人"在为其塑造新的神祇身份过程又形成了它的第二重"残缺"特征。首先，第一次"致残"是由共同体神祇与"玉帝"所代表的宏观神祇形成的冲突所形成的，在这一意义上，它与大多数"对抗"型传说和"移动"型传说中的核心主题所阐述的内容并无不同。其次，第二次则是"不满四十九天"，也就是神性转换的不完整所导致的"残缺"，这是"本地人"塑造"本地神"的结果。

在《关》中，主人公的神格由于两重"残缺"的存在，并非直接如《朱》一般直接由宏观神格转换而来。因此在这则传说中虽然包含"宏观／本地"之间的神佑对抗，但村庙本身的神佑却完全是在共同体语境中生成的，在这一点上它和上文所论《吹角》《鱼》有着相同的情景语境。由上述《踹》一文可见，"讹读"型传说中的共同体已经具有了双重属性，它既是村落社区的日常空间，又是"成神"的条件之一。对于进入共同体通过"横死"成神的主人公而言，共同体并不是以日常空间属性介入主人公的"变神"过程，而是以打破主人公"归乡"的方式，中断了主人公回归日常空间的过程。相比之下，"讹读"型传说中的"高贵者"尽管代表着外在于"村"的神格，但"讹读"型传说所形成的转换情节却正是以空间误置的方式破坏这一外在性。以这一视角审视"移动"

型传说，后者在叙事—解释中的二元空间转换情节尽管并不以"横死"作为表述地域神佑"重建"的载体。但和"讹读"型传说一样，神物的"移动—中止"情节依然包含了两种神格之间由共同体因素所促成的替置。在"对抗"型传说中，"对抗"情节尽管并不涉及神佑的"外部—内部"转换，但它往往是发生在新旧两个神佑之间的，因此其中的替置意涵更是不言而喻。因此，置换本身则如《牟》中所见，是由共同体作为一个社区群体主动将共同体因素作为重新塑造外来神佑要件的。在这一前提下，"外地"或"宏观"身份，无论它是"人"还是如上述《朱》中的"神"，在这一前提下都成为虚设的空间属性，并成为说明共同体祈拜的基础。由此可见，《关》一文仅仅将这一"本地人造神"的内容转化为表面的叙事内容，其实质同样包含在上述几类传说之中。

小　结

通过讨论上述四类传说的主题构成，我们已经可以对村庙传说主题所呈现的共同体内涵有完整的了解。

第一，在这些传说中，共同体并不是以客观的聚落地理空间存在的。就具体的村庙关系而言，定居的客观空间属性为其提供的意义远远小于村庙在村落人群与祈拜对象之间形成的对应联系，而空间上的"中心/边缘"或"本地/外地"与其说提供了客观地理意义上的距离，不如说是如李丰楙所言，形成的是村落日常生活中"常/非常"的界分关系。

第二，传说中"村—庙"之间形成的二元关系并不是静止的"圣/俗"之分，相反，传说中的"主人公"之所以能够形成神格，其基础在于它和"本地人"，也即"村人"所发生的关联，后者不仅如《狗》一文所见，成为主人公进入共同体语境的要件，更如《关》等文中所见，本身就构成了"本地人"塑造专属一村的祈拜对象，并主动赋予神祇的属性。

第三，上述四类传说都体现了《周》一文所体现的叙事—解释结构特征，最终的"成神—建庙"无论是以何种形式展开的，是否涉及"横死"情节，但村庙围绕神像/神物所形成的祈拜解释却始终是全文逐层生成叙事内容的起点。在这一意义上，村庙传说始终是以现实神事中祈拜仪式的对象作为构建整则文本的中心内容。

归纳上述三点，我们可以得出村庙传说解释范式中的三个基本要素：神事、神佑和村—庙关系。无论主题的实际组合如何，它们所包含的内容在进入"提问—解释"链的时候，始终都归于由这三个要素依次排列所对应的解释内容。由这三点出发，我们能够从具体的传说文本中抽离，以这三点所体现的特性归纳村庙传说中共同体观念的基本形态。

第 三 章
村落传说叙事主题中的共同体观念

显而易见，本书对于上述传说案例的分类并不具有故事类型学上的确定性，主题类型之间存在着广泛的交叉关系，但正如上文所言，这些交叉关系体现的正是村庙传说本身之所以存在的基础。就整个村庙传说而言，它们在主题层面形成的交叉关系则体现了"村庙"传说本身共同的解释模式，即围绕村庙信仰中的神事、神佑与地域展开"叙事—解释"。由此出发，沿着村庙传说中最核心的三个解释要素——神事、神佑和村庙地域，我们可以从整体上对村庙传说所阐述的村落共同体观念加以总结。

第一节　村落共同体观念的非日常性

上述传说的共同体主题范式首先是建立在对于现实中神庙祈拜的解释之上的。这一从解释到叙事的转化过程具体是通过"横死—成神"主题及其对等主题实现的。如上所见，这一主题之所以成为村庙传说解释图式中必不可少的部分，在于它所形成的"神奇尸体"情节将传说之前所叙述的神佑关系转化为对具体祈拜对象的说明。如《牟》一文中所见，即使在传说的主干情节中并没有出现作为实际祈拜对象的"神人"或"神物"，传说中同样会形成"神位"或"远地的神奇风物"作为指代具体神祇，或者将"无名神"的"纸包"作为不同地域的"村"与"庙"之间结成神佑关系的象征，而这些实物则进一步成为解释具体祈拜仪式的依据。《关》中的"木桶造神"、《金》中的"凿头建庙"尽管承载了不止一重解释元素，但都同样含有这一意涵。因此，村庙传说尽管存在着各种各样的叙事构成方式，从整体而言，它们都形成了"神奇事件—神物—

现实神事"的转换叙事。村庙传说不同于一般的风物传说与风俗传说，它并不形成对于具象物的描述性说明，无论是庙还是仪式，我们从上面的例子中都不能看到更多的形貌细节。从上述案例分析可见，神事之所以成为传说"提问—解释"链的起点，首先在于确定"庙"在村落共同体叙事中的核心地位，而这一地位的确定本身又是围绕"塑像建庙"形成的。因此，"横死"所形成的实体对象首先是在"本地人"和"本地庙"之间确定"祈拜—受佑"关系。

这一点在古典文献所记述的"祠神"传说中已经有所体现。如《太平广记》所载：

> 曲阿当大塅下有庙。晋孝武世，有一逸劫，官司十人追之。劫径至庙，跪请求救，许上一猪。因不觉忽在床下，追者至，觅不见。群吏悉见入门，又无出处。因请曰："若得劫者，当上大牛。"少时劫形见，吏即缚将去。劫因曰："神灵已见过度，云何有牛猪之异而乖前福。"言未绝口，觉神像面色有异。既出门，有大虎张口而来，径夺取劫，衔以去。①

这则传说尽管是以戏谑的方式讲述的，但仅从内文而言，它体现了在《礼记》"祭法五要"逐渐成为塑造"祠神"的核心标准的时代，人神关系依然有完全围绕"奉献—神佑"这一对等的神事关系建构的一面，其中受佑者的身份首先来自对应的祈拜行为。相比之下，《搜神记》中对蒋子文的记述则是一则更为明确的"地方保护神"传说，也就更为明确地说明这一对等关系在"祠神"神事中的中心地位。引述如下：

> 蒋子文者，广陵人也。嗜酒好色，挑挞无度，常自谓己青骨，死当为神。汉末为秣陵尉，逐贼至钟山下，为贼击伤额，因解绶缚之，有顷遂死。及吴先主之初，其故吏见文于道头，乘白马，执白羽扇，侍从如平生。见者惊走，文进马追之，谓吏曰："我当为此土地神，以福尔下民耳。尔可宣告百姓，为我立祠，当有瑞应也；不尔，将有大咎。"是岁夏大疫疾，百姓辄相恐动，颇有窃祠之者。未几文又下

---

① （宋）李昉：《太平御览》，河北教育出版社1994年版，第2374页。

第三章 村落传说叙事主题中的共同体观念 93

巫祝曰："吾将大启佑孙氏，官宜为我立祠。不尔，将使虫入人耳为灾。"孙主义为妖言，俄而果有小虫如鹿虻，入人耳皆死，医巫不能治。百姓愈恐。孙主尚未之信也。既而又下巫祝曰："若不祀我，将又以火吏为灾。"是岁火灾大发，一日数十处。火渐延及公宫，孙主患之。时议者以为鬼有所归者，乃不为厉，宜告禬，有以抚之。于是使使者封子文为中都侯，次弟子绪为长水校尉，皆加印绶，为立庙堂。转号钟山为蒋山，以表其灵，今建康东北蒋山是也。自是灾渗止息，百姓遂大事之。①

在这则魏晋南北朝时期最著名的"祠神"传说记述中，蒋神神格的形成是以明确的"我当为此土地神，以福尔下民"的方式进行的，而在由"本地人"确定祈拜之前，他并不具有真正的神格。传文中明确地将这一过程表述为"鬼有所归"，正如篇末所见，其"归处"则是由"本地人"主动加以选择的结果。因此，尽管这则传说相比于上文所讨论的村庙传说，添加了书面记述所特有的"敕封"内容，但它体现的却是一种与受佑者对等的神佑关系。

那么这一对等关系对于村庙传说表述共同体的意义何在？联系上述传说文本，我们可以从以下几方面加以认识。

首先，从上述案例可见，"本地人"建庙决定了只有在"本地人"的主导下，"庙"才是一个能够纳入共同体叙事语境的对象。这一点无论是在《周》中发生"脱胎成神"的"许亲"场景，还是"移动"型传说中共同体因素所驱动的"移动—中止"情节都可以得到体现。正如《蒋》中所见，神祇"有所归"的发生首先是以"故吏见文于道头"为起点，以"百姓遂大事之"为结局的，因此，"本地人"的"祈拜—受佑"关系首先确定了神祇"变神"本身所具有的共同体因素。

其次，神祇本身所代表的宏观宗教意涵并不能直接提供村庙层面的祈拜合法性。如《周》中所见，神祇的"变神"过程即使是以"星宿脱胎"的形式说明其宏观神性的，但对于实际的村庙神事而言，周六争山许亲才构成了现实"塑像建庙"的理据。因此在"脱胎"形成的双重结局中，属于宏观神系的一部分实际上是由属于共同体场景的另一部分为

---

① （晋）干宝：《新辑搜神记》，中华书局2007年版，第107—108页。

"祈拜"的仪式归属所寻找的依据,并不直接影响"庙神"本身的神格属性。如"对抗"型传说的主题分析表所见,大部分案例基本上或者省略了对于主人公"变神"过程中的"本地—天界"身份转换,或者将宏观神格与共同体神格直接置于"变神"转化的两端。因此,无论是"观音""关帝"还是"龙王",传说对于这些神祇的界定都首先是建立在共同体场景之上,而神像或神物这类由坐落和生成过程直接确定共同体归属的对象则成为现实中的共同体祈拜场景与传说中的"神奇故事"建立联系的中介。

如李丰楙在讨论民间礼仪展演时所见,"由于礼仪场景中所演出的社会角色,是由日常之我延伸而出的,为一种化了妆的我,穿戴非日常服饰的我,在舞台上与其他角色之间所发生紧密的互动较诸日常生活的松散关系,其实特别有种浓缩而紧凑的戏剧性功能"[1]。传说对于以"建庙"为中心的神事所展开的内容,实际上将由神佑的"残缺—重建"过程所阐述的村庙关系对应于为村落日常时空之内的祈拜—受佑关系,同时也就将以神奇人物为主体的事件对应于以"本地人"为主体的日常事件。因此正如《道法会元》中所述,祭祀本身成为人神之间的博弈,现实中日常化的"祈拜—受佑"关系在这一意义上由传说中神奇故事所界定,由此从日常化的"习俗"分解为一次又一次发生在人神之间的非日常事件。具体就"村"这一地缘单位而言,村庙"保界"这一对应于社区的范畴本身就意味着公共村庙与定居者个体之间的"祈拜—受佑"关系,使定居者不再局限于个体分散独立的日常身份,形成"建庙者""祭神者"这样直接由村落公共事件所赋予的特定身份。因此,村庙传说对于神事的强调,体现的正是以村庙为中心形成的"本地"非日常性的一面,而神事与神奇事件在村落传说中围绕"建庙奉神"所形成的对应关系,则为这一非日常性在叙事传统中取得支持。

第二节 村落共同体观念的动态性与地域性

如上文所见,村庙传说中对于神事的解释仅仅从"谁建立/供奉了

---

[1] 李丰楙:《礼生与道士——台湾民间社会中礼仪实践的两个面向》,王秋桂等编:《金门历史、文化与生态国际学术研讨会论文集》,汉学中心,2001年,第359页。

村庙"的角度说明了村庙祈拜传统的基本前提，即村与庙所形成的神佑契约关系，但对于村庙神佑为何成为一种共同体性的护佑信仰却并没有一个完整的解释。因为"建庙塑像"仅仅能够说明现实中祈拜传统的"村庙一体"关系，但对于具体的村庙传统而言，这首先无法直接说明"庙神"与共同体的内在联系是如何建立的，更为重要的是，它无法说明"村"何以作为一个能够与"庙"形成祈拜契约关系，与某一神祇形成特定对应关系的对象，也即"神佑"本身是如何生成的。就上述几类村庙传统而言，传说的主题结构正是围绕这一问题展开的，这是上文能够对村庙传说按照叙事—解释结构加以分类的前提。因此，比较上述几类以不同传说围绕"神佑"形成的叙事—解释，我们能够从神佑的动态性和独立性两个侧面说明村庙传说在这一层面体现的具体认知。

一 共同体观念的动态性

"对抗"主题尽管是围绕主人公通过与一系列对立面的抗争展开的，并通过这些对抗事件导向主人公本身共同体身份的"残缺—重建"转换，但实质上却集中于对共同体新旧神佑之间替置过程的阐述。如《周》中所见，"残缺"主题不仅成为"对抗"型传说中对于主人公身份最明确的特征，它同时也是对于共同体旧有地域神佑最明确的说明。无论是《周》中的"五凤朝阳地"、《鱼》和《笼裤》中"捕不到鱼的海域"、《吹角》中"遭旱的村落"，乃至于《皇》一文中"被本地人污染的龙潭"都以类似的方式将传说神佑叙事的起点置于"村"旧有地域神佑的"残缺"之上。因此正如上文所见，不同层面形成的"残缺"表述成为村庙传说中构成情节动力关系的核心要素，而这正是上述建庙传说成立的前提。

对上文的分析结果进一步加以讨论，围绕"对抗"主题还可以将上述传说归纳为两种不同的叙事模式。其一是《周》中周六与孙度两个共同体身份上的"邻人"所形成的横向对抗。如上文对于"提问—解释"链的分析可知，村庙传说是由最终的"建庙—奉神"解释逐步向前延伸的，《周》中三个叙事单元之间的语境包含关系直接说明了这一点，因此这一横向对抗也就自然将主人公的"人神"转化与"本地人"身份的"边缘—中心"转换统一为同一叙事—解释结构。在这一对抗关系直接决定了谁最终成为"本地人"的同时,也由对抗手段本身的"法术"性质说明了谁最终成为新的"庙神",因此这两者都是"残缺"的本地神佑所驱动的结果。

"对抗"型传说的第二种"对抗"叙事模式则是对"本地"在这一层面更加直接的说明。如上所见,以《吹角》为代表,大量传说中的"对抗"主题直接以新旧神佑之间的对抗和转换形成核心叙事单元。这一类"对抗"情节直接将主人公作为"打破"或"驱逐"旧有地域神佑的方式本身就指向了地域神佑的"重建"过程。

由此可见,无论"对抗"是以何种形式进行的,这一类情节都将村落的新旧神佑和主人公身份的双重"残缺—重建"过程作为叙事—解释的中心,由此对于传说最终面对的村庙祈拜所具有的信仰效力作出解释。比较"对抗"型传说与"移动"型传说可见,其中地域神佑的构建过程并不相同,但就神佑的共同体属性而言,它们都在"本地人"的视角上形成了对神佑载体逐步获得共同体属性的表述。

正如阿兰·邓迪斯(Alan Dundes)所见:"不仅神话是由组成对立和企图消除对立两方面组成的,而且所有的民间传说形式都是这样组成的。"[①] 正如《周》中所见,"对抗"主题正是之后"横死成神"主题得以展开的情景语境,同样,"移动"型传说中共同体因素形成的"中止"情节也是以偶然或临时性的措施实现的。因此,由"对抗"和"中止"重新界定的地域神佑同时又向着现实中的村庙祈拜形成新的"残缺—重建"叙事。在这一意义上,传说中的神佑叙事所叙述的争山是人神之间"对立—消除对立—对立"的循环。在村庙传说中,"残缺"的存在正是"本地人"身份得以生成或者宣示,同时对共同体重新加以界定的契机。在这一意义上,传说将共同体的神佑表述为一个由"人"和"神"不断互动界定的对象,两者的共同体身份正是在这一界定之下得以生成的。因此,人神之间形成的动态性成为村庙传说围绕神佑表述"本地"时的直接内涵。

[①] [美]阿兰·邓迪斯(A. Dundes):《结构主义与民俗学》,载《民间文艺集刊》(第八集),上海文艺出版社 1986 年版,第 296 页。

二 共同体观念的地域性

由共同体的动态性出发,共同体本身可以从"人—神"或"人—人"之间的互动情节中独立出来加以考察。以"移动"型传说作为参照,可以明确加以说明。

如《水》等典型"移动"型传说所见,"对抗"型传说中由"人神"与"边缘—中心"身份转化叙事所构建的人格化庙神并不是村庙传说的必然内容。以《水》本身而言,传说叙事本身就是由两重"移动"情节所构成,连接两者的则是"被窃的神像",也即之前由"戏拟祈拜"而成为村庙供奉对象的神物"石香炉"。在这一层面,尽管经过"儿童的戏拟崇拜"说明了由神物向庙神的转换过程,但当之后的"偷神"情节形成新的神佑阐述时,传说还是以特定的实物来指代具体的神佑。因此由这则传说可见,尽管村庙传说未必如"移动"型传说一般直接以神物本身来指代神佑,但神佑在这些传说中首先是一个独立的范畴,既不依赖于"本地人",也不依赖于共同体,如"赶山鞭"亚型中所见,更加不依赖于外在的宏观神系。尤其是"讹读"型这一特殊的"移动"传说所见,传说对于神佑的叙述是经"宏观/本地"的空间误置/转换过程所形成的,共同体因素主动使神物/神人"中止",并和共同体相联系,但却并非是直接对于神佑本身地域属性的说明。

由此出发,我们首先能够将共同体观念中的主观地域与客观地域加以区分。村庙传说首先是以地缘聚落这一客观地理现象为前提产生的,但它直接描绘的对象却并非如林美容所言,是"一个以主祭神为中心,共同举行祭祀的居民所属的地域单位"①,单纯地理意义上的"地域"至少在村庙传说对于"神佑"的阐述中并不是一个主导性因素。这一区别对于传说所体现的共同体观念意义何在,我们可以从文献对"地方神"的讨论中得见。

"祭不越望"是中国讨论"地方神"问题的经典命题,出自《春秋·哀公六年》:"三代命祀,祭不越望,江汉睢漳,楚之望也,祸福之至,不是过也,不穀虽不德,河非所获罪也。"② 皮庆生曾以这一命题在宋代形

---

① 林美容:《乡土史与村庄史——人类学者看地方》,台原出版社 2000 年版,第 121 页。
② (晋)杜预:《春秋左传集解》,上海古籍出版社 2007 年版,第 1741 页。

成的一系列争论入手，对于中古时期的地方保护神信仰观念加以讨论。①按这一命题，地方神祭祀所至的祸福以与祭祀对象直接相关的地理区域为界，因此一地之神，其神力功德也就限于一地。如《礼记·祭法》中所论，"有天下者祭百神，诸侯在其地则祭之，亡其地则不祭"②。即使《祭法》提出了之后成为祠神封赐的原则"祭法五要"，但从逻辑上，它还是处于"地望"这一原则之下的。在这一命题之下，神祇只是地方神，非地方保护神，神祇所形成的神佑关系与相对应的人群并不发生直接联系，是与作为自然地理存在的"地"直接相关的。因此，在这一命题的语境下，"地域"本身才是界定神佑施受主体的核心条件。这一命题得以生成的前提是礼制话语依然作为"地方神"信仰的主体，因此当"祈祷散在庶民，遍布天下，久以为常，法有其文，官无其禁，亦其势然也"③，祠神祭祀的解释权逐渐由民间话语所掌握，这一命题也就需要重新加以讨论，以重新界定地方神祇与地方之间的关系。

在这一争论中，陈淳在《北溪字义》里讨论"祭不越望"时依然用正统的礼制话语来规范当时的民间祠祭：

> 古人祭祀，各随其分之所至。天子中天地而立，为天地人物之主，故可以祭天地；诸侯为一国之主，故可祭一国社稷山川。入春秋时楚庄王（为楚昭王误）不敢祭河，以非楚之望，缘是时理义尚明，故如此。④

但在转换视角之后，民间真正面对实际村庙信仰活动的知识分子时已经对神祇与地望的关系从共同体视角重新进行了阐释。同一时代，莆田人李丑父在镇江兴建妈祖庙时辩驳道：

> 京口距莆三千里，"祭不越望"，山川犹然，况钟山川之奇为人之神乎……地之相去则有疑焉。或曰：妃，龙种也，龙之出入窈冥，

---

① 皮庆生：《宋代民众祠神信仰研究》，上海古籍出版社2008年版，第272—320页。
② （清）阮元：《十三经注疏》，中华书局1980年版，第1588页。
③ （宋）陆九渊：《东山刑鹅祷雨文》，《象山集》（卷二十六），中华书局1980年版，第225页。
④ （宋）陈淳：《北溪字义》，中华书局1983年版，第61页。

无所不寓，神灵亦无所不至……妃既有功于此，亦宜食乎此。孟子之论，有一乡一国之士，又有天下之士，乌可以地之相去为疑。①

这是两种对"祭—望"关系的不同观点。对于陈淳一方而言，地域分野首先是"天下"制度的一部分。无论是"各随其分"还是"亡其地而不祭"，神祇与地方的神佑关系始终是由地方社会之外的权力话语确定的，而与共同体所形成的直接神佑诉求无关，由此才产生了《春秋》中"祭不越望"的命题。在后者李丑父的视野中，神祇本身的神格属性、地域本身的神性都不足以构成"庙祭"的合法性基础，而"庙"之所以能够成为"龙种"与"地方"形成长期神佑关系的依凭，正在于"有功于此，亦宜食乎此"所形成的契约关系。因此，"神功"已经独立于具体的神格，祭法五要的原则也就脱离于"地望"而成为确定"祈拜—受佑"关系的独立范畴。在这一逻辑下，人神之间的关系由某地之人祭某地之神变成了某地之神护佑某地之人，"有施于人则天不宗"②。皮庆生认为："经典文本在'祭不越望'的讨论中，开放性得以充分体现，传统的'祭不越望'原则重心从祭祀主体的权力位秩转变为祭祀对象的功能灵应，技术的解释解决了权力问题，有效性的论证得到了合法性的结论。"③ 比较上文所讨论的村庙传说，这一技术性和开放性的前提则是人神关系本身的独立化，如《石》一文中所见，它本身构成了人与神之间在对等关系中的中介性概念。在这一基础上，村庙传说既不是面对地域直接进行的解释，也不对神祇本身的神格和神迹加以说明，它的叙事—解释主轴始终围绕着具体的"祈拜—受佑"关系展开，其主题阐述始终是对于这一关系本身的阐述。

在村庙传说中，"村"本身正是以"庙"神事的参与者姿态介入整个叙事的，因此神佑的独立性也就使得村庙传说所表述的共同体本身成为一个独立的对象，建立在聚落定居者与特定庙宇的二元对应关系之上。在这一意义上，共同体的地理空间意义让位于"庙"的独占者身份，而这一

---

① （元）俞希鲁：《至顺镇江志》，《宋元方志丛刊》（第三册），中华书局1990年版，第2730页。
② （宋）魏了翁：《眉州威显庙记》，转引自皮庆生《宋代民众祠神信仰研究》，上海古籍出版社2008年版。
③ 皮庆生：《宋代民众祠神信仰研究》，上海古籍出版社2008年版，第320页。

独占身份如上文对神事的分析所见，首先建立在人—神之间事件性的"祈拜—受佑"循环之上。由此可见，在村庙传说的语境中，共同体首先是"本地人"的集合，而"本地人"则是由不断循环的"祈拜—受佑"事件所确定的对象，并不构成"本地人"的当然属性。在这一意义上，传说所表述的共同体和"移动"型传说中的神物得以相互照应，成为一个具有独立性，并且在村落的文化认知中具有"标志性统领式"意义的文化对象。

第三节　村落共同体观念的内向性

通过对传说所表述的村庙神事和神佑内涵进行分析可见，村庙传说的叙事—解释结构始终是以"本地人"的视角展开的，因此传说中的村庙关系，实际上等同于文本内容所表达的"本地人"对于村落共同体的认知。因此，村庙传说所呈现的共同体观念也需要从传说文本与"本地人"认知之间关系的角度加以解读。

一　村庙传说的共同体时空形态

尽管村庙传说中对于"村"的阐述并不是以客观的地理区域为中心的，但后者依然是一个基于地缘的共同体范畴。相比于"宗族"或者单纯的"信众"，由村庙祈拜关系直接形成群体边界依然需要投射于空间范畴，而且村庙同样也缺乏宗族叙事由世系所提供的时间参照系。因此，村庙传说也就必然需要引入自身对于时空特定的叙述方式，以在"提问—解释"链的实际演述中为文本中的讲述内容寻求时空定位，这是民间传说区别于一般民间故事、民间歌谣的重要特征。

传说这一民间叙事体裁首先为村庙叙事提供了特定的时间叙述方式。传说叙事的"拟历史"（sim-history）特性是这类口述文本得以进入村落研究领域的前提。传说本身的文学属性与文化功能决定了它的叙事并不是对于客观历史时间尺度的直接反映。这一点可以与书面文本的"历史"叙事相比较，如海登·怀特所言："历史领域中的要素按事件发生的时间顺序排列，被组织成为了编年史；随后编年史被组织成了故事，其方式是把诸事件进一步的编排到事件的'场景'或过程的各个组成部分中。"① 因此，无论历史叙述如何进行，书面历史文本的时间序列本身是固定的，每一个单独的叙事文本都由独立其外的时间—事件序列确定其在整个历史叙述系统中的位置。

相比之下，村庙传说是围绕现实中的村庙祈拜而形成"提问—解释"链条的，演述现场首先为传说文本提供了一个固定的时间坐标。传说文本中的"自古以来""从早先就有"与"宋朝时候""秦始皇的时候""戚继光抗倭"或"长毛乱"一样，都与这一时间坐标相对。在这一点上，村庙传说同样是建立在神奇故事所在的"过去"与村庙解释所面对的"现在"这两个时间坐标上的。与书面历史叙事所不同的是，对于传说叙述而言，文本中的"历史"并不依赖外在于本地语境的时间序列，成神和建庙可以发生在任何一个朝代，也可以与任何一个历史事件相联系，这对传说中的故事形态与解释功能都不会产生直接影响。因此，传说的时间参照系本身体现的是传说中由"神奇故事"所展开的神佑、神事与现实时间的对应关系。两者正如"移动"型传说中的"大海"与村落，前者虚置所形成的正是后者对于自身神佑的确认。除了《周》这样由"邻人"作为"对抗"情节主体的传说外，大部分的"对抗"型传说主题都是直接以新旧神祇之间的"对抗—置替"所展开的，在这一叙事—解释模式中，空间本身成为传说阐述神佑替置的要件。而在"移动"型传说和"讹读"型传说中，前者将共同体与"宏观"神佑划分为虚实两个空间范畴，"讹读"型传说则并不直接以叙事，而是直接以"宏观/本地"的空间描述作为传说的核心内容。因此，两种不同空间的比较和转换关系本身就构成了对于村庙神佑的直接解释。在这一前提下，传说中的时间是由当下的日常时空投射而成的，由此神奇故事中的组织的线性序列才能转化为针对当下时空的阐述而非记述。

因此，这些空间叙事本身和传说中的具体情节一样，是传说叙事—解释结构的一部分，承担着对共同体观念的阐述功能。但正如上文对于神事和神佑的讨论所见，传说的现实演述情境本身就是沿着文本所构建的内在叙述路径展开的。因此，传说时空叙述的虚拟性并不意味着它是现实演述时空单方面的投射。当演述者和听众讲述这一文本时，他们所建立的演述

---

① [美] 海登·怀特（Hayden White）：《元史学：十九世纪欧洲的历史想象》，陈新译，译林出版社 2004 年版，第 6 页。

现场正是由传说所限定的,后者在文本内容上的时空限定性也决定了现场的观—演关系实质上必须围绕传说的共同体阐述展开。在这一意义上,现实的演述时空构成了传说文本时空的虚置形态,而后者则决定了演述本身对应于传说文本内容所预设的叙事—解释路径。维谢洛夫斯基(A. H. Veselovski)在讨论民间文艺主题的阐述功能时认为:"主题就是一种公式,这种公式在社会早期回答了自然到处向人提出的问题,或是明确了特别鲜明的、似乎是重要的或反复的现实印象。"① 正如"宋朝"之于当下、"大海"之于村落,"本地人"的视角在通过传说的时空叙述方式,将共同体视野之外的时空转化为虚设的"非常"之地,而传说中表述的"祈拜—受佑"关系则成为共同体视角所独占的对象,经由具体的神佑事件,它成为对于共同体当下时空的不断界定。

因此就维谢洛夫斯基的论断而言,村庙传说所表述的共同体时空更加倾向于第二种公式功能。在传说的文本与现实演述所形成的对应关系中,共同体随着"本地人"视角所构建的有限时空叙述而成为区别于外部世界的独立时空单位。在这一意义上,"我们的地方"与"其他地方"得以形成主观认知上的直接界别,并由此为基于现实"祈拜—受佑"关系的村庙传说在文本之内和文本之外都形成独立的意义语境。

二 私文献:村庙传说的演述—接受预设

由上述时空表述形态出发,我们还可以在村庙叙事传统范围内对这一类口头叙事文本的演述特征加以认识,完整地说明其对于共同体观念本身的阐述方式。

尽管本书所采用的村庙传说文本一大部分来自《民间文学集成》这样一种抽离了原生演述情境的材料,但通过主题学的分析,我们依然可以将这一类口头叙事文本归纳为私文献(private literature)。这一属性可以与公文献(public literature)相区别。公文献是依照公共性的话语体系所生成的,它的文本所叙述的具体信息、语境以及具体的叙事内容都不具有特定的言说对象。以"祠神"传说为例,无论是上述《太平广记》《搜神记》中记述的内容,还是近代以"民间故事"这一学术范畴编辑形成的民间文学文本,它们本身从文本功能上都可以不同程度地归入这一范畴。

---

① 钟敬文:《民间文艺学文丛》,北京师范大学出版社1982年版,第11页。

简而言之，公文献即使有着具体的"读—写"情境，但就文本本身而言，这一情境也并不具有与特定人群的对应关系，而仅仅在文本与读者之间形成个体性的阐述—接受关系。因此，文本所形成的意义语境本身是没有针对性的，它的阐释权处于开放之中。

村庙传说所呈现出的文本阐释形态与这一类公开文献有着内在的差异。如上述诸类型传说中所见，无论具体的叙事构成如何，从神事到村庙的解释结构都充当着文本的底层结构。分析传说的时空叙述方式可见，传说中的共同体是以"本地人"视角所生成的封闭对象，因此"提问—解释"链也就是以现实中"本地人"与"村庙"之间固定的"祈拜—受佑"关系为前提的。由此出发，村庙传说的"提问—解释"链可以重新整理为如下内容：我们拜的是什么？→我们为何要拜？→为什么是我们在拜？很显然，只有在预设提问者本身是村庙神事的参与者时，传说所包含的这一预设结构才是有意义的，而且只有这一参与行为本身是以与村庙之间具有特定独占关系的群体身份参与时，这一预设结构最终面对提问者形成的"本地人"身份说明才得以成立。另外，从接受者的角度看，只有对于传说内容的预期是建立在自身对于共同体身份的接受之上时，上述"提问—解释"链所提供的信息才是有意义的，才能转化为接受者的"本地人"认知。由此可见，传说文本本身就预设了演述者与接受者之间的共识关系。而脱离这一点，村庙传说的特殊叙事—解释结构也就失去了依托，正如本书一开始对于《周》异文 A 的讨论所见，无法形成围绕"村庙"展开的统一叙事—解释结构。

因此，共同体观念对于村庙传说而言，并不仅仅意味着内容上的"地方风格"，更是这类文本具有文化功能的前提。由于"提问—解释"链在文本形成过程中的基础作用，村庙传说文本天然是以特定的预设读者（default reader）为基础的，对于文本的解读也是以预设情境（default situation）为前提的。因此对于这一类文本而言，叙事—解释内容所蕴含的意义本身就只对于传说所表述的内容形成先在认同的群体，也即"本地人"才有意义。正如上文对于传说时空叙述的分析所见，村庙传说的文本首先蕴含了与现实中的村落当下演述现场互相对应、互相构建的关系，而这一封闭关系所形成的共同体边界同时也是传说能够被完整解读，预设的"提问—解释"链能够按照"本地人"认同的方式向前延伸的前提。在这一意义上，传说所表述的共同体始终建立在村落定居者的共识关系之内。

综合上述两点可见，村庙传说内在的时空叙述与演述—接受预设都说明由这一叙事传统所形成的观念表述只有基于"本地人"的日常视野，以"本地人"对于自身公共身份的共识为前提才能够形成相应的叙事—解释结构。村庙传说本身形成了一种围绕特定群体的"目前"共识所形成的内向性叙事，而它所表述的共同体观念自然也就具有这一特性。在这一前提下，共同体观念是聚落定居者围绕"村庙"祈拜—受佑关系形成的公共认同投射于聚落空间，由此形成主观的"社区"认同的结果。因此，村庙传说所表述的共同体观念既如上文所言，是由定居者的公共祈拜事件所不断动态建构的，却又由于以"本地人"共识为前提，本身维持着稳定的固定观念图式。

小　结

由上可见，村庙传说的解释要素与叙述形态正是围绕共同体观念的多个侧面而展开的，这一叙事传统本身形成了对于村落共同体观念的宪章式文本。因此，村庙传说不仅如皮庆生所言，是一类单纯围绕对村庙祈拜进行"技术性解释"的民间叙事文本，更是将"村"置于"庙"的二元契约关系，从"神佑"的角度说明"村"作为神佑的主动或被动创建者身份，并由"本地人"的视野形成对于村落共同体社区属性的主观叙述。而综合以上三个方面的分析，村庙传说所表述的共同体观念可以用"权利"这一概念所形成的图式加以归纳。

"权利"这一汉语词翻译自英语词 right 和德语词 recht。1864 年，美国传教士丁韪良（W. A. Martin）在翻译《万国公法》时首先在汉语语境中使用此词，而后日本也接受了这一译词。[①]《荀子·劝学》："君子知夫不全不粹之不足以为美也……是故权利不能相倾也，群众不能移也"，《后汉书·董卓传》："稍争权利，更相杀害"，可见在汉语语境中，"权利"一词是"权力"与"利益"的缩写。但如西文原义所示，现代意义上"权利"一词的含义是"正当的做法"，与"权力与利益"并不直接对应。因此，"权利"不同于"权力"，不指代由于单向支配关系所形成

[①] 李贵连：《〈万国公法〉：近代"权利"之源》，《北大法律评论》1998 年第 1 期。

的相应行为与关系。

梅尔登（A. I. Maloden）对于"权利"进行了定义："关于权利的谈论发生在当人们坚持或要求他们权利的时候……权利是行为人的道德财产……某种可以被主张、要求、拒绝、剥夺、放弃、转让、没收、遵守、移交等等的东西。……主张自己的权利就是以自己的名义要求权利，即是说，表明自己有权利限制他人的某种自由，当自己拥有这样做的权利的时候。"[1] 由此可见，"权利"的观念图式可以归纳为以下四个方面：（1）身份性；（2）行为性；（3）对象性；（4）共识性。从上述对于村庙传说共同体观念的探讨中，我们能够找到与上述"权利"观念图式之间的共通点。

首先，村庙传说所体现的共同体观念，本质上是对于"本地人"的界定。尽管传说是借由"本地神"的神格形成过程展开叙述的，但在其叙事—解释过程中，神格与"本地人"之间的内在关联使得前者具体的祈拜—受佑逐层转化为对于后者社区身份的界定。因此，共同体观念正是对这一过程在意识形态层面所形成的预设，作为公共空间的共同体首先取决于"本地人""名义"的集合。

其次，在村庙传说中，神事和神佑之间形成了直接的对应关系，两者使得村庙传说本身是面对现实村落所形成的言说与界定。这两个叙事—解释元素的关系是神事中的"祈拜—受佑"元素与神佑中的"残缺—重建"元素之间的互相照应所构建的，在这一过程中，共同体始终是由"本地人/本地神"的主动行为所界定的对象。

再次，共同体观念的这一行为本位决定了它本身并不是人、地、庙三者的固定属性，而是在三者的互动关系中形成的交叉点。在传说的神佑叙事中，共同体的神圣护佑本身是可以取消、移动甚至偷窃的，并且在面向现实神事形成解释时，会成为村落循环延续的神事传统的合法性阐述。传说所表述的共同体是基于权利对象与权利主体之间对应关系所建构的意识形态内容，而在这一意义上，神佑才具有与"本地人"形成排他关系的可能。

最后，传说的时空叙述方式和演述—解释预设决定了它对于共同体观

---

[1] A. I. Maloden, *Right in Moral Lives*: *A History-Philosophical Eassay*, Berkelay: University of California Press 1988, pp. 76, 81.

念的表述首先是基于村落定居者对于"本地人"身份的共识，传说本身就是对于共识的公开表述，它的文本功能就在于通过申明来不断界定和构建演述者和接受者的共同体认知。在这一前提下，传说所表述的共同体观念既是动态的，即面向"本地人"的祈拜行为而形成开放性，又是排他的，其叙事—解释结构所形成的界定是对于旧有共同体身份不断的再生产。

第 四 章
共同体观念影响下的
村落历史叙事

　　上述分析基本上是由《民间文学集成》材料为中心的传说文本入手的，但只有在村庙这一演述语境下，村庙传说文本形态所传达的特定文化功能才能得以完整说明。因此，单纯的文本分析对于确定这一类文本所具有的共同体观念而言，仅能形成一种合理的推测。另外，村庙传说仅仅是围绕村庙所形成的各种叙事文本中的一类。上述观念需要从"传说"这一文本体裁出发，在更为多元化的民间叙事传统中加以讨论。

　　如前言中所述，村庙传说所叙述的庙事活动对应的是现实中浙南地区保界这一普遍存在的村落社区概念，比较上文由村庙传说归纳的共同体观念与现实中的保界信仰传统可见，前者在很大程度上可以认为是后者以民间叙事话语形成的投射。但是，保界并不仅仅停留在"传说"这一"神奇故事"层面，以笔者的田野考察所见，它构成了这一地区绝大多数村落社区民俗的观念前提，以及村落社区形成共同体历史叙述的观念基础。因此，在保界观念的支配之下，村落社区本身围绕世俗历史所形成的叙事文本能够使得我们进一步认识这一传统中的共同体观念。

第一节　村落历史记忆的共同体图式
——以三官堂社区为例

　　比较而言，与上述村庙传说最接近的是村落群体围绕历史记忆所形成的口头叙事文本。如上所见，村庙传说的"拟历史"特征是其与现实中的村庙祈拜传统形成对应关系的重要基础，而村落中的口述史文本则是以同样的演述情境进行的，它由此在村庙传说与现实中的祈拜仪式之间形成了体裁上的中间形态。因此,本书通过考察在具体村落田野语境中所获得的村落口述史,能够为进一步从历史叙述角度说明村庙叙事传统的共同体观念提供入手点。

三官堂社区是笔者2008年在椒江南岸地区所考察的一个社区,位于台州市路桥区市区西北边缘,距离历史上的路桥镇中心城区新安桥水街3.9公里,紧邻现在的省道,位于清代由太平县城(今温岭市)至黄岩县城的水陆两条主要通道官道与南官河之间。这个社区包含管家岸与徐翁两个自然村,分属徐翁村与管前村两个行政村。在两村的交界处,有一座名为"三官堂"的村庙,而以庙址为中心,管家岸与徐翁两村民居由东向西完全连成一片,现今本地户籍人口600余人。如庙名所示,三官堂现今供奉的是道教神祇三官大帝,在斋醮法榜中,这座庙宇被称为"黄岩县飞凫乡清浮里显圣庙三官堂"。在每年十月十五地官神诞的神戏戏帐中,该庙一般被称为"徐翁村三官堂"。因此在正式的民间信仰活动中,该庙是徐翁村的保界庙,但它的保界包含两个村。

根据考察所见,徐翁村中只有极少几户徐姓人家,为20世纪50年代山区移民的后代,管家岸则没有管姓人家,因此,这两个地名所代表的单姓村落可能早在现在的村落兴起之前就已经在本地消失。管家岸和徐翁两村建村时间不详,但在清光绪三年刊的《黄岩县志》中记载了现今两村下辖的数个自然村,管家岸属于四十三都一图,徐翁村所辖另一自然村西洋王属于四十六都一图,两村同属于上字都。[①] 从人口和耕地情况看,徐翁是一个大村,但直至20世纪50年代以前,历代府县志对徐翁均无记载,作为一个紧靠镇区的村落,徐翁的地界原先属于路桥镇的清浮里,综合地方志记载和本村村民回忆,这一地块在光绪之前并无村落。至今为止,这两个村落都没有完整的宗族房支分布,因此也就不存在包括族谱在内的书面历史文献。目前,三官堂也没有发现包括碑刻在内的书面文献资料。因此无论是庙还是村,这一社区的历史记忆完全是以口述的方式传承的。由于笔者在这一社区所获得的口述历史内容十分驳杂冗长,因此下文将直接以整理后的内容展开讨论。

按照两村的共识,三官堂社区首先是以管家岸为起点形成的。管家

---

① (清)王棻、陈宝善:《黄岩县志》,光绪二十五年刻本,《中国地方志集成》,浙江府县志辑,上海书店1993年版,第146页。

岸最早的居民是几户来自台州郡城临海附近的流民，分别姓卢、贾和陈。大致在距今五代人之前，约在太平天国战争前后，这三户人迁居到这片南官河畔紧邻官道的滩地，大约以开荒和贩盐为生。三官堂最早的建筑，正是陈家人在开荒的滩地边上利用原先的看田小屋所建的一间小祠堂，用来安放三家的亡人牌位。三家人之所以选择这个位置作为安灵之所，一是因为它面对虎头山缺口，在风水上宜于供奉先人牌位，二是因为这个位置正好是过去官道路廊廊庙的旧址，因此同时有祛邪之意。之后不久，随着开荒与贩盐的积累，三家人也逐渐复建了官道路廊，同时扩建了这座田间的小堂，使之重新成为路廊的附属建筑。

随着太平天国战争结束，路廊附近开始聚拢起更多人家。三家人修建的小祠堂逐渐演变为聚居人家停灵的公共祠堂，同时因为紧邻路廊，义祠也开始负责过往商旅的茶歇，并收殓祭奠水陆两道上的横死者。至此，三家人修建的祠堂逐渐变为了一座义祠，而在最早的三姓人家之外，选择在此停灵的家庭也逐渐加入了祠堂的捐助和扩建。祠堂本身由一个田间小屋逐渐改建扩变成了一座略有规模的庙宇建筑，拥有主殿和厢房，同时获得了最初的一部分庙产。另外，在修建义祠之后不久，庙内开始供奉赵元帅和四娘娘，前者是普通的财神，后者出处不明，应当源自本地土神。赵元帅的诞日在十月十六，而当地女神四娘娘的诞日在四月初二。从义祠阶段开始，管家岸的村民已经开始了这两尊神祇的神诞庆典活动，并延续至今。因此在这一阶段，尽管庙名和具体神事无从追考，但义祠至少已经承担了一部分管家岸保界庙的职能，而后来称为管家岸的村落也大致成型。

义祠靠居住在附近管家岸地界的村民维持了近30年时间，管家岸作为一个村落也在这段时间内逐渐成形并被载入地方志。大致在光绪中后期到宣统之间（村民回忆距今四代人左右），当时迁驻到现在徐翁附近的一户商人受到三官大帝托梦，要在义祠的位置来供奉大帝，以此才能保一方平安，因此这家人联合其他相邻几户从另一座三官堂中奉请了神像，准备出资重新庙宇。[①] 尽管庙宇改名重建，但庙址依然在管家岸陈家最初的一分三厘土地上，因此在供奉新神之后，两村依然保持了共建共有的关系。路桥是灵江下游最重要的商埠之一，明代万历时期开始设立路桥官市，并

[①] 这一过程在当地保界庙的建立过程中有一个专门说法，叫作"认登"，即外来神祇通过对特定村民托梦，选址建庙，登入成为保界神。

且设有黄岩场盐课司，是台州两个主要的盐场食盐与商盐的集散地之一，号称"膏腴商贾之所"。因此，徐翁之所以能够在三官堂义祠已经成为管家岸聚落的中心之时，还能主导建立新的保界信仰，杜桥镇民的商业财富恐怕是主要因素。管家岸如何同意接纳外村人在本村的神庙基础上改建庙宇尚未可知，按照两村人的回忆，徐翁尽管捐建了大部分新庙建筑，但大殿主梁依然由管家岸人出资。同时三官大帝神像虽然由徐翁人奉请到殿，但两村达成默契，不强调由何村所有。此后，徐翁村的住家也逐渐向管家岸保界庙方向靠拢，约在1921年，即陈家迁住此地之后第三、四代人时，围绕三官堂已经形成了连片的民居群，作为同一个保界群体参与神事。至此，在三家迁住大约50年以后，一庙两村的三官堂社区正式形成，这两个村直到人民公社之后才又重新划分为两个独立的生产队，之后成为独立的行政村。

三官大帝的主神地位确定之后，三官堂的信仰活动也以三官大帝的神诞为中心重新组织起来，形成正月十五、七月十五和十月十五三个需要举行斋醮和神戏庆典的正式神诞祭典。以这三个神诞日为中心，三官堂同时开始组织起三官会这类法牒神事，成为固定雇请正一派火居道士的宗教活动场所。在民国中叶以前，三个神诞中十月十五三官堂的水官神诞祭典已经成为三官堂周年活动的核心节庆，并且发展成为路桥镇以南知名度极高的庙会。按照村民回忆，庙会最繁盛时，参与者最多可达数千人，而且围绕这一庙会，三官堂社区建立起与路桥镇周边各个保界庙的巡香联系。因此，在民国中后期，尽管徐翁和管家岸并没有发展出大势力的宗族，也缺乏在路桥本地有影响力的人物，但依靠三官堂，这一社区在椒江南岸地区的民俗生活中依然占有重要地位。

徐翁建庙意味着三官堂一庙的最终成型，由于供奉三官大帝，三官堂的主要信仰活动也由祀奉死者的阴醮转为了祈神求安的阳醮活动。但管家岸人的义祠并未因新庙与新神祇而消失，在义祠始建起安放的历代牌位都一直保留供奉在庙内。此后随着新迁入居民的增加不断扩充，最后一批牌位属于20世纪50年代由山区移民而迁居至此的住户。同时，义祠期间开始供奉在三官堂的两个保护神也以从神的身份保留供奉下来，并各自保留了神诞祭典活动。

在新的庙宇三官堂和义祠之间最具延续性的，是管家岸建村三家中的陈家。在三家人中，陈家由于名义上至今拥有庙址所在地块，因此一直作为义祠的日常主持者，在三官堂建立之后依然保持了这一身份。[①] 20世纪30年代时，陈家的第五代人由于家道衰落，失去了管家岸的房产，干脆全家迁住进三官堂的厢房，以庙产和香火为生。这家人同时还保持着半巫身份，历代均有降神上身的说法。在义祠阶段，降神以土神四娘娘为主，今天的庙祝陈家老太太已经是第五代庙祝，降神换成了三官堂的主神之一水官大帝。但是，在三官堂平时的各种信仰活动中，陈家后人仅仅是一个活动组织者和日常管理者，不主持正式信仰仪式，这一职能基本由职业的正一派火居道士承担。这家人的降神从村民回忆看，只有寥寥两三例治病或神言事迹。因此，降神附身对于三官堂的保界信仰活动而言意义并不大。由村民默认接近世袭的庙祝身份更多是对创始义祠三家人的纪念和对于后人的赈济。卢贾两家在最初的三代人以后，就已经离开了管家岸，没有留下后人，因此这两家人在建立三官堂中的功绩基本只有靠陈家后人叙述，三家人所创始的管家岸社区也由陈家人代表。因此尽管家族没有显赫的经济实力和社会身份，但陈家后人结合了创始者以及管家岸的代表人身份，成为社区的中心人物。徐翁的人口规模、耕地和经济优势远远超过了管家岸。由于两村的耕地分布本身被建成的省道分割开来，管家岸在1953年首先划分为独立的生产互助组，在人民公社化中归入管前生产队，之后归入管前行政村。20世纪50年代之后，徐翁也成立独立的生产队，并在80年代成为独立行政村。但两村始终保持着较为紧密的社会文化关系，90年代初民间信仰复兴之后，开始共同操办三官堂的神事，延续至今。

　　刘枝万通过对台湾地区清代垦殖时期村落庙宇的考察，形成了村庙互动发展的时间表，大致切分如下：1. 游移性的试垦期：无庙；2. 成村前的曙光期：草寮；3. 村落的雏形期：小祠；4. 村落的奠定期：公厝；

[①] 事实上，根据村民回忆和路桥区（原路桥镇）土地档案，三官堂庙址土地在民国期间已经发生了多次转移，人民公社与联产承包之后，陈家的所谓地权更无从谈起，从土地划分上，现今庙址土地实际已归入徐翁行政村的住宅用地。但直至今天，管家岸村民依然以陈家拥有庙址土地作为本村共有庙宇的主要依据，因此，地归管前实际上是两村共组界默认的心理基础。但在三官堂正式的道教法事文书中为何不出现管家岸或管前村而只题为徐翁一村保界庙，这一点由于三官堂在50年代后历次毁建中没有保留下任何形式的文字材料，两村村民也均无从回忆近八十年前共同建庙时到底达成了何种协议，因此只能作为两村村民默认的社区传统，缘由无从追考。

5. 村落的形成期：小庙；6. 村落的发展期：中庙；7. 市街的成立期：大庙。① 上述三官堂社区的口述历史体现的正是这一社区从临时奉灵的草寮，逐渐形成神祇祈拜，并最终形成成型的村落庙宇的过程。相比于刘枝万所切分的发展时间表，这一过程可以进一步切分为三个阶段：1. 家庭性的奉灵所；2. 公共奉灵所；3. 保界庙。综合社区居民的口述史材料可知，他们将清末同光时期到民国末年五代人的时间视为这一"一庙两村"社区的形成时期。在这一时段中，椒江下游一直是一个人口流动性极大的地区，杨晨的《路桥志略》记载，在民国初年时，路桥镇"丁口约五万余，客民诒三分之一"②。因此，由上述口述材料综合可见，太平天国动乱之后，村民对两个流民聚落发展成为一个固定村落社区的历史记忆，实际上正是以三官堂这座村庙的形成过程为主轴加以组织的。

从上述口述材料中，我们能够发现村庙传说所体现的共同体观念在村落的"历史"叙述文本中所起的作用。首先，对于三官堂这一流民聚落而言，"村"与"庙"的对应关系所具有的内在文化功能是不言而喻的。从最早的家庭奉灵所到最初的公共义祠，构成了这一聚落从单纯的定居点跨越到自我认同为"村"的重要前提。供奉亡人本身构成了传统居民在定居时最主要的长期信仰诉求之一，因此从"草寮"到"小祠"，再到"义祠"的过程，实际上也是流民定居者逐步将三官堂所在的地域由单纯的定居地逐步赋予信仰意义的过程。在这一意义上，村民记忆中"庙"最初的形成过程体现的正是村庙传说中"庙"对于"村"的界定作用。

其次，现在的三官堂是由两个本身并无交集的社区在共同建设"保界庙"的过程中逐步靠拢而形成的，其中最关键的步骤是徐翁村的请神建庙。由上可见，村民对于请神事件本身形成的回忆文本与上述村庙传说在主题构成、叙事—解释结构两方面并无二致，同样是以人神之间的互相选择作为新村庙的基础。比较三官堂在重建为村庙之前的口述史材料可见，"流民奉灵"这一内容实际上已经使得三官堂不同于一般的宗祠奉灵，相比于后者，奉灵场所本身并不由奉灵之外的行为确定其信仰意义。同时，它也使其不同于寺观奉灵，信仰空间本身并不由外在于定

---

① 刘枝万：《清代台湾之寺庙》，《台北文献》1964 年第 4、5、6 期。
② 杨晨：《路桥志略》，1918 年石刻本，临海博物馆藏。

居者的文化资源直接赋予意义。因此，当三官堂的社区成员将这一村庙的发展过程作为村落历史记忆的主轴时，他们使用了和村庙传说相同的叙事逻辑。

由此可见，村庙传说中围绕"神佑"故事所构建共同体叙事时所体现的叙事—解释逻辑，在三官堂社区的成员对"村"的历史进行回忆和表述时同样起着基础作用，因此，两者共享着同一共同体观念。但是，三官堂的口述史和上述村庙传说一样，它们只能提供当下时空所形成的叙述文本，依然缺乏对于村庙叙事传统作为一个长时段现象的整体观照。同时，三官堂这样完全以保界庙作为社区中心形成的杂姓村落在浙南地区的众多村落社区中只能是一种少数案例，它也并不能提供对于共同体观念而言更加整体性的观照。而下文所论的村落族谱文献正好能够提供在一个长时段内，村落稳定的书面叙事传统所体现的共同体观念与村庙之间的内在联系，而且由于族谱的宗族特性，这也能够进一步说明村庙叙事所体现的共同体观念在本地村落社区传统中的基础地位。

第二节　堂庙重建与"土著"身份：
族谱中的村落共同体叙事

浙南地区是一个宗族文化高度发达的地区，无论是存世族谱，还是80年代宗族复兴以来形成的新谱都数量巨大，并且在乡村生活中扮演着至关重要的社会文化角色。因此，本书选择椒江下游杜桥镇的潘氏家族，从它的族谱叙事出发展开这一部分的讨论。现存的潘氏族谱一共两部，均题为《涂川潘氏宗谱》，分别刊成于1852年和1948年，纵观两部族谱，村庙都在其形成的宗族历史叙事中充当了重要角色。因此，下文将围绕这两部族谱中宗族自我形象叙事以及宗族社区关系叙事与村庙的关系，说明族谱叙事文本中围绕村庙所形成的共同体观念。

一　潘氏与五姓保界概述

潘氏居村以协灵庙为保界庙。协灵庙俗称五姓殿，主奉平水大王，该保界由潘家、翁家、井头和桥头王这四个聚落组成。这个保界位于椒江下游北岸的滨海平原中部地区杜桥镇西北一侧的台地上。按照本地的传统地理分类，这一地区被称为"下乡"，区别于椒江中游府城所在的"上乡"

地区。考察本地火居道士与民间仪式专家记述保界的科仪文书，这一地区从清中期到民国末年至少存在过659座归属某个保界的村落堂庙，密集程度在椒江中下游地区首屈一指。

杜桥镇区地处椒江海口三角洲北岸，自宋至清，海塘拓地由涂桥市镇一直向东扩张，形成至今为止台州境内人口最为密集的地区之一。宋代设杜渎盐场，杜桥地区成为浙东南地区重要的盐业中心之一，在盐业逐渐随滩涂东移的过程中，该地区在嘉靖三年（1524）立涂下桥市，迁海正式结束的康熙二十二年（1683）恢复为杜渎场市，[1] 雍正四年（1726）改称为杜渎镇市，逐渐超越西面的章安市和北面的溪口市，成为椒江北岸下游地区最重要的贸易中心，保持至今。

在杜桥镇周边的村落版图中，本书所讨论的五姓保界占有重要地位。"五姓保界"是由四个地理聚落组成的，得名于其中居住的五个宗族。除了潘姓聚居的潘家村外，陈氏与翁氏共居翁家村，与前者互相交叠，靠近东南界镇街的井头村主要由吴氏聚居，王氏则聚居于龙浦河以东的桥头王村。[2] 如民国涂下桥镇区地图所见，以东南角的吴氏宗祠、东北面的王氏祠堂为界，在协灵庙周围分布着一系列祠、堂与庙，东南面有供奉关帝的通应庙，南面有万安院，西面有隐居庵，北面有福德堂（又名通济堂，即后文所称的闸头堂），保界中央为潘氏祠堂与翁、陈两姓的联祠。

这一保界的四个聚落在20世纪50年代末成为杜西生产队的主要成员，并成为80年代后新建杜西行政村的主体。2011年的统计中，杜西村有557户，本地户籍人口2036人，在杜桥镇区村落中列第二位。[3] 在今天已经城市化的杜桥镇区中，尽管杜西村由于行政村规划，已经超出原先五姓保界的地理范围，原先的五姓保界在新的镇区中依然是当地人描述本地空间时的重要组成部分。

---

[1] 迁海，史籍中又称为"迁界"，是指清顺治末年至康熙初年，清政府为应对以明郑为中心的东南沿海抗清运动所实施的迁移与设禁举措。浙东与浙南地区的迁海始于顺治十八年（1661），大致结束于康熙二十二年（1683）前后。迁海的主要措施包括在沿海地区沿岸设30里至50里宽的禁界，从康熙十五年（1676）开始逐步由内地向海岸岛屿解禁，这一过程因此被称为"展复"。

[2] 彭连生：《杜桥志》，浙江人民出版社2009年版，第96页。

[3] 彭连生：《杜桥志》，浙江人民出版社2009年版，第550页。

二 潘氏族谱中的"流民—土著"转换

在这五族中,潘氏地位突出。最晚在乾隆年间,潘氏已经垄断了涂下桥市的耕菜牛贸易。1918年,潘氏领袖潘纯卿被委任为椒北猪牛只捐征收主任,可见该族在椒江下游牲畜贸易中的地位。该族掌控的潘家集牛市从清中期一直持续到1988年,始终是椒江中下游地区最大的牲畜贸易市场之一,当地谚语有"潘家卖牛剥牛皮"一说。① 因此,潘氏在本地的公共生活中长期扮演着重要角色,主持了不少学校、海塘、河渠工程,本地民谣中有"第四把小交椅,潘家潘纯卿"的一语。②

和三官堂的口头历史叙事一样,潘氏谱在形成自身历史叙事时,"流民"同样是其需要面对和处理的问题。按照现存族谱的记述,唐乾宁二年(895),潘氏迁住至椒江下游南岸的黄岩大沸,至宋淳祐十一年(1251),八世祖廷转迁临海涂川。大致在明代万历末年,潘氏按照欧苏谱式编修了首部族谱。现存两谱收录的万历谱序说明了首次修谱经过:

> 始祖乃居涂川,至今又历二十二世。祖讳尚存,先容俱在……常思纂前修以垂于后,第恨年跻耄耋,无一善足称。乃蒙府主周侯奖,为乡约亭主人,为闾里劝,抚躬景昔,愧实深焉。今修是谱,俾世世子孙无离散沦没之忧,且令岁时享祀,循序无忒,不忘本之意也……③

但潘氏谱对潘氏居村的记述是在展复之后的历次修谱中才清晰起来的。康熙迁海展复之后,潘家这一地名最早出现在康熙五十四年刊成的《台州府志》。④ 咸丰二年潘氏谱的《潘氏里居记》中描述了清代的潘氏

---

① 彭连生:《杜桥志》,浙江人民出版社2009年版,第390页。
② 彭连生:《杜桥志》,浙江人民出版社2009年版,第534页。
③ 《谱序》(万历三十七年,潘存光撰)见《涂川潘氏谱》咸丰二年刻本(两谱是笔者在田野工作中取得的,获得时仅存单份原件,以下引用的族谱材料除于田野获得之外,还有一部分来自临海市博物馆的馆藏原件,大部分为残件。这些材料的保存状况都不适合直接进行包括影印在内的文献整理工作,因此遵循对于原始材料的保护原则,笔者仅进行了现场的粗略拍摄,未能获得线装本版心的页码,因此下文在涉及族谱文献时均无法提供相应页码信息,部分族谱的章节信息也有所缺失,谨此致歉)。
④ 张联元:《台州府志·康熙六十一年版刻本》,复旦大学图书馆藏。

聚落：

> 临海东南一百二十里，有涂镇焉，镇之北，则余村潘氏聚族而居者也。星分台桓，地接瓯闽，凤山屿其东，椒江汇其西。虽舆图之书缺而未录，而比屋连云，村落宛然，抑何山明水秀，历历在望耶……若夫合境康泰，岁时报赛，瞻声灵之赫濯，托鸿慈以庇佑者，则又有协灵庙也。在昔崛起衣冠者不乏人，自曾耿变逆，迁徙流离，故诗书颇多残缺。今则世际升平，年歌大有，蒙童可课，小子有造。①

这篇记文大致说明了潘氏居村的方位，但更重要的是直接说明了它的保界归属。该文的撰者王吉人属桥头王氏，该族居村和潘家在雍正后同属涂下桥庄（二十九都四图）和轻盈下半庄（二十九都二图）。五姓中，翁、陈两姓居村亦属于涂下桥庄，井头吴氏则未见于乡庄记载，可能由于紧邻镇街（以井头桥相隔），已经作为雍正四年所立镇街的一部分。② 但在从这篇《潘氏里居记》可见，围绕文中的"合境"之庙，这几个基层制度中互相独立的聚落明确在"舆图未录"之外维持了"同村"认同，可见文中的"村"即是指"五姓保界"。在潘氏谱的其他记述中，潘家再未单独作为一个"村"出现，因此，上述内容勾勒了潘氏谱在记述"社区"时的空间背景。

另外，这篇里居记还将"耿曾之乱"作为清代保界复兴的起点，这为理解族谱中的保界记述提供了时间背景。万历谱修成后，潘氏的谱事中断了四十余年，直到康熙十五年才编修了第二部族谱。除了谱序之外，潘氏谱已经基本没有注明撰成于明代的内容，包括宋、元、明三代的人物行传在内，相关内容均在展复之后重新撰写。谱中将断裂归因为迁海造成的"谱籍星散"。但细读谱文，这还包含了展复后本族主动的历史建构。

现存两部潘式谱中都包含了康熙三十七年谱撰写时的始迁祖潘廷转行传，内文如下：

---

① 王吉人：《潘氏里居记》，见《涂川潘氏谱》，咸丰二年刻本。
② （清）张寅：《临海县志》，1934年刻本影印版，《中国方志丛书·华东地方辑》，成文出版有限公司1970年版，第591页。

始祖讳廷转，字舜举，号粤卤，安昌侯之后。大澧传下十五世讳桂，孙蟾夫公之次子也。时值南北交兵，德佑迁至涂川，避山倚水，柞木为巢。始祖尝曰：我非厌澧水而慕涂川，命也有数焉。大丈夫之志趣不以穷通异，兹者国家多难，大家世族东徙西流，不可胜数，即胸藏百万甲兵，谁能展一筹。……祖娶黄岩蔡氏，侧室厉氏，享年九十有六，有六子，男三：承四、承六、承七。葬本里大樟树下之原。又传其时良田万亩，广厦连云，人称"荥阳潘氏"，为海滨第一家。

为始迁祖做传的潘茂吉是迁海之后潘氏的第一代领袖，在现存的两部潘氏族谱中看不到对于始迁祖更早的记述，因此，这篇传文显然是围绕这个时代潘家"海滨第一家"的自我认同撰写的。从这篇传文可见在康熙中叶，潘氏对于家族展复之前的历史已经有所修饰。首先，潘廷转的号是"粤卤"，同时居住"避山倚水，柞木为巢"。按其记载，潘廷转另有三名兄弟也同样迁至北岸，形成潘氏北岸四支，而其他三人中，一个居住在洪家场（今属市场乡），另一个居住在洋屿（今属连盘镇），前者在清初盐政改革之前一直属于盐场地界，后者同样直到康熙末年才录入地方志，元明两代均属于海塘拓地，可见这几个兄弟极可能都是当时杜渎场盐民的一分子，随海塘开拓迁入居地。[①] 以大房而言，明弘治年间，廷转一房的一支依然以垦民身份至沿海的垦埠居住，"以煎盐捕鱼为生"[②] 并形成后来名为"新潘"的居村。另外，现存明代人物的行传只叙述了6名以"经史""耿直"闻名的成员，完全没有清代潘氏商业成功的痕迹。可见，直到明代中后期，煮盐垦滩依然是潘氏的主业，后来的商业地位以及本地社会地位均形成于展复之后。最后，在潘氏谱所载的54篇人物行传中，迁海前后三代人的行传共13篇，占了近四分之一。因此，尽管潘氏将本族的宗族形象追溯至明末，但实际的叙述却是以清初展复为起点的，这与《潘氏里居记》中所述保界的复兴时间是相同的。

浙江迁海不仅过程激烈，而且从沿海向内陆的迁移方向与这一地区本身的社会经济资源分布态势是相逆的。椒江中下游的迁海运动在天时上，

---

① 张联元：《台州府志》，康熙六十一年版刻本，复旦大学图书馆藏；彭连生：《下乡海塘考》（未刊稿）。

② 《新潘宗派纪》（康熙十六年，撰者不详），见《涂川潘氏谱》，咸丰二年刻本。

明末清初是本地区连续遭遇旱灾的时期，在迁海前后的近五十年间，迁海群体的迁入地在旱灾发生的次数和受灾严重程度上均要高于迁出地。在迁海的主要迁入地中，崇祯五年（1632）到康熙二十年（1681）的49年间，临海县发生11次大规模旱灾，其中5次发生在康熙八年（1669）到康熙二十年（1681）的展复期间，这十二年间，天台县发生6次，仙居县发生9次大规模旱情；在迁海的主要迁出地中，黄岩县同时期发生4次旱情，其中展复期间发生2次。① 尽管缺乏清初这一时段台州各县的具体灾情统计，但通过民国覆盖同一区域的旱情统计情况，我们可以大致还原椒江中下游流域的旱灾受影响模式，进而还原这一地区的社会经济资源分布。1934年对浙江全境旱灾受灾情况的调查材料说明，在受灾五县中，临海县的受灾面积达到58.24%，黄岩县只有16.01%，天台县和仙居县则属于重灾区，高达60.08%和79.02%。受灾人口方面，全省为24.49%，受灾县市为27.55%，临海县受灾65000人，为12.20%，黄岩县受灾82296人，为10.62%，天台县和仙居县各受灾178000人和70000人，各占70.2%和34.9%。从灾后的存谷情况看，仙居县只存600石，天台县存4500石，临海县存3170石，黄岩县则存40286石，为六县之首。② 由此可见，即使不考虑沿海经济的特殊性，迁海的方向与这一地区的农业资源分布趋势也是相反的。在迁海期间主客两分的安置政策，以及展复后接踵而至的三藩之乱中，这种逆动分布所形成的回迁压力进一步成为全地区的迁移趋向。

因此，展复不仅意味着客民回归故里，更是整个椒江流域由中上游向下游剧烈而无序的整体性迁移运动。而且，在康熙八年之前，迁出地区可能已经存在官方组织的屯垦活动，杜桥本地家谱中已有提及，本地在康熙元年已经有官方"募民于沿海之地，煮盐通商免其丁役，授以田宅"③。康熙八年初步解禁后，在动乱局面中尽快充实解禁地区更是成为地方力推的措施。以迁海面积最大的黄岩县为例，康熙二十年时，统计官垦人丁已达22474口，官垦一直持续到乾隆二十六年（1761），并一直伴有不同程

---

① 《华东近五百年气候历史资料》，中央气象局及沪、苏、皖、浙、赣、闽五省（市）气象局编，1978年，第4116—4170页。

② 《民国赈灾史料续编》卷十五，国家图书馆出版社2009年版，第303—313页。

③ 《本地家谱材料》，见彭连生《杜桥志》，浙江人民出版社2009年版，第10页。

度的赋役优惠。① 在康熙八年之后，尽管迁海客民开始逐次准许回迁，但事实上并不存在对其恢复旧业的官方保证，因此，"土著常多迟归本乡者，反不能与垦户争"②。由此可见，椒江下游沿海地区的展复回迁实际上是一个重新争夺定居身份的过程，本地的"土著"群体也随之变更，比如萧氏聚居的西外村就在康熙后彻底消失，松浦的中央黄氏则在迁海中从桃渚芙蓉迁出，展复迁入后发展为本地大族。③

由此可见，潘氏谱之所以以展复作为宗族和居村记述的起点，是在展复之初与回迁的各个群体争夺"土著"身份的背景下展开的。尽管族谱是以宗族话语形成的历史叙事文本，但如上述潘式谱的内容可见，它并不能回避自身的流民身份，迁海经历则更使定居的意义超过"同族"。在这一前提下，当族谱需要将自身成员表述为一个共同体时，如何确定自己的定居者身份，并由此建立社区在本地作为一个"村"的合法性本身成为一个问题，宗族本身的世系话语无法在社会呈现高流动性的情况下形成自足的自我表述。在潘氏谱中，这一问题是围绕村庙，也即五姓保界的各处堂庙加以解决的。

三 保界庙宇记述构建下的潘氏"土著"形象

由此可见，潘氏谱之所以以展复作为宗族和居村记述的起点，是在展复之初与回迁的各个群体争夺"土著"身份的背景下展开的，而之所以保界堂庙的重建在展复之后的族谱记述中扮演着重要角色，正是因为其与潘氏的"土著"领导者形象相关。

迁海期间，潘氏成员散居于椒江中游的府城、开石、大田等地，族谱强调互相之间"星散零落，昆仲不识"，直至康熙三十四年（1695）左右依然有成员回迁的记载。但在康熙十五年（1676），潘氏已经修建了保界内展复后的第一座庵堂——隐居庵，并撰有专门的堂记：

> 本堂者，（筑于）康熙十五年仲冬，实我潘宗募造，曾延名衲梵

---

① （清）王棻、陈宝善：《黄岩县志》，光绪二十五年刻本，《中国地方志集成·浙江府县志辑》，上海书店1993年版，第107页。
② 杨晨：《路桥志略》，1918年石刻本，临海博物馆藏。
③ 彭连生：《杜桥志》，浙江人民出版社2009年版，第96页。

修，已经尘劫，遗□尤新，旋觉堂基□□如昨，洵废典之有数，宁今昔而殊观。乃者戊寅之岁，沙门朗征，凿石重兴……①

由上文可见，隐居庵与潘氏回迁直接相关，而它的4亩庵田也成为五姓保界回迁后最早确立的"公产"。康熙十八年，潘氏立约规定："（隐居庵）所有田产终为子孙永远香火，潘氏子孙不得藉端觊觎，是以应载诸谱以示不朽另传列前。"② 康熙三十七年（1698），隐居庵由三姓重塑佛像。康熙四十七年（1708），潘翁陈三姓在隐居庵设谱局，这是展复之后三姓最后一次联合修谱。

解禁之后重建的另一座堂庙是闸头堂，潘氏谱详细记述了该堂的相关据文，也撰有堂记。闸头堂康熙时法名为通济堂，是五姓保界北面横泾水闸边修建的风水堂，保界诸堂庙中只有它和隐居庵明确驻有僧尼。这座庵堂最早修建于万历七年（1579），康熙十六年（1677），潘、翁、陈三族重修庵堂，并专门撰写了一篇《重修闸头堂记》：

白石之南，有横泾一河，水接四溪，筑闸造桥，浸灌稷黍，岁箱百室盈而妇子宁，其来旧矣。……万历七年间，三十五都五图张种买得基地二分二厘，创建堂宇，其基东至路南，南至官河，北至曾田，西至卖主田，中见曾市。迎代笔潘彦，架其成之，建堂招僧看管。后潘、陈二姓续亦附买横屋基地以全胜事，此诚为古之水利永为后人之所，天者也阒。顺治十八年奉遣，又没于灰烬，幸今之回故土著，仍其旧制焉。予不欲泯前人之功，故乐代为之志，所有立约志后。康熙十六年孟夏望日书。③

这座庵堂的展复重建紧接于隐居庵之后，而它的重建则明确说明是三姓展复之后"仍其旧制"的举措。潘氏谱对于这座庵堂的记述颇有意味。万历首建闸头堂的址基是由当时的张氏所捐的，此时潘氏仅作为立约代笔，此后潘陈两姓才逐渐参与庵堂的建设。崇祯八年（1635），闸头堂进

---

① 《本堂募塑佛像疏》（康熙三十七年撰，著者不详），见《涂川潘氏谱》，咸丰二年刻本。
② 《本堂募塑佛像疏》（康熙三十七年撰，著者不详），见《涂川潘氏谱》，咸丰二年刻本。
③ 《重修闸头堂记》（康熙十六年撰，著者不详），见《涂川潘氏谱》，咸丰二年刻本。

行了重建，潘氏谱专门记载了这次重建中潘、翁、陈三族立下的约书：

> 约书：二十九都四图，翁、潘、陈相为立约，营修以厚民生事。切因横泾一河，接四溪通塞，旱涝关系匪轻，是以先辈费本造桥树闸，建堂看守……故潘率银一十二两，翁、陈其率银一十二两，凡载板盘石，挑泥杂工，亦是各半帮助。但匠人承值不便，俱托主持僧郑明率用。中间不得推诿迟延，盖功业浩大，务宜协力共成，毋得推前攒后，以紊旧盟……崇祯八年八月，潘四人，翁五人，陈三人，僧郑明。①

在潘氏谱的记述中，这是三姓首度共同作为保界堂庙捐产者出现，而张氏已经完全在闸头堂捐产者行列中消失。康熙十六年重建之后，闸头堂成为康熙十六年、二十一年、三十年，潘翁陈三次共同修谱的谱局。

以潘氏谱所述，协灵庙也紧接于展复解禁后重建。尽管供奉本保"境主"，协灵庙实际仅是五姓保界东南界的一座一殿两厢的小庙。但该庙在潘氏谱中却拥有篇幅最长也最复杂的记载，而且全部以庙产列表形式出现：

> 一西街路廊原系张、潘、翁、陈、吴、王、曹七姓保障殿基，因年久荒坏，又因洪潮泛滥，殿宇倾坍，神像颓坏，其旧基西首二间即是之前殿基，东首一间，系族内维一承趾等八分出资共买，连接三间，造为路廊，恐年久为人侵占，内构为店，每年之税可为神庙寿旦福仪之资。
> 一本境场前庙，即今之五姓殿，系潘、翁、陈、吴、王、张、曹七姓保障，因海氛荒坏，迁建于此。
> 一庙右侧平屋，系五姓共建，以为庙祝栖身之所。
> 一右侧旁基地，田三分，系翁亭章卖，吴王张潘翁陈共买，契价钱五千零。
> 一号殿前田亩基地二分，吴大位捐舍。
> 一右侧旁平屋二间，陈文耀捐钱八千文，六姓公共建造。

---

① （闸头堂）约书（崇祯八年撰，著者不详），见《涂川潘氏谱》咸丰二年刻本。

一号田一亩,坐倒落桥,东翁田,西南俱路,北坟界。

一号秋田一分五厘,坐堂屋西,东至墙角,西翁田,南潘田,北至沟界,田二号,陈文耀捐舍。

一号白岩大洞,系先祖捐舍基地,僧人结庵梵修。

一号白岩小洞,先僧人文来结庵,未有舍书。

一号峦底陈捣白,冈东斗西斗,东至郑项山,西上天,南至松浦李山,北至小芝佑半山,东北面岭□□□□。置田二号一亩,坐横路官路下,琴舟买。

一田五分五厘,坐七亩塘,翁家贵卖,以为义塾费用,又将牛场小过堂每牛捐十五文贴于塾师修金。此系潘氏己业,与翁陈无干。

一番薯行,坐西街、东南大街,南金姓店前,北吴氏祖祠大门界,其路基由五姓殿前直至□牛屋,西边正间搏外地道台门进出。①

以上内容中首先值得注意的是前三条记述,它们通过说明协灵庙新旧两庙庙基的归属变更,勾画出了潘氏在五姓保界中的主导地位。

参考本地的其他族谱材料,七姓保障庙建于万历年间,坍毁于成化年间后重建年代不详。如上所述,第二条记中"海氛"虽然可以理解为前文"洪潮泛滥"的同义词,但在清代本地文献中则多专指从迁海到曾养性之乱②的地方动乱时期。而在第二条记述中,五姓殿也被称为"七姓保障",同时又述其前称为"前场殿"。保界一般以东南两面为"前",因此这座庙与上述西街旧址上的"七姓保障殿"不是同一座庙宇。综合前两条记述可见,清代的五姓殿并非明代毁后重建的七姓保障殿,而是明代七姓保界诸堂庙中的一座,俗称前场殿,在展复重建过程中被重新确立为新的五姓保界的保界庙。考诸族谱世系,第一条记述中谈及的潘维一、潘承趾两位承买人与上述潘茂吉一样是茂字辈成员,因此,这次改建应当发生于展复后不久。通过这两条记述,潘氏不但说明了自己是旧保界庙基址的拥有者,同时由其改建为路廊和铺面,并将收入捐入新保界庙

---

① 《协灵庙产》(乾隆五十四年撰,著者不详),见《涂川潘氏谱》,咸丰二年刻本。
② "曾养性之乱"在地方史志文献中指康熙三藩之乱中,耿精忠部东路统帅曾养性率部在温台地区与清军展开的拉锯战,主要战事发生于康熙十三年(1674)至康熙十五年(1676),对浙南诸府造成巨大损失。

作为神诞专款。神诞庆典是保界各堂庙一年神事活动的中心，因此潘氏此举不仅宣示了新旧保界的沿革关系，同时也说明了本族在新保界的主导权。

公产中的第二和第三条说明了协灵庙大殿与厢房这两项核心财产的捐建者，同时也说明了展复之后新保界的成员构成问题。对比第一条记述，前者在诸姓排序中居首的张氏已经换为潘氏，而协灵庙的俗称则确定为五姓殿，这两条记载所提及的旧庙承买人潘维一与潘承趾等则是康熙乾隆年间人，可见从清初展复至乾隆末年，这一变化已经完成。

相比于庵堂和神庙，回迁之后，直到乾隆五十四年谱，潘氏谱才正式说明重建了完整的宗族祭仪，[①] 对于宗祠的两篇纪文也都撰成于该谱。清代本地宗族祠祀普遍采用小宗法，宗族居村的始迁祖是宗祠祭法的核心，因此直至清中期，潘氏才最终恢复了本族完整的"宗法"祭祀。

由此可见，潘氏谱中"族村一体"的叙述线索很大程度上以各个宗族的"共村"认知为基础的。在此基础上，潘氏谱通过记述保界堂庙的重建，使自己在展复之后获得了"五姓共村"这一图式的领导者形象，这构成了潘氏谱形成社区历史叙事的核心线索。在这一意义上，尽管潘氏谱是以标准的宗法话语所形成的叙事文本，但是在构成方式上，它和三官堂直接以口述方式组织的社区历史文本并无实质区别，村庙同样作为一个稳定的文化场景，成为定居者形成社区共同体认知的基本媒介。

潘氏谱仅在叙述财产相应支出时才提及神事，而没有更多与神祇本身有关的内容。进一步分析这些"祀产"记述，可以看到其中的记述重点并非财产的份额本身，而在于它们如何从各个来源转为保界"公共财产"的过程，即"捐产"，潘式谱的村庙叙事基本上等同于这些捐产事件的叠加。从潘氏谱的这一叙事方式出发，我们能够对村庙叙事所提供的共同体观念如何在村落社区实践中转化为实际的共同体话语有进一步的认识。

[①] 潘氏其先世皆隐隐勿耀，祠祭旧无品仪，不无或丰或啬之弊，诸老每抚杯棬而慨然曰：吾祖其吐之矣。□于乾隆戊申岁，议定祭品……馂余均惠有法也。(《涂川潘氏祖庙祭仪纪》（乾隆五十三年撰，著者不详），见《涂川潘氏谱》，咸丰二年刻本。

第三节　公产与柱：族谱叙事中的
共同体观念

除了隐居庵、闸头堂两处堂庙专门撰有堂记和公据，列入"记"卷之外，潘氏谱中其他的堂庙均无专文，统一以财产列表形式列入祀产卷。咸丰二年谱中转述了康熙十六年、二十一年、三十年、四十七年，乾隆五十三年这六部族谱的祀产列表、1948年谱除了照录上述内容外，还收录了宣统二年谱的祀产列表。

以咸丰二年谱为例，祀产记述中以财产列表出现的部分分为"公产""祠产"与"祀产"三章。保界堂庙的内容主要编入了"公产"一章，该章的具体内容大致分为三类：首先，宗族成员绝嗣失祀后，由宗族领袖或房长掌管的财产；其次，村塾和后来村小学的财产，但不包括由"祠产"出资的部分；最后，保界堂庙的殿宇与附属建筑，以及用于某项神事支出的财产。"公产"又被称为"公业"，现存两谱均以乾隆五十三年潘氏谱撰成的《潘氏义产纪》作为"记"卷首篇："……祀业之外，又有所谓公业者，为山若干，为地若干，为田若干，为坊场市税若干，统计一处，所得不下百金。"[①] 可见，族谱文献明确将这一部分财产区别于"祀产"，而在具体的财产内容上，"公产"和"祀产"也有内在差异。

首先，在财产数额上，"公产"无法与"祀产"相比。"公产"的构成大致如下：未说明特别归属的财产共有田11亩，地4分，另有潘氏的牛行牙税每年900文，这些应当用于保界日常事务开支；说明专用于某一堂庙的共有田23.9亩，地2亩，宅地以及房产16处，店面3间，山4片，塘3亩以及其他零星不动产。仅以田产而言，闸头堂的庙产最多，有田8.6亩，其次为隐居庵，有田7.3亩。所有"公产"共由46份零散财产组成，除了隐居庵康熙十五年重建时曾拥有三号共1亩8分整田，五姓殿庙产中有1亩整田（位于保界外）以外，其他的堂庙"公产"都是由基本不足5分的田产或者各式小额财产拼合而成。事实上，这些财产的主体依然是与堂庙殿宇建筑本身相关联的各种财产，各处田产也大多为保界各处堂、庙、祠的毗连田产。潘氏全族以潘家村为主体，居住于杜桥镇区

[①] 《潘氏义产纪》，见潘范峰《涂川潘氏谱·记卷》，咸丰二年刻本。

的共有五房，谱中记述的坟产总额约在六百亩左右。其中仅以大房计，共27位先人以世系拥有坟产，有田150.88亩，地21.6亩，山22片，店面10间整，摊位两处，屋或屋基8间，另有其他45项难以估计价值的财产（农具或场地出租权等）。

其次，尽管在"公产"中有相当部分都对应于某一特定节庆甚至某一特定神事，但不意味着它们是公共支出的常设化和独立化的体现。以笔者在田野考察中所见，包括正月、神诞、七月、十月以及其他神事活动，由保界庙承办的神事庆典构成了保界全年最重要的庆典系列，而其他包括梁皇会、观音会以及各种民间信仰神事，五姓保界各个堂庙迄今为止每年仍然要承担二十场以上神事庆典。在"祠产"中同样有一系列对应某项神事的财产，但相比而言，它与保界堂庙在神事支出上的功能完全不同。

神诞演戏是保界与神祇之间构建"护佑"关系的主要仪式环节，也是除了殿宇修造以外保界神事中耗资最多的部分，全年保界神事的经费分配实际上是围绕神戏进行的。① 潘氏祠堂专用于元宵演戏一项的财产就有田9.6亩、山3片、店面2间、屋6间以及其他14项难以准确估值的财产。以本地的节庆演剧习俗而言，祠堂戏一般为偶数天，元宵戏极少超过四天，而保界堂庙以三天为准，一般演出奇数天，因此包括神诞演剧在内，协灵庙在每年的各个主要神事上至少需要支出十三天以上的戏金。但两谱直接说明用于演剧支出的只有1948年谱中的两号不足2亩的田产，而注明用于神诞庆典的公产另有西街路廊内的店铺租税，以及民国谱中的一项租赁收入，每年仅为食米四斗。可见，尽管"祠产"与"公产"中均有与神事支出对应的财产，但后者只具有象征意义。

因此，族谱中的堂庙"公产"无论是财产数额、构成方式还是支出方式，都不构成一类具有实际经营价值的财产。但从潘氏谱的展复堂庙记述来看，这些"公产"却是潘氏诠释展复之后本族的"土著"领袖形象的关键。考诸本地族谱文献，并综合笔者的田野考察，这一诠释之所以成立，"柱"这种特殊的"公产"制度起到了核心作用。

"柱"，在民间文献中也异写为"株"，在各种民间文献和口述史材料中一般指分担一定神事权责的群体。"柱"或"株"都是方言中指称柱子

---

① 椒江中下游地区保界神事中的时间习俗、演剧庆典与戏金构成的讨论详情见拙文《社区生活与村落节庆的时间结构》，《民俗研究》2012年第5期。

的量词，根据本地文物材料，"这一概念最早见于宋代铭文，引申自堂庙梁柱，因此，它是直接与庙产的捐建相关的群体划分方式"①。直到50年代之前，"柱"与"公产"依然直接对应。除了"祠产"之外，族谱中所述各种不由对应的世系成员继承的财产，普遍都采用这一方式将财产的管理责任与提供神事用项的义务分配给数个互不重叠的群体，即"分柱"。"柱"所涉财产称之为"柱"产，假如以轮挨方式分配相应神事责任，则称之为"轮柱"。

潘氏谱虽然频繁出现"柱"这一概念，但并未对其具体内涵加以说明，府城西乡的虞氏家谱则具体记述了"分柱"的设立过程：

> 三十六世祖心耕府君遗下祀田五十亩，坐落黄沙岸、大洋三处，其税向存西北五坊九甲虞宗嗣户，以为上入清明、冬至祭礼之用。……因田税苛重，不敷用事，后嗣贫弱乏冶，遂至荒芜。于康熙十五年间合同白水洋族众商议，将税分作十柱，派入各户。
>
> 其中有无多寡不同，难以概谕，或一人自承一柱，或一房自承一柱，或一人自承指望（疑为"之外"），复协一柱者有之，许其照税轮流收租备祭。外有不欲认税、不愿承祭者，祭祀之期，听其齐集拜祖，然燕会不得沾染，福果不可承。②

虞氏谱的这条记述说明了"柱"在族谱叙事中的一系列特征：

首先，"柱"是一个开放的"公产"单位，与成员的宗族世系身份并不直接相关。在虞氏祀产由"私"入"公"的过程中，宗族以"户"而非世系单位作为分配的基础，由成员按照意愿和财力主动组成承担税赋责任的单位。在这一层面，"户"与"房"并没有因为世系的层次差异而有所区别，均能创为一柱。不同宗族之间的"公产"权责分配同样以"柱"的方式完成，如东塍潘氏谱记述："凉上棚山四亩……潘氏三股承一，屈、胡、赵、侯四姓承一柱，存潘溪庙户下，四姓每年充完。"③ 在这一

---

① 临海县上盘镇北涧村保留有一座宋代两层石亭。石亭由四根石柱支撑，柱上各刻当地罗、周、李、黄四族的"柱头"姓名与捐柱记录，本地人称为"四柱亭"。详情见《2010年临海市文物普查报告》，临海市博物馆（内部资料）。

② 《临海西乡白水洋虞氏旧谱条款》，见《台临虞氏宗谱》，1944年刻本。

③ 《族众祀山祀田计开》，见《东塍潘氏宗谱》，同治八年刻本。

记述中，该项财产已经由庙户承税，这一方式与上述虞谱中的"嗣户"类似，事实上已经摆脱了对世系或者其他追溯性谱系的依赖。这使得"柱"能够向保界中的各类"公共"财产开放。如路桥杨氏将宗祠义塾的塾田"一议分立四柱"①，庄头冯氏谱尽管记载了本村守稻会的会众安排，但具体的资金募集、人力招募则为"本村各柱柱众扛"②。

其次，虞氏谱的记述尽管说明了"柱"在承税和备祭上的责任，但却并没有说明"柱"与财产之间有何种产权关系。而在潘氏谱的记述中，"柱"完全是一个应事而设的单位：

> 保长纯卿、甲长国朝、房长吕煜、积卿堂兄庆全等五人为保管人………一号田一亩，正土座上岸倒落桥，当于姑娘手，计洋三十八元。此田由石地道柱众扛当，来计洋四十二元正。③

潘纯卿是民国初年的潘氏领袖，上述祀产在确定族、房为财产"所有权"代管人的同时，具体的赎当事务则由"石地道柱"承担。在这一记述中，尽管"柱"承担了"公产"相关的地缘责任，但与财产本身的"所有权"归属并无直接关系。

那么，"柱"在承担"公产"责任的同时，所获得的"权利"是什么？虞氏谱的记述对这一点也进行了说明。根据是否"承柱"，虞氏族众在祭祀活动中分为两个群体，其中前者只具有祭拜的权利，而后者除此之外，还明确具有参与神佑分配，即获得"福果"的权利。由此可见，对于"承柱"者而言，直接由"柱"加以确定的并非财产本身的物权，而是与"柱众"所承担财产责任相对应的神事权利，神事的参与者群体也由此形成身份区分。百岩周氏谱对保界庙神诞参与问题的规定进一步说明了这一问题：

> 凡参会者，自本年廿六年至民国三十五年止，议定大洋每脚六元五角，如再加二角五贴柱头，则当年便有吃份；以后隔六年为一度，

---

① 杨晨：《杨大宗祠义塾田记》，见《杨氏家乘》，1916年刻本。
② 《公产》，见《临海庄头冯氏家乘》，光绪十一年刻本。
③ 《潘邦传祀产》，见《涂川潘氏谱》，1948年刻本。

每度所加至多不得过一元，如参会人祖宗从前绝无会脚者，比上议，每会多加大洋一元；

　　有神主奉入者须助洋陆元三角，该洋六元存众，三角贴值柱，当年即有吃份，唯值柱首事资助人本人既配神主，无需再助，如愿乐助者听便。①

周氏谱中所谓的"吃份"与虞氏谱中"燕会""福果"所描述的是同一种权利。由此可见，尽管周氏奉灵祠的资金是以"会"这种民间集资传统加以运作的，但在"柱"所划定的群体范围内，参与者得以经营自身和家户的"吃份"，也就是小区神事中与身份相对应的神事参与权。

最后，由于"柱"与神事的直接关系，堂庙的神像、殿宇和附属财产等在神事中拥有特殊信仰意涵的财产，理所当然地成为"柱"产首先加以关注的内容。这种优先性在今天的保界堂庙建设中依然可见。尽管已经不存在以田产为中心的"公产"构成方式，但以主奉神祇的塑像为首，保界堂庙不同的建筑部分依然会形成一系列的捐助资格限定。其中，主奉神祇的塑像只能由保界中所有具有"柱"资格的群体共同捐建，而殿宇的主梁、承重柱则只能由保界中具有主导地位的"柱"成员捐建，戏台、山门等部分的捐建资格同样严格限制在与本保的"柱"资格相关的群体中，比如外嫁的妇女、名义上定居本村的入赘男性。

由此可见，"柱"在神事参与者的神事权利、公产与神事活动本身之间形成了诠释循环。公产事件所确定的"柱"成为参与者确定神事权利的依据，而参与者的神事身份本身又只能经由"柱"所对应的堂庙公产加以确定。而保界是一种高度强调"境界"的信仰传统，清初之后的一系列社会冲击更使聚落成员定居身份的重要性得到凸显。当这一循环诠释进入保界传统时，"柱"也就在保界神事与定居者的"土著"身份之间形成了构建关系。在此基础上，大量的设"柱"活动也就纷纷将定居者的居住地域作为组成"柱众"的基础。因此，与房支按序数或始祖命名不同，"柱"的命名极少序数化，以"柱众"居地命名占了现存"柱"名的绝大部分。潘氏谱记载了一系列的柱名，如石地道柱、西洋柱、中透柱、衙门柱等柱名，均能确定为潘氏在五姓保界以及杜桥镇区的聚居地名

---

① 《百岩堂庙定例》，见《台临百岩周氏宗谱》，嘉庆三年刻本。

称。其中西洋柱、中透柱的相关记述中，所涉人物均出生于展复之前，可见，地域化的柱在潘氏谱叙述展复重建内容时，已经扮演了重要角色。

"分柱"的地域化特征，以及由此而来定居者身份的"在地化"，本地族谱中多有记述。如《临海黄氏世谱》所述：

> 社庙旧分三柱，公居于下柱，届秋祀神演戏，费皆按丁输钱，贫者束手。公以为未便，令柱内殷富者每岁醵谷麦若干石，权其息得数百金，易田三十亩，立岁司出纳，以所入之租供报赛之用，有余则分给柱内，率以为常。①

在这一记述中，定居者的定居地域、保界堂庙的神事权责，以及定居者之间的互助关系围绕"柱"互为一体，"柱"已经固化为一个地缘化的社区单位。相比之下，"公产"本身仅仅作为"柱"循环中的一环而存在，它和保界神祇一样，在实际的保界活动中趋向于象征化。因此才出现了上述潘氏谱所述的"公产"经济意义与神事意义不对称的情况。

尽管潘氏谱在记述保界五个宗族成员时没有采取"柱"的称呼，但是这五个宗族分别聚居于保界的不同地域，同时又围绕着保界诸堂庙的"公产"构建起保界成员身份，因此在潘氏谱的叙述中，它们已经等同于五个由村庙所确定的柱。而在"柱"的视角下，我们可以对潘氏谱的保界"公产"记述所体现的村落共同体叙事作进一步探讨。

第四节 "柱"观念之下的村落共同体历史叙事逻辑

咸丰二年潘氏谱所述的协灵庙庙产表中涉及的大多数人物生活在康乾之间，代表着潘氏谱对康熙展复之后保界成员地位与关系的看法，而在此后，潘氏的族谱又新增了一系列协灵庙庙产记述。1948年谱对这些内容专门加以说明：

> 一号平屋半间，坐鱼行殿前石阶北首，坐东向西，至王以增墙，南鱼行殿前石阶，西至大街，北至王以增屋。此屋系你大房时璋公遗

---

① 《益庵公行传》，见《临海黄氏世谱·世传》，光绪十一年刻本。

产，因其无嗣，曾被吴成田侵占，后经昌琪嫂出舍潘、翁、陈三姓，由潘纯卿出力，据理争回，助作三姓公产，为协灵庙八月初二神诞用度，现仍租与王氏人放檐滴水，订明每年八月初三交食米四斗。倘日后租价增减悉照征收，否则须还平屋，交转三姓无阻，此据。

演戏用项：新置一号田，坐天灯口碑根，计田一亩，正东至潘田，南至翁氏众江田，西北俱至潘田。

新置一号田，坐五姓殿外，以作落麻，基地东至金姓墙，西南俱至大□北至朱姓墙。①

上述族谱中，第一项庙产记述描述了潘氏如何将本族的个人遗产从吴氏处夺回，并转为"三姓公产"，再以潘翁陈三姓的名义作为五姓共有的协灵庙"公产"，并租于五姓中的王氏，将租税对应于神诞支出。因此，这项记述在宣示潘氏保界主导地位的同时，还从潘氏的视角描述了五姓保界中各个成员的权利"差序"关系。

如上所述，潘氏谱对三姓联盟的正式表述始于闸头堂，但展复后撰成的《闸头堂记》却只提潘陈而未提翁氏，而在题为崇祯八年撰成的闸头堂约书中，翁氏有五人署约，潘氏为四人，可见展复前后，翁氏在三姓中的地位发生了微妙变化。而且在翁氏第一份卖出的祀产尚由张氏购入，可能此时张氏依然作为一个轮柱存在，作为翁氏获取神事权利的对象。由此推测，从明末到展复之初，翁氏和潘氏在新保界的主导权上可能处于竞争关系。但在咸丰二年谱转载康熙数谱的协灵庙"公产"内容时，翁氏已经成为主要的财产卖出者，而潘氏则是主要的购买者。因此，当咸丰二年谱回溯展复重建时，两族在保界中的地位已经发生了微妙的变化。从民国初年涂下桥镇的村落可见，翁陈联村与潘家里既互相交叠，在规模上也相对持平。因此，尽管潘氏谱明确说明了潘—陈—翁的权利差序关系，但它们之间的竞争可能一直是决定五姓保界内部格局的因素。

这种微妙的竞争关系在吴、王两"柱"的记述中体现得更为明确。在20世纪初新增的协灵庙"公产"记述中，相比于三姓内部隐晦的主次关系，吴王两个"柱"的边缘地位更为明显。在咸丰二年谱的"公产"记述中，吴王和三姓的"柱"关系仅限于协灵庙。其中，除了写明五姓

---

① 《潘氏新置公产》，见《涂川潘氏谱》，1948年刻本。

共买或共建的内容之外，吴氏捐助了一号殿前地基，而王氏则没有出现。而在1948年谱的"新添戏产"中，吴氏的成员是作为潘氏发生财产纠纷的一方出现的，争议财产最后经过"三姓"—"五姓"成为全保界公产。在这条记述中，王姓既不是捐产者，也不是"公产"的购买对象，而是"公产"的租赁者，在每年的神诞正日之后交付租金。这一约定和神戏的主导权一样，有着保界传统下的特定意涵。① 因此，这两个成员的"柱"权都存在暧昧之处。

吴、王两姓居村的规模并不小于上述三姓，因此，他们的边缘"柱"资格并非聚落本身实力的反映。但是，这两个居村都跨越了龙浦河。因此和潘、翁、陈三姓不同，它们的保界归属并没有直接的地理标界作为依据，而潘氏谱之所以反复强调两姓的"柱"地位，很大程度上是在说明五姓保界的边界关系。

五姓保界毗连的主要是东北两侧金郑项三族的永宁庙（俗称猪行殿，以庙场设猪行而得名，主奉关帝，与鱼行殿相同，保界神事以桑园郑氏为首）保界。潘氏1948年谱记载：

> ……民国七年，县府委为椒北猪牛只捐征收主任，惟思潘氏地域金、郑、项三大族毗连，非振兴文化不能与列强并峙……嗣值潘、郑二姓为巡神赛会，致起纷争，几至失败，赖君一力主持，反弱为强，卒得美满之结果。②

虽然暂无材料进一步说明"纷争"的具体内容，但神事争议与保界"柱"权往往有着直接关系。十分遗憾，争端的直接当事人、三姓中的主导者桑园郑氏的族谱未能保留至今，下面暂从毗邻五姓保界东南界的项氏谱材料入手加以讨论。

永宁庙保界是杜桥镇区最大的保界，从清雍正设镇至90年代镇区改

---

① 这里涉及本地在神诞庆典中的时间习俗。以演剧为标志，保界堂庙的神事庆典可以划分为两个部分，正日接神之前属于全保界的仪式活动，正日之后则转入单个成员的求佑活动，直到庆典结束时的"扫台"仪式为止，再无公共仪式活动。这一时间划分方式同样通用于本地其他与保界相关的堂庙神事，详见屈啸宇《社区生活与村落节庆的时间结构》，《民俗研究》2012年第5期。

② 项周楠：《潘纯卿行传》，见《涂川潘氏谱》，1948年刻本。

造为止，杜桥镇的主要镇街大多位于该保界之内。而项氏则是椒江下游北岸最大的宗族之一，在2003年的人口统计中，项姓人口达到13726人，在现今杜桥镇全境诸姓中列第3位，潘姓为3850人，列14位。[1] 项氏从清嘉庆至民国初年拥有北岸地区的布匹、粮食等大宗贸易的垄断权，同时由于保界地缘关系，它还掌握了杜桥镇主要商街的大量地产。另外，项氏在清末动乱中积极参与民团活动，依靠抗击太平军以及防御地方匪患所得功绩，和金郑两姓一样在同、光、宣三朝以及民国初年频繁出任地方要职。

在三姓中，项氏宗祠和协灵庙的距离最近，而它与潘氏谱的"公产"争议也以协灵庙为首。光绪十四年成谱的《涂川项氏宗谱》记载："五姓殿坐街后，系项潘翁陈吴五姓经营合造合修。"[2] 项氏不仅自述为五姓殿诸柱之一，而且居领导地位，与潘氏谱所述差异甚大。

这一分歧在西街路廊的"柱"权上体现得最为明显。如上所述，西街路廊是潘氏在明代旧七姓保界庙的旧址上重建的，这使其成为五姓保界地域的保界新旧更替的象征，更是潘氏作为五姓首柱的标志。但是，项氏光绪十四年谱却说明西街路廊为"项潘翁陈吴共五姓有份"。[3] 在潘氏谱的记述中，只有展复庙产的第六条有"六姓"一语，但综合其他"公产"记述，第六个柱更可能是指展复初期依然参与"公产"捐设的张氏而非项氏。但比较潘氏谱对五姓"柱"权的表述方式，项氏在这一记述中不仅拥有"柱"权，而且是高于潘氏的"首柱"。

尽管如此，项氏谱对协灵庙的"柱"叙述依然存在暧昧之处。以上述记述而言，项氏谱既未说明由"私"入"公"的捐产过程，也未涉及与协灵庙其他四柱之间"柱"权关系。因此，相比于潘氏谱，项氏的"柱"权申明并不完整，尽管申明其为"五姓"一员，但其叙述却并未在"五姓共村"的小区图式下展开。另外，正因为相比于王氏，项氏谱对自身"柱"权的表述虽然存在暧昧之处，却有明确的"公产"说明。因此无论是庙宇本身还是西街路廊，项氏谱虽然承认三姓与吴氏为"柱"，但却否认了桥头王氏的"柱"权。最后，尽管项氏对于五姓保界的保界庙

---

[1] 彭连生：《杜桥志》，浙江人民出版社2009年版，第99页。
[2] 《公产》，见《涂川项氏宗谱》，光绪十四年刻本。
[3] 《公产》，见《涂川项氏宗谱》，光绪十四年刻本。

提出了"柱"权争议，但它并不是对五姓保界本身的否定。项氏谱已经说明了本族是永宁庙保界的一员，因此，上述协灵庙的相关财产列为项氏八年柱的"柱"产，与八年柱所承的秤行、布行等牙行，以及该柱与郑氏七年柱共同管理的西洋畔河道并列。① 上述公产均位于两个保界的毗连地带。

因此，项氏谱的"柱"权申明并不意味着对潘氏五姓保界独立性的否定，而更多是一种边界宣示行为。但对于潘氏而言，项氏谱的申明则直接危及潘氏的"首柱"身份，因此，无论是对项氏"第六姓"的委婉否定，还是对王氏存疑"柱"权的肯定，均是潘氏在本族的"首柱"立场上，对于五姓保界小区边界的宣示。

以田野考察所见，项氏在现今的五姓保界神事中依然没有参与权，而王氏依然是"五姓"的成员。可见，尽管两个保界在人口、经济和政治实力上相差悬殊，但在"柱"的逻辑下，潘氏依然维持了与项氏之间稳定的边界关系。乾隆三十三年，五姓保界的陈希圣和潘子贤会同三姓保界主导者郑氏的郑子俊共同发起组织当时杜渎镇周边的八个保界，公议农历每月初一、六为涂下桥集市日。如上所见，两个保界在集市贸易上的合作与它们在边界"柱"争中所涉及的大量街市财产是密不可分的。而以此为基础，涂下桥街每月初一、六，市场街初四、九，溪口街初二、七，大汾街初三、五、八、十的市日安排开始在杜桥镇周边地区建立，而西部涌泉和北部上盘、桃渚的市日时间也与之相协调，形成下乡北岸地区统一的集市时间表，并一直稳定运行至1946年，至今依然影响着本地的乡村集市活动。② 因此，"柱"尽管仅仅运行在"公产"这一微观层面，但从保界小区到区域社会，它构成了本地社区围绕村庙形成现实层面的共同体叙事所依据的内在逻辑。

---

① "年"这一称呼的具体意涵还有待于进一步考察，但以笔者所见而论，本地有大量以"某年柱"命名的宗族聚落，上述项郑两柱即为一例，而仅就现有材料而言，尽管存在"一年房"的称呼（《移建洪庆堂记》《大汾李氏宗谱》同治二年），但下文却说明该堂（洪庆堂原为东岳宫附建庵堂，移建后原址建为东岳宫路廊）为"一年四房檀越"，因此，"年"并不对应于房，更不是房下支派的名称。另外，这些"某年"格式的地名大多作为柱名出现在各种文献中，应与上述"西洋柱""衙门柱"等柱名的命名方式相同，在下乡地区现存数十个以"某年柱"命名的地名，因此，"某年"可以确定是作为聚落地名使用的，其原型可能来自迁住成柱的具体年份。

② 彭连生：《杜桥志》，浙江人民出版社2009年版，第10页。

小　结

　　本书的讨论以潘氏两部编成于咸丰二年和1948年的族谱为对象，上文所引述的其他族谱文献也基本编成于同一时代。在上述内容中，清末民国谱对于展复初期堂庙建设事件的重构已见端倪。而在这一过程中，村庙的共同体观念始终作为稳定的文化心理图式，成为宗谱不断生成保界这一社区认知的基础。因此从清末民初这一时间点而言，村庙对于潘氏的社区历史记忆所起的组织作用与上述三官堂以口头叙事所体现得并无二致。那么，族谱为何要采用村庙作为形成村落社区叙事、形成共同体自我认知的基础？上文以潘氏谱为中心，说明了在实际族谱叙事中，各种历史事件是如何围绕村庙组织形成统一的历史叙事的，而就族谱本身的叙事文本形态而言，我们可以从整体上认识在这一组织方式中村庙的共同体权利图式所形成的影响。

　　这首先需要对本地族谱编纂的内在传统加以认识。"欧苏谱式"的核心理念是宗族世系与史传传统的表里一体，两者共同受理学所确立的礼制观念所规约，这是理学宗法观念之下，族谱的理想形态。但正如前人研究所见，明代中后期，在宗祠祭祀与"欧苏谱式"逐渐从士大夫阶层普及至一般平民的过程中，对于族源地、始迁祖的虚拟已经成为构建族谱的要件之一。尤其对于经历了宋元以来历次人口大迁移的地区而言，虚构"始迁祖"直接促成了这些地区宗族文化的普及。在明清两代，当小宗法进一步成为宗族构建世系的普遍原则，以始迁祖确定的族缘—地缘背景更是决定了族谱的叙述"场景"，使之成为以居地始迁祖为中心的社区自述文本。因此，正如展复之后，潘氏谱的"土著"虚构是从重写始迁祖行传开始的，潘氏谱的保界记述也需要在族谱的"在地"形态下加以理解。而在椒江中下游的清代族谱文献中，本地宗族不仅普遍将"里人记""里志""里居记"作为族谱编修的通例，甚至已经对族谱有了这样的定位："一姓之谱实一乡之志，犹郡邑之有志乘也。"[①] 由此可见，族谱的"地志"化是这一地区宗族社区历史叙事传统的总体趋势。

　　这一趋势本身同样能够从族谱本身的叙事功能加以理解。族谱和上文

[①]《里志》，见《溪口马氏族谱》，光绪四年刻本。

所述的村庙传说一样，同样首先是一种私文献，与宗族的群体境遇相联系，体现的是宗族的自我界定。以潘氏谱为例，从万历年间到1948年长达四百余年时间内共修过十部族谱，而展复开始之后，从康熙十六年到四十六年，在没有完整的宗族祭祀，主要以保界成员之间的联姓共修形式进行的情况下，该族连续编修了四部族谱，密度大大超越了"三十年一修"的谱法原则。而当宗族祭祀体系在乾隆四十五年前后最终成型之后，尽管潘氏在此期间逐渐因商业成功成为区域性大族，谱事却经历了六十五年的空白期，直到太平天国战争的前夜才得以重启。① 除了上述版本外，宣统二年与1948年这两部族谱同样编纂于"定居"面临威胁，需要重新确定"土著"身份的时期。可见，潘氏族谱的编修与宗族的"土著"定居状态密切相关，它事实上偏离了谱法的世系连续原则，同时也并非对地方史的线性叙述。因此，作为一种"私"文献，与其说族谱被地方史志所影响，不如认为宗族所定居的"乡"本身已经成为"族"自我定义的基础，而以这种方式构建宗族的自我叙述，很大程度上是一种面临"土著"身份危机时的应激反应。回顾上述的保界堂庙记述可见，这一"土著"叙述很大程度上是得到保界这一特殊社区形式支持的。尽管这些内容无法提供从清初以来，保界本身沿革过程的线性历史，但通过"建庙置产"所构建的共同体事件与共同体身份之间的循环诠释过程，它们在保界的"场景"之内却是连续的。在这一点上，它和三官堂的口述历史叙事虽然采用了两种完全不同的文本语体，但却遵循着相同的叙事逻辑。因此，它们共同属于以村庙为核心形成的共同体叙事传统，和村庙传说以"神奇故事"为中心体现的共同体观念有着内在的共通性，有着相同的逻辑基础。

  这一逻辑体现在族谱具体的叙事语言中，就呈现为上文所讨论的"柱"成为保界传统下，村落自我认同为社区的基本方式。对于这一点可以比较前人在村落社区内在认同机制上的讨论进一步加以讨论。相比于平野义太郎以来的村庙地缘共同体范式，宗族社区在学界讨论中国传统村落时有着更为主流的地位，但和前者一样，村落的"公产"认知是学者围绕其形成实际社区共同体论断的基础。弗里德曼认为，父系祭祀群是

---

① "涂川潘氏自乾隆戊申重修，越今已六十有五载矣。以三十年为一世之义则修明，固虽复缓，特рально属□，举族推诿，不无观望，迟□□□之意……"（王吉人《涂川潘氏谱》咸丰二年刻本）。

"一系列与共同祖先有关，界定自身的宗教单位"[1]，而宗族之所以能够形成一个稳定的社区单位，祭祀群身份与公共财产"法人"身份的一体化是其中的关键。尽管弗里德曼在讨论村落社区时引入了"风水"和村庙这样的地缘因素作为对上述观点的补充，但世系所构建的"控产集团"范式依然是其论述的核心。因此，正如科大卫所言，弗里德曼对于村落社区研究的贡献首先不在于将宗族作为一个意识形态与社会经济的联合体，而在于他"特别指出，宗族划定其领土边界，靠的不是谱牒规条，而是追溯共同祖先"，由此，弗里德曼所谓的"宗族其实是法人（corporation）"才得以成立。[2]

而在此基础上，科大卫将村落社区的基础落实于"入住权"。在具体论证中，科大卫通过"份"来论证这一身份权利的构建过程。在"份"的逻辑下，只有参与共同体的宗族祭祀活动，从房支到个体的宗族身份才能得以确定，进而确定"入住权"之下的经济权利。[3]但是，"份"所构建的依然是以世系追溯为基础的封闭群体，它所起的作用在于将世系身份与当下的社区权责加以整合，因此，科大卫称之为宗族社区中的"合同"因素。由此可见，尽管引入"土著"的"在地"视角加以修正，但弗里德曼以宗族世系的谱系话语为准所建构的"宗族—法人"图式依然是科大卫讨论村落社区理论的主轴。

"柱"和"份"之间存在一系列的相似点：首先，"柱"同样是包括宗族事务在内，保界定居者确定神事权责的基本方式；其次，"柱"的身份权利同样需要"柱众"通过周期性的参与神事加以确定，而神事中的权责差异又是维系"柱"之间差序关系的基本方式；最后，"柱"同样从一个捐产单位逐步转化为社区单位，并在其中展开除了神事权责之外的其他社区"传统"。但从上述讨论可见，"柱"依然呈现了不同于"宗族—法人"图式的一面。

首先，尽管"柱"是定居者的财产由"私"入"公"的媒介，但正如保界信仰本身存在神—庙分离，"柱"也倾向于分离财产的物权意义与

---

[1] ［英］莫里斯·弗里德曼：《中国东南的宗族组织》，刘晓春译，上海人民出版社2000年版，第104页。
[2] 科大卫：《皇帝和祖宗》，卜永坚译，江苏人民出版社2009年版，第2页。
[3] 科大卫：《皇帝和祖宗》，卜永坚译，江苏人民出版社2009年版，第259页。

象征意义。如上所述，族谱所述的"分柱"过程大多仅仅提及相应责任，而未说明财产的收益权，虞氏谱提及承柱者可以"照税轮流收租备祭"，但"公产"决定了"柱"的社会经济权责之间始终处于失衡状态，并不构成科大卫所标榜的"合同"因素。因此，与其认为这些记述是对"公产"的簿记，不如认为它们是以财产列表形式展开的保界关系图式。而"捐产"本身则是财产的物权价值与"公产"的社区象征价值交换的过程。因此，神事权利并非财产权利的附属物，它本身就是"公产"介入保界所生成的最终产物。

其次，围绕"柱"形成的价值交换也说明，对于保界定居者而言，堂庙本身既是一系列"在地公产"的集合，也是"土著"身份的生成空间。章毅通过对浙南石仓村会社组织与会簿记录的研究，认为会社在成员之间通过财产的互惠交易形成了一致化的"法人"认同，从而形成了独立于市场的身份空间。[①] 相比之下，潘式谱对于"柱众"的叙述所依循的却是相反的路径。假如在章毅所谓的"互惠交易"中，"会众"对于"会"产所关注的是其"共同财产"的属性，那么在潘式谱的记述中，"柱"产对于"柱众"而言，已经成为定居者面向社区时的"供物"，并由此在"柱"与"非柱"、"首柱"与"从柱"之间生成神事权利上的差序关系。族谱中记述的"分柱""贵买""争庙"讲述的正是乡村居民通过对于居住空间中的一系列特定地点不断进行"认同"竞争，来建立互相之间在社区身份权利上的差序关系，并由此形成保界的社区边界。

最后，以上两点共同说明了"柱"是一个以定居者的当下行为为基础形成的社区分群方式。假如将"柱"与"份"加以比较，两者都存在对群体历史的追溯，但"份"依赖于谱系追溯来确定当下的权责关系，而对"柱"的记述尽管同样涉及对某一"捐产"事件的追溯，这些事件本身并不构成定居者的历史谱系关系。"份"所确认的是"谁是子孙"。在这一基础上，"份"本身是世系身份的附属，在祭祀中"失份"并不能否定"子孙"获得"入住权"的合法性。但是"柱"所依据的"捐产"事件构成了"柱"与"非柱"的身份区别，因此，它所确定的是"谁成

[①] 章毅：《公共性的寻求：清代石仓契约中的会社组织》，《上海交通大学学报》（哲学社会科学版）2011年第6期。章毅：《祀神与借贷：清代浙南定光会研究——以石仓〈定光古佛寿诞会簿〉为中心》，《史林》2011年第6期。

为了本保弟子"。

　　这一点在潘氏谱对新旧两个保界的记述中体现得最为明显。通过从记述明末到展复之后的一系列堂庙重建，潘氏谱事实上通过对后来的"捐产"事件消解了张氏的保界社区权利。另外，尽管在"永业"观念下，潘氏谱强调本族在展复之后始终拥有新保界的"首柱"地位，但从咸丰二年谱与1948年谱可见，在各个堂庙的核心"公产"上不断进行的捐产是族谱记述的中心内容，也是潘氏不断获得"本保"身份的关键。

　　联系上文中对村庙共同体观念的归纳，"柱"正是在"公产"这一特殊领域中的共同体观念"权利"图式的体现。事实上，实际的浙南村落遵循的社区组织方式必然不具有如族谱中所描述的"柱"那样严格的地缘—神祇划分模式。从族谱的叙述中可见，这一制度本身就是在各种社区元素的影响下才得以存续的，但"柱"所承载的观念在族谱这一宗族文献中的中心作用，依然可以由上述分析得见。

第 五 章
共同体观念影响下的村落公共仪式叙事
——以"通香"科仪为例

综合上述两类文本可见，村庙不仅通过传说这一"虚构"话语系统，将其中的神佑故事转化为对于村落共同体观念的直接阐述，而且在社区世俗历史的叙述中同样扮演了核心角色，是村落在构建社区叙事时的核心元素。它不仅在口述文本层面成为定居者组织"社区"记忆的基础，而且在族谱的宗族书面话语中，同样形成了共同体化的叙事形态，成为族谱围绕定居聚落形成自身历史形象与社区关系叙事的核心。对于传说和历史叙事而言，前者只有在现实"神事"的映射中才具有完整的文化功能，而后者则将保界神事中个体或宗族对于神事的参与作为持续构建社区身份的基础。保界庙的神诞节庆则在仪式层面构成了周年保界神事的中心，由其入手，我们能够进一步说明村庙叙事传统在信仰实践中体现的共同体观念，进而为上述两种村庙叙事传统从仪式实践入手进一步加深认识。

第一节 保和宫的神诞"通香"仪式

一 保和宫的神诞庆典仪式概述

保和宫位于台州的旧府城，临海市东北面的大田盆地上，大田镇街[①]

[①] 大田镇街是大田区（原大田镇）的主要镇区，位于大田盆地中北部，背靠下浦山，连接椒江中游的主要支流大田港，是清民两代台州府城北面最大的市镇。镇街东西走向的主街与中点向南延伸的横街组成，并由此形成上街、下街和横街三个行政村，从 2008 年至 2012 年，笔者对该地的村庙信仰进行田野考察。大田镇自宋《嘉定赤城志》以来屡见记载，但根据实地考察，该镇街原先位于台州府城向北两条主要官道的分叉点上（北向杭州、东北向宁波，该地现为方家弄行政村辖地），但在清晚期时，由于大田港成为灵江支流航道的重要港口，因此迁至现址。在镇街的三条街的延长线上，现今分布着大田刘、大田桥、下高三个行政村，它们和本街三村构成了大田街周边的主要村落群。

东侧的下浦山东南麓。这座庙宇是本地下街村和大田刘村两个行政村共管的村庙，供奉保德明王①。现存庙宇建于清嘉庆三年，原先是典型的一殿两厢一台形制，现尚存清代大殿，厢房和戏台都在2002年改建为混凝土建筑。2010年农历九月十四，笔者有幸全程参与了这座庙的神诞仪式。

尽管农历九月十五才是本地传说中的保德明王寿诞，但九月十四，从清晨到午夜，这座庙宇需要完成一系列的仪式环节。在这些仪式环节完成之后，按照本地传说，在该夜寅时，当境神会在守夜信众的"护寿"诵经中降临本庙，继续成为保界之内所有居民的保护神。这些仪式环节共同组成了当地俗称为"接老爷"的仪式段落，顾名思义，这一组仪式所表现的是"当境神"在三界神祇的护送下，周年回归本地，赐福保界居民的过程。尽管只持续一天，"接老爷"是神诞庆典最主要的仪式环节，之后的神诞庆典和拜香会再延续偶数天，但已与作为一个社区整体的保界没有直接关系。

保和宫的"接老爷"仪式流程大致如下：

表5—1　　　　　　　　保和宫神诞仪式流程表

名称	时间	地点	仪式内容	主持者	社区参与方式
摆供	6：15—7：30	正殿	洒水靖坛，向主副神案摆放五供、盐、刀。	先生	两村会首敬拜上供。
请四方	9：30—12：00	正殿前堂	通香科仪，请降三界四方神祇、酬神、祈愿、送神。	火居道士	两村会首以斋主身份行仪。
请龙牌	15：00	从保和宫山门至高塘宫正殿	由本殿山门派出纛旗，至高塘宫请回主神龙牌，与本庙主神龙牌并列供奉，神诞庆典的最后一天奉回原庙。（如果采用户外戏棚，则将两殿龙牌或神像一起奉请至戏棚正南方）	先生	两村会首，高塘宫会首，鼓乐。

---

① 保德明王，即宋初名将呼延寿廷，神祇形象来自于传统戏曲《龙虎斗》。本地传说清代曾有村民梦到该神率领兵马到此地，因此立庙作为下浦山周边几村的保界神。另有传说（见于保和宫碑记，原碑已毁，碑文为本村人回忆），该神在生时曾到过大田下浦山，因此在他枉死成神之后，本地人立庙将其奉为保界神。

第五章 共同体观念影响下的村落公共仪式叙事　141

续表

名称	时间	地点	仪式内容	主持者	社区参与方式
老爷戏	18：30—18：45	戏台	戏台摆供，上演仪式剧《踏八仙》，演员下台进入主殿向主神敬拜，主角向台下观众洒福果，上演面具戏《天官赐福》等。	神戏戏班	两村会首上台向主角敬奉红包。
打小食	约19：00前后开始	前庭	神戏结束后，当夜第一出正戏过半时，各"柱"轮流向在场观众派发斋食	每"柱"的妇女斋首	"柱"之间互相发放和接受斋食。
护寿	23：00—4：00	西厢	当晚正戏散场后，"念佛人"在西厢念诵"增寿经"，寅时将龙牌奉回正殿原位。	每个"斋会"①的佛头；先生	由"先生"代表奉回龙牌。

　　如表5—1所示，在"接老爷"仪式的各个环节中，除了由男性会首作为社区代表之外，社区妇女同样以"柱"或"斋会"的形式在"打小食"和"护寿"等环节中作为地缘整体参与神事。除了神诞之外，保界每年固定的公共仪式还有正月敬香与七月份的中元渡孤。这些神事与每个月的斋香和不定期举行的牒会不同。后者的参与者是以个人身份参与神事的，而它们则与"接老爷"一样，以保界全体成员，或保界中的地域单位作为一个参与单位。由此可见，保界神事是以保界的共同体特性为基础的，而在仪式层面，它最能够体现这一特性的环节为"通香"。这一仪式尽管在长达一天两夜的神诞仪式中仅仅占据了数十分钟，但它却是唯一将保界庙宇的所在村落名直接嵌入仪式叙事，并围绕这一点形成整个仪式段落的部分，而且也是村民以自身的共同体认知本身确认保界神诞仪式有效性的两个环节之一。因此，由"通香"科仪出发，我们能够说明村庙的

---

① "斋会"是保界中的妇女信众组织，一般按照自然聚落加以组织，但其地缘特性不如"柱"严格，一个保界往往存在一个以上的"斋会"，除了上述社区神事外，一般由个人参与的神事大多由这些妇女组织操办，而在社区神事中，除了上述仪式环节外，斋会也负责神事的诸多杂务。

共同体观念是如何在现实的信仰民俗实践中通过特定的仪式叙事文本形成村落的社区文化边界的。

二 通香观的仪文结构与科仪技艺特征

"通香"是"接老爷"在安排好坛场之后，请降三界四方神祇时搬演的科仪。"通香"仅是这类科仪的一般称呼，在保界居民中，它又被称为"请老爷"，而"老爷"一词是台州本地人对各个主要宗教中除了至高神（如来、三清或孔子，甚至后起宗教如基督教的上帝）之外，各类神祇的泛称。在火居道士和其他仪式专家群体中，这一科仪往往直接被称为"请圣仪"，而记录这一科仪的科仪本则有"三界圣目"或"大圣目"之类的题名。可见，"请降"是这一类科仪的核心仪式特征，尽管在具体的"通香"搬演中还会嵌入包括祛邪煞、驱瘟、祈雨等不同的科仪段落，但在"请降"科仪始终是"通香"科仪搬演的稳定部分。

尽管在椒江中下游地区，搬演这种科仪的并不止火居道士一类仪式专家，但这类科仪事实上均以黄箓斋仪中的请降科仪为基础。如下文对具体仪文的分析所见，各地的通香观版本的整体科仪与包括《无上黄箓大斋立成仪》《大明玄教立成斋醮仪范》在内的道教请降科仪都是大致雷同的。因此，"通香"科仪与正一派斋醮科仪体系存在着明显的源流关系。

但在具体的请降内容中，"通香"和正统的正一派斋醮科仪却有相当明显的差别。包括上述两类道藏所载的仪文在内，正统科仪在下界请降内容中关于本地庙神的内容是十分简略的，往往以"土地里域真官""里社庙主"或"庙貌神祇""侧近庙貌"等语略称，并不构成一个独立的科仪段落。而在椒江中下游所见的通香观抄本中，短至23尊村庙神祇，长至348座庙宇、565尊神祇，包括正统科仪中同样为泛称的"城隍"等城市神祇，这些本地神祇所供奉的地名、庙名所构成的神庙名录构成了整个科仪中篇幅最大的部分。因此，单就这一点而言，"通香"是一种"本地化"的科仪类型。

在这种"本地化"形态中，保界共同体观念起到了核心作用。除了科仪文本中所涉及的府城神庙尚难说明保界成分之外，至少在临海县境内，通香观所记录的庙宇基本上都可以证实对应至某个具体的保界。另外，即使使用地域和传承者不同，通香观对于神庙的叙名是按相同的格式进行的，大致可以分为两种形式：（1）地名—庙名—神名（按照本保神

——从神顺序排列);(2)庙名俗称(一般为地名+庙/殿)+神名(列法同上)。可见,这两种方式本质上是一致的,即将地址(实际上也就是聚落的"村"名)作为庙宇的基本属性,具体的庙宇和神祇事实上都围绕这一属性加以叙述,而从实际的通香观仪文可见,大量的村名本身就是以保界庙宇的名称为准的。因此在通香观的叙事语境中,村和庙本身就作为一个整体存在,正如村庙传说中所见,始终遵循着"村庙一体"的叙事原则。

这种叙名方式与保界信仰活动的田野实况和其他文献记述是互相吻合的。保界庙在保界内的正式称呼是"当境殿"或"当境庙"。这一概念源自道教术语"当方当境",而对于保界内的成员而言,保界居民自称保界为"本保",因此庙宇也可以自称为"本保殿"。但是除了在本殿举行的法事在法榜等文书中使用庙宇正式名称之外,无论在保界内外,包括由道士等仪式执业者主持的神事中,保界庙都以"地名"+"殿/庙/宫"称呼的,而且即使在前者的叙名中,庙宇法事名称也一般都以地名为前缀。以"保和宫"为例,这个名称和保界的地名"下埔"连在一起,构成了一座保界庙的全名,即"下埔保和宫",而一般的通称则是"下埔殿",也就是下埔的当境殿。而在"通香"科仪演述一个保界之内的各处堂庙时,保界的基础作用就体现得更为明显。在椒江中下游发现的通香观版本中,存在着一类将特定保界作为独立单位加以叙述的类型。尽管存在进一步进行科仪形态分类的空间,但这种述名方式却可以说明保界观念对于通香观下界构成方式的影响。示例如下:

> 香烟传到。当方当境。镇福庙五显灵官大帝。护国广平周选尊王。念二总帅。念三总管。汪杨太保。火铁太尉。引龙禅师。朱叶两相。镇坛土地。本堂帅宝。招宝财神。掌金通银。梦童梦姑。圣后夫人。祁祝安康四大元帅。合庙文武。官班圣众。智慧堂。观音大士。伽蓝土地。玄弼真君。后堂。尤天圣姥娘娘。张仙抱老。六甲胎神。魁星点化。合堂圣众。普通供养。①

---

① 该仪文引自陶本《通香观》(该版本详情见下文具体分析),由陶世虎先生提供并现场演示。采集地:杜桥镇大汾村,岸头自然村。

如上可见，尽管被称为"保界庙"的庙宇在神庙叙述中处于优先地位，但它首先是作为一个保界标识存在的，而这一信仰空间内的其他堂庙都是这一空间的组成部分。因此，通香观中的神庙名录是以保界为单位编列而成的，而不是简单的神祇列表。这种叙述方式与保界神事本身的社区性是互相对应的，而它的基础则是共同体观念之下，村落作为一个整体，而非由其中单个庙宇成为仪式叙事的基本单位。在这一意义上，"通香"仪式和村落共同体的独立性是一致的。这种一体化的关系不仅仅是科仪文本的编列方式，对于一种来源于道教斋醮传统的仪式叙事传统而言，一体化特征本身构成"通香"科仪作为一种仪式技艺的核心特征。

通香的目的在于让保界内的民俗活动获得宗教效力，这也是这种共同体化的科仪为何依然需要火居道士这样的社区"外人"的原因。尽管名为"神诞"，但从上述保和宫"接老爷"的仪式流程可见，这一全保界庆典的仪式的重点并不在于庆祝保界神祇的寿诞，而在于以科仪和神戏的方式搬演属于道教三界宇宙观下的神祇如何与聚落建立"当境"关系的过程。因此，从仪式本身的情节而言，通香以及整个"接老爷"所代表的是一个"本保神"周年空缺的宗教时段，而道教斋戒科仪的引入，则形成了一个具有宗教效力的过渡仪式。这种保界观念之下，节日庆典与当境神空位之间的关系同样存在于保界内的各类"社区"节庆，因此，它是保界观念下，本地村落社区节庆的共同内在逻辑。[①] 以这种时空逻辑为前提，通香科仪的搬演也就需要建立正一派民间科仪自身的正统形象，并在此基础上嵌入与保界直接相关的内容。在这一意义上，保界神诞使用通香观的意义和正统的斋醮是一致的。

但是，通香之所以区别于一般的正一派民间科仪，在保界神事中成为一个核心科仪，它在科仪技艺上的原因却并不完全在此。事实上，火居道士所搬演的"通香"并不是"接老爷"中唯一涉及请降四方神祇的仪式段落，类似的内容会在当天晚上的神戏中由戏班的丑角以不同的方式再次搬演，而比较之下可以进一步体现"通香"的科仪技艺特点。

---

① 对于保界节庆时间逻辑的分析详见屈啸宇《社区生活与村落节庆的时间结构》，《民俗研究》2012年第5期。

第五章 共同体观念影响下的村落公共仪式叙事

在当夜的仪式剧《踏八仙》[①]的献寿环节里，当戏班的全副班底在台上表演排列出天界诸神时，丑角扮演的东方朔需要在向天官或玉皇献寿的大段祝文中，插入念诵本保庙的地名、庙名和神名，以及保界周边八个方向相邻的保界庙宇。这一环节关系到整个长达五到七天的神诞戏庆的成功与否。念诵准确成功，神戏顺利进行，丑角能够获得一份厚礼，但如果念诵有误，神戏乃至整个神诞戏庆必须立即停止。戏班除了会受到本地村民的围攻之外，一般需要罚戏加以处罚，免费上演双数天[②]，而在保界庙层面，这一年的神诞活动也至此宣告失败。为了避免失误，现在的戏班一般会提前向村里的"先生"或老人请教名录情况，提前写成提词来完成这短短十五分钟仪式剧中最重要的一句台词。而在道士的通香科仪中，整个仪式环节从靖坛开始持续近四十分钟，一般则在十五分钟到一个小时不等，但其中关键的部分则是念诵请降的十余分钟，而其中保界居民最关心的部分，则在于从东乡乡主开始，到本保庙主神相关的数分钟内容。因此，尽管前者是一种代言化的舞台演绎，而后者则是斋醮行仪，但是准确地叙述保界神祇是两个仪式环节的共同特点。

相比于戏班丑角的表演程式，道士通香科仪中的共同体念诵是一种更为复杂的技艺。大田刘村的首席"先生"刘守足，现年97岁，是现今依然在世的本地"先生"中唯一学成于50年代之前的一位，也是大田镇周围对本地神事传统最为熟识的长者。他如此描述保和宫的通香念诵：

> （道士）先生讲法不同，照他讲，像我大田刘么讲，到别的地方讲法就变了，保界不同。保界是要讲界上的庙，主（乡主庙）要带着，再就是保界里的庙，哪里位置，保界就派到前面了。大田庄庄里的话，像我们大田刘，主就是白石宫，然后是保和宫，高塘宫，高

[①] 该仪式剧是常见庆寿祈福仪式剧《蟠桃献寿》与《天官赐福》的接合版本，按照戏班的班底、戏金和保界庙声望的不同，又分为"天官寿"和"八仙寿"两种。仪式剧的具体情况另见傅谨的描述。见傅谨《草根的力量——台州戏班的田野调查与研究》，广西人民出版社2001年版，第75—110页。

[②] 本地罚戏方面的习俗惯例极多，涉及这一类情况的罚戏一般为四到八天。按照2008年的调查，一般神戏每天的戏金和其他费用在人民币6000--12000元之间，因此罚戏对于戏班而言意味着重大损失，同时失去这一客户之外，也将对戏班按照保界庙分布安排的行程（本地称为"戏路"）造成重大影响。

塘官是城隍，下埔殿是当境爷，一村一个当境爷，府主城隍现在因为大，所以要号上，然后是保和宫，就像一村之主。剩下了就是先生讲了，从哪里开始由他，下面打湾落坑就是先生决定了。每个先生讲法就都不一样了，水平问题。

从刘守足的描述可知，通香技艺的关键是科仪内容与保界共同体认知的契合，而这种契合关系决定了道士行仪所引入的三界神祇能否建立与共同体的仪式关系，这也就直接决定了"通香"的仪式效力。"界"的观念在于居住权的定位，同时也就产生了对于不同聚群成员之间互相关系的界定，因此，通香的目的在于遍请诸神，也就需要对于每一个保界所涉及的保界网络加以叙述。这一环节中，道士所编辑的内容是否和居民共识形成微妙契合，最终的判断权在于居民对于自身保界关系的共识。因此，通香科仪最为复杂的部分，在于道士必须根据自己的通香观内的每一个保界认同的关系重要程度编辑出一段与每一个保界最为契合的下界庙录，并根据保界社区、家庭乃至于个人不同的仪式情境灵活地加以运用。

从"通香"的念诵内容和技艺特征可见，这一科仪传统之所以成为本地村落保界神事中最重要的仪式组成部分，关键在于它所生成的共同体叙事文本。从道士的角度看，他搬演科仪时所构建的宗教话语本身是通过诉诸道教斋醮传统中的官僚模式，通过向诸天神祇的祈报来确定和实践共同体与道教神圣宇宙的垂直受佑关系。"当境"仅仅是这一过程中的中介性角色，它仅仅在这一受佑过程中确定"受佑"的客观时空属性，与科仪中的"四时功曹"并无实际差异，也并不充当神佑的合法性来源。因此，假如仅仅从上述"通香"科仪本身的祭文结构而言，它体现的正是将共同体通过"当境"这一道教神系范畴加以去语境化，使得其在科层化的道教神圣宇宙中得以确认的过程。如此生成的仪式叙事文本自然而然具有了韩明士所谓的"官僚模式"特征。但是就共同体视角而言，"通香"本身就是围绕共同体展开的，请降中的上位神祇仅仅成为对于"本地神明"神圣性的一种修辞。它们就像"移动"型传说中虚化的"大海"一样，只有在神佑本身与共同体建立联系时才通过"宏观/日常"图式关系而具有意义。因此，就共同体视角而言，道教科仪话语，以及其所代表的道教神圣宇宙正如"讹读"型传说中被误置的"九州"，本身是为了共同体，也即"通香"科仪的核心内容下界请降而存在的。在这一前提下，以科仪搬演所处的"村"为中心,"本地人"的日常版图认知成为"通香"科仪技艺的支点,而道士则扮演着"讹读"型传说中的"寻主者"角色,通过将宏观宇宙置入日常空间而说明后者的神圣性。而在这两种视角中,上述"通香"科仪具有的特殊仪式形态已经说明后者才是将"通香"作为整个保界神诞节庆的核心仪式环节的内在逻辑,它和上述村庙传说一样,都是围绕共同体而形成的民间叙事文本。

第二节 道士与先生:"通香"科仪传统中的"宏观/本地"对话

考察"通香"科仪可见,这一共同体仪式叙事不仅仅体现为仪式搬演本身形成的特殊形态,它同样改变了仪式执行者自身的身份,使之从"天帝神师"[①] 转化为共同体的神佑申明者。因此从"通香"科仪的脚本——通香观的持有者和搬演者角度出发讨论这类科仪文献的"本地化"特性,我们能够进一步对这一村庙仪式叙事传统的共同体文化功能进一步展开讨论。

一 一家一观与一地一观:通香观的"本地化"传承

与仪文中本地保界神庙的特殊地位相照应,通香观是一类以"一地一观"为基础的"一家一观"作为基本编辑和传承方式的科仪本。本书所用的两份通香观采自台州市临海市(旧台州府城)大田街道下街村杜姓道士一家与台州市临海市杜桥镇岸头村陶姓一家,所载地方神以及科仪本使用范围所在区域也在两地周边,其中杜本用于大田东北面数都法事,而陶本只用于岸头村一村周边。传统上,这两个区域分别属于府城东乡[②]与府城下乡[③],因此,两本中的请降内容以这两个区域为基础。通香观持有者可以大致分为两类,即道士和"先生",前者基本上为正一派火居道士,后者则包含多种身份的民间俗信,其中既有以堪舆为业的职业"先

[①] [法]索安:《从墓葬的葬仪文书看汉代宗教的轨迹》,赵宏勃译,《法国汉学·第七辑》,中华书局2002年版,第26页。

[②] 范围大致为今临海市区东北部以及大洋街道、大田街道、邵家渡镇、汇溪镇、东塍镇等大田盆地地区。

[③] 范围大致为今临海市杜桥镇、章安镇、前所镇、上盘镇等灵江下游滨海地区。

生"，也有村落中以掌握民间信仰仪式知识、主持村落庙宇活动为主的各类信仰活动的乡村知识分子。①

两类持有者中，台州的正一派火居道士家族对"通香观"的传承尤其具有制度性，其中以杜本为代表，府城四隅道士家族对"通香观"在传承上更为严格。尽管以四处奔走，操持民间法事为业，但台州四隅的火居道士在传统上并非一个离散的群体，以明代之后的道纪司为代表，始终存在着群体性的统一组织。②尽管清中期之后，这类统一组织已经不见记载，但直至近代，在台州的正一派火居道士集会除去道法传授与行业互助以外，其重要功能就在于协调群体内道士的行法范围，而认可"通香观"的编订和传承则是确认各家道士的行法区域的主要方式。

分境行法是道教在组织具体宗教活动时的重要传统，北周编纂的《无上密要》所载《玉清上元戒品》即定规"道学当念邻国有道，各安境界"③，此后各派道教，尤其是明代之后正一派系统内的火居道士群体，也大多有各自在一地"立坛行法"的制度。但"一地一观"不仅是"通香观"的仪文特征，同时也与正一派火居传统的"一家一观"互为表里。至少在府城四隅周围，直至民国中叶依然存在着一种与之相关的火居道士集会。在一位火居道士的家族成员道法初成之时，此家人需要延请周边主要的火居道士家族集会聚餐，主要目的首先在于由各家认可其道法已成，可以在乡间行法，其次则是通过集体协调的方式重新确认其所继承的家族行法范围，避免将来同道越界造成纠纷。在通过这一仪式之后，这位火居道士的行法范围也就得以确定，之后尽管其他同道也会在此人的行法范围

---

① 后者较为接近于王振忠等研究者所归纳的"礼生"中的半职业类型，而且根据近年考察，此类"先生"亦以"徽礼"为据，因此与王先生所归纳的徽州礼生应属同类。参见王振忠《明清以来徽州村落社会史研究》，上海人民出版社2011年版。

② 按照任林豪、马曙明先生的研究，明代台州府曾设道纪司于临海元妙观，设道纪司都纪一名，从九品；副纪一名，未入流；各县均设道会司道纪一名，未入流，无俸。（任林豪、马曙明：《台州道教考》，中国社会科学出版社2009年版，第226页）。直至清代中期，台州府依然设有道纪司，（康熙）《台州府志》"道纪司，旧在玄妙观，今寓栖霞宫"，"栖霞宫，即东岳庙"。又据杜氏家族内部口述，杜家于清乾嘉年间入道之初，道纪司设于临海后山三元宫，曾有一名都纪为王姓高道，出入以三人抬轿，负责域内道士的监督与协调，曾参与杜家"通香观"的认定集会。可见，明清两代的道纪司机构与道士通香观的认定和划界活动存在一定关联，而这构成这一职位在清末的主要职能。

③ （北周）《玉清上元戒品》，《无上秘要》卷四十五，《道藏》，上海书店1988年版，第211页；顾廷龙：《续修四库全书·子部·宗教类》1295卷，上海古籍出版社2002年版。

内活动,但由于没有该地的"通香观",因此除了一些需要高功大道主持的大型法事外,一般法事必须以持有者为首。即使主持一些不需要"通香观"的法事,受雇的道士也需要事先知会该地的持有者家族,否则就会引起纠纷,受到同道惩治。① 台州正一派火居道士群体的这一划界传统是否源起于明代的道纪司制度尚未可知,与道教传统中的传法制度有何种关系也未尽知,但从笔者所接触的多个火居道士家族情况看,直至近代,这一传统依然发挥着作用。而在这一过程中,"通香观"的"一地一观"既是这种集体协调制度的体现,也是其得以发挥作用的凭据,更是火居道士家族区域权威的最后保障。由此可见,火居道士群体中"通香观"的"一家一观"与"一地一观"是一套互为表里的传承制度,是火居道士这一民间宗教传统中的制度性成分。

因此,尽管具体情况复杂,但"通香观"的家系内传承和域内使用是该科仪文本存在的首要前提。即使收徒授法,弟子也需要在自己允许行法的范围内参照师本重造,而由于台州传统的正一派道士基本上在家族内部继承,异姓弟子重造的情况十分少见,格式与内容也往往与师本有较大距离。近年来由于民间宗教活动的快速复兴,大量外来道士涌入本地,分界行法的传统规范有所打破。但由于大多后起或外来的火居道士都不持有"通香观",民间普遍认同其权威的正一派道士大致依然是那些传统的道士家族成员,"通香观"维持的区域—家族制度因此也有所保留。

相比于道士,"先生"所持的"通香观"有多个类型,由于这一类"通香观"的流传情况较为复杂,以笔者所集尚难进行全面分类。就现集文本而言,"先生"所持"通香观"根据其使用范围可以进行大致分类,包括仅用于一村的实践,用于某一集镇周边的类型,也有在一庄一乡内大范围使用的类型。陶本属于限于一村或数村小范围使用的类型,而这一类型的"通香观"实际是以本村的村落保界庙作为其叙述空间的中心。"先生"是一类特殊的民间信仰参与者,其情况在本书中难以尽述,但单就"通香观"而言,至少村居的"先生"家族在村落区域内有一定的独占地

---

① "一家一观"这种在台州正一派火居道士群体内部施行的制度之前未有报道,为笔者从与包括杜先生在内的多个火居道士家族的接触过程中逐渐获知,仅有口述材料以及"通香观"内文作为直接证据。但尽管其具体细节还有许多不清之处,通过对所集大量"通香观"的分析,这一制度的存在基本无疑。在此感谢多位道长的开诚布公与尽心协助。

位。无论是职业还是半职业，居村的"先生"家族与本村的保界庙之间均有一定的固定关系，操办庙事在"先生"的民间信仰活动中占据首要地位，其他家庭即使出资或热心于庙事，但也一般不会逾越。但正如火居道士，"先生"并非巫祝，在操办庙事时，"先生"的责任主要是指导和主持科仪，其中就包括最为重要的请神环节。因此就科仪搬演本身而言，"先生"和道士对"通香观"的使用方式有一定的相似性，在传承制度上也可作一比较。以调查所得，这一类通香观基本由一村域内某家以"先生"为业的家庭世代收藏，只在后人断嗣或不再从事此类活动时，才能将其转交他人，重抄或重造以继续保存。与道士相同，"先生"的"通香观"传承也以严禁流散为基本原则，陶本封面上就题有"只做传说，莫作传宣"字样，警示后人不得流散。可见，尽管具体情形有待进一步考察，但在"先生"群体中，同样存在着"一家一观"与"一地一观"互为表里的自发制度。

在台州的民间信仰传统中，同一大区域内流传的数本"通香观"之间或有渊源关系，甚至道士与"先生"在内容上也多互有交叉，但一旦抄成，均以独一的手抄本各自以家系流传，在"一家一观"的基础上保持着"一地一观"。因此以陶本为例，"通香观"具有较为统一的内部收藏原则：一般不制副本，严禁流散，遵守"一家一观"。同时，在"一家一观"制度下，为防流散，"通香观"在一本尚在使用时不制副本，只在古本接近损毁时由收藏家族重抄，平时行法时也仅背诵搬演其中科仪，并不示人。近年因为传统家系之外的火居道士和"先生"数量大增，开始出现从家系持有者那里复印副本的情况，但原主一般忌讳全本传抄，即使愿意为同业者提供副本，在内容上大多有所保留，这些副本在本地神谱上往往残缺不全。即使在笔者的收集过程中，在试图获准全本复制时，也需要反复保证不将其示于其他道教或民间信仰人士，这种制度化之后形成的封闭性也是以往研究者鲜有注意到此类文献的原因。可见，即使民间宗教活动近百年的乍灭乍兴对各种传统制度形成了巨大冲击，但由于"通香观"这一文本的制度性特征，传统的传承方式依然在发挥着作用，宏观而言，这也维持着"通香观"所代表的区域信仰传统。

由此可见，"先生"和道士"通香观"都以"一地一观"与"一家一观"为中心，但两者从传承制度和科仪内容的具体组成上依然有着内在差异。这种差异不仅来自两者在宗教身份和职能上的不同，同时也是"通香观"中两种不同空间叙述的组织方式。

分境行法是道教在组织具体宗教活动时的重要传统，早期道教就有立二十四治行道的制度，寇谦之借以整顿道教的《老君音诵戒经》也定规道："九州土地之神，章表文书皆由土地治官真神而得上达。"① 神祇的在地化和组织的地域化使得道教活动形成了区域分割传统，北周编纂的《无上密要》所载《玉清上元戒品》即定戒"道学当念邻国有道，各安境界"，② 此后各派道教，尤其是元明之后正一派系统内的火居道士，也大多有各自在一地"立坛行法"的制度，近代江南地区的火居道士群体中，也存在不同形式的区域行法制度。因此，道士"通香观"的"一地特性"是这一道教活动传统的延续。明清两代，台州设道纪司作为统管道教的权威组织，其中职能就与"通香观"所代表的"分境行法"相关。③

构成"一地"的基本空间架构是"乡"和"都"。杜本的仪格9以以下一段作为结束："尽转某都某乡界内有庙无宫，有宫无庙，宫宫相请，殿殿来临。"可见，"通香观"所述的下界保界庙群内部存在着乡—都—境的三级体系。而在这一体系中，每一都都有自己居首的界庙，而在都以上，是更高一级的乡主庙，乡主庙之上，还存在着一邑的邑主庙。综合地方志文献，这一体系与一般认为的城隍并不重合，但划分方式和信仰内容尚难判定，本书所讨论的只是在"通香观"仪文中所反

---

① （北魏）寇谦之：《老君音诵戒经》，见《道教要籍选刊·卷四》，上海古籍出版社1989年版，第262页。

② （北周）《玉清上元戒品》《无上秘要》卷四十五，《道藏》，上海书店1988年版，第211页，顾廷龙《续修四库全书·子部·宗教类》1295卷，上海古籍出版社2002年版。

③ 明代台州府曾设道纪司于临海元妙观，设道纪都纪一名，从九品；副纪一名，未入流；各县均设道会司道纪一名，未入流，无俸。任林豪、马曙明《台州道教考》，中国社会科学出版社2009年版，第226页。直至清代中期，台州府依然设有道纪司，（康熙）《台州府志》"道纪司，旧在玄妙观，今寓栖霞宫"，"栖霞宫，即东岳庙"。又据杜氏家族内部口述，杜家于清乾嘉年间入道之初，道纪司设于临海后山三元宫，曾有一名都纪为王姓高道，出入以三人抬轿，负责域内道士的监督与协调，曾参与杜家"通香观"的认定集会。

映的各级主庙。① 这些乡都是否与明清两代的基层行政划分有对应关系暂未可知。杜家是东乡道士中的领袖，因此，杜本包含三个都。杜本以白石村供奉梁宋二帝的白石宫作为整个东乡的乡主庙，同时以三个都的都主庙主神为起点，分别叙述了都内诸神庙，分别是八都詹王水金山太祖老王（现址不明），十二都九州敕封都土地（现址不明），以及七都保和宫保德明王（在今大田下街头村和大田刘村交界，两村共同保界庙）。

  在当地信众每年拜香的神庙中零星流传着有以一地的乡主为首的说法，东乡就有"不到白石宫，烧香都成空"的谚语；而到本都地界，主要保界庙的重大神事要有都主庙神祇的参与，比如东乡近代影响最大的保界神事大田城隍诞，在举行神戏时就必须奉请本都的都主——保和宫的保德明王神位共同供奉。台州的中元渡孤祭祀有一个月的活动周期，从农历七月初一到七月三十，每个保界庙都有一个习惯性的渡孤祭祀时间，而这些乡都主庙就成为这个区域内头一个或最后一个进行渡孤的保界庙，分别称为"开门"和"关门"。尽管有这些信仰习俗存在，但总体而言，这些神主庙并同样属于所在村落的保界神庙，在一般的保界神事，诸如神诞和月斋中与普通保界庙一致，如上所述，也没有特定仪式说明它们与一般保界庙之间存在等级关系，因此，以现阶段考察所见，这些庙宇的主庙地位在很大程度上仅存在于使用"通香观"的各种神事中。

---

  ① 这个三级体系虽然只在"通香观"中有完整呈现，但在各种材料中能够得到零星验证。邑主庙这一民间庙宇类型散见于南方各地地方志与地名遗存，台州范围内，临海县邑主庙供奉白鹤崇和大帝，"邑主"一名除杜本通香观外再无记载，庙见载于康熙时张联元所撰《台州府志》，"临海县城隍为会稽赵炳，亦另附白鹤神祠"，对照杜本内容，应当是将临海县的县城隍与邑主庙混淆；黄岩县邑主庙至今尚存遗迹，称"邑祖庙"（（康熙）《台州府志》卷十二《寺观》（附神祠）），供奉王维，"在县南一里，宋绍圣初祈雨有验，敕封昭应侯，政和六年复赐庙额……明宣德七年旱饥，庙前二古树忽雨谷，居民赖以播种，后树枯，民不忍，弃为刻香炉于树，水旱疾疫祈之必应"。其他地区的地方志中以"邑庙""邑主庙"或一县"境主庙"为名，同时可以确定不属于城隍系统的庙宇记载尚得几例：（光绪）《嘉兴府志》卷十二《坛庙》，"关帝庙，在庆源桥西，明崇祯十三年建，知为邑主庙，后有文帜阁"；（光绪）《宫阳县志》"郭昭侯庙，俗称邑主庙，在县西北二百步"（转引自（光绪）《嘉兴府志》）；（同治）《安义县志》"余邑割自建昌，而县治之内有大唐古庙一所，该境主灵应真人庙也……自神袤迁于城隍右，夫城隍、当境本相表里，从而居之"。黄岩县境内另有名为"乡主庙"的民间庙宇，但在台州府城周边，"乡主"一名仅见于"通香观"以及民间信众的零星叙述。综合各种材料可以推断，这一体系并不同于传统所认为的城隍—社庙体系。对于这一体系在实际民间信仰中的具体内涵，将在另文详述。

在本地的民间神事中，火居道士是流动的仪式专家，在主持仪式时仅仅是保界社区的受雇者。而由于火居道士一家一地的对应关系，在乡都所限定的区域内，通过"通香观"，这些家族成为这一区域内神庙相关神事的垄断者。可见，尽管"通香观"中的乡都系统从何而来未能考知，但对于道士而言，其职业身份决定了以乡都为基础的区域是道士"通香观"进行空间叙述的基本视角。而通过比较杜家和陶家分别以道士和"先生"身份传承的"通香观"文本，我们能够对这一科仪体系的共同体化趋势有进一步的了解。

二　先生本与道士本：科仪叙事的共同体化演变

通香观共同体化的科仪特征在"通香观"内容的比较中更为清晰可见。本书选取椒江中下游的两本"通香观"抄本作为详细比较的对象，并对其中具体的文本构成逻辑加以说明。

在两本"通香观"的持有者中，杜家世代为道，是东乡一带最著名的道士家族，陶家则是一般俗人，但数代都是村里的"先生"，工书法，精通民间礼仪，而且精通堪舆择日，平时负责组织和指导村庙法事以及各家家堂法事。以杜陶两家为例，如上所见，"通香观"的传承制度是一本毁，一本抄，因此杜陶两本均为更早版本的转抄本，转抄时间不同，其中杜本为清本，陶本为现代转抄本。因此，两本都是现实中依然使用的"通香"科仪脚本，依然处于随时根据"通香"科仪实践而加以增补的状态，但为称呼方便，下文分别以"杜本"和"陶本"直接加以称呼，暂时忽略其可能出现的新增本。

杜先生的祖父曾于龙虎山受灵宝箓，因此台州民间尊称为"道士王"。按杜先生回忆其父传授该本时所述，杜本抄成于祖父受箓前后，大致为清光绪中后期，内文中有"五十五代张天师真人"字样，可见转抄自清雍乾时旧本。杜本为线装抄本，有蓝厚纸封面及封底，内共42页，页长19厘米，宽8厘米，每页纵写8行至9行，行草书写，共7394字，为笔者所集"通香观"中篇幅最长者，中间夹抄有五行八卦图等贴页，为后世所书钢笔字迹。该本"通香观"历经三代依然十分完好，字迹清晰，但有部分涂改以及脱漏。①

陶本为1985年由陶先生转抄古本而来，原本已损毁不存，抄成年代不详，由陶先生先代所拥有，因此暂时推断原本为晚清民国时期抄成。陶本为手装抄本，宣纸封面及封底，内共26页，页长14厘米，宽7厘米，每页纵写8至10行，行草书写，共2726字，中间无夹页。陶先生精工书法，而且热心收集整理民间科仪，对文献情况十分熟悉，补著了原本部分漏脱文字，可信度较高。

尽管是一类科仪本，但由于手抄口传，因此"通香观"原文中仅有少量仪格标注和空行断开。因此以下将以持有者的释读和现场念诵为基本依据，尝试对以下对两本篇章内文加以简单内容切分，暂将具体内容分为22个仪格片段，作为其后分析的基础。

（内文部分片段篇幅较长，因此仅注明每一仪格在原本中所占行数，内文以及行间页头的小字标注在括号中标出，请降神祇仪格简要说明大致内容）

表5—2　　　　　　　　陶本与杜本仪文比较表

			杜本	陶本
靖坛	1	1	（1—8行） （宝花圆满）十方灵宝天尊。十方以德道。大圣仙众。洞父弄汉祖教周御国王天尊。斗母至元真君。匡德天后元君。日宫大圣太阳帝君。月府素曜太阴皇后。起主天罡大圣。奎罡上帝即度梓潼帝君。中天大圣。东斗五宫主算星君。南斗六司延寿星君。西斗四府纪名星君。北斗九辰解厄星君。中斗三尊大奎星君赤宫列秀星君。三台华盖星君。十二宫辰星君。二十八宿星君。六十甲子星君。周天分渡河汉吉威。道光主照现患（某）人。	

---

① 笔者曾撰文对"通香观"的篇章结构加以简述，但由于所用"通香观"为残章，加之分析角度不同，未能对其中仪文进行完整分析。因此，在分析"通香观"的内文、科仪流传与搬演中的观念性内涵之前，笔者对这两本范例性的"通香观"抄本文献层面的整理分析所得结论与前作有较大不同。参见屈啸宇《浅议地方保护神信仰中的"地方观"——以戴本通香观为例》，见《中国俗文学与民间文化学术研讨会论文集》，华东师范大学，2010年。

第五章　共同体观念影响下的村落公共仪式叙事　155

续表

		杜本	陶本
靖坛	2	(8—13行) 三界之精严。虔诚达九天。寸心无可表。一柱入炉前。天地圣贤前上香。三官大帝前上香。祖师法令前上香。本命圣君前上香。行灾大神前上香。白虎王官前上香。五方丧车前上香。米筛羹饭三奠定。香入金炉再叩设拜。兴拜。兴拜。	(1—10行) 香花烛灯福礼齐备　伏以三炷名香。开天门。辟地户。请神明降祭所。（谢岁）弟子虔诚入位鞠躬拜。兴拜。三拜。平身。虔诚持香。恭对天地神明前（初上、二进、三拈）香。再执香值年太岁前（初上、二进、三拈）香。再执香。执龙府君（初上、二进、三拈）香。再执香（某氏）本门宗祖前（初上、二进、三拈）香。
	3	(13—29行) 耳□魔荡瞖天尊。八卦护身天尊。消除灾障天尊。福生无量天尊。九天应元雷声普化天尊。长生保命天尊。道法不需多。南辰灌北河。到书三七字。能断世间魔。官将降水，玉局归曹局，大瞖（）入海，小瞖入江。化作洪波驱遣。轰轰赤天地自然。一（）气分散，甘传法水，遍洒福筵。洞中玄虚。晃朗大玄八方威神，使我自然灵宝符命。普告九天。乾那达那。洞光太玄。斩妖缚邪。杀鬼万千。中山神咒。元始玉文。吾诵一遍，却鬼延年。安行吾岳。八海咀文，魔王速手持维我显。凶瞖扫散。道气长存。一洒天开。二洒地裂。三洒福筵设清净。四洒凶神成消灭。常清常净天尊。保香一炷达诸天。迎请高真降福筵。奉道禳灾集福并保命，原求现患早痊安。飘飘仙子下瑶坛。玉轴琅极次第开。奉设祖师来演教。师真璇绕凤凰台，金真演教天尊。瑶池灵液。丹井寒泉。混元初降毫洲时。云内五龙齐吐水。两仪交泰。甘露清凉。散作百川变为沧海。上称常净无挠。水利万物以无方。能令（）荡移涤尘几遍。遍洒福筵悉清净。	(11—14行) 切以高山仰止。显赫赫之威灵。百川东流广黄花之威德。盖载非一朝一夕。钦崇于三沐三熏。谨焚真香。虔诚拜请供养。

续表

			杜本	陶本
请神	2 奉请上界神祇	4	(29—66 行) 奉请。掌今年。直今月。报今日。通今时。玉枢教主。九天应元雷声。普化天尊。消除灾障天尊。福生无量天尊。斋叹无量天尊。灯光普照天尊。太平护国天尊和解温司天尊。解冤设吉天尊。太救苦天尊。宝花圆满天尊。十方灵宝天尊。十方以德道大圣仙众。玉枢大帝。皓天上帝。三天三宝君。三甲三王君。东华木翁上相。青童道君。上妙大妙真真。梵气祖母元君。玄都紫极天尊上宰上相。上宝上府。司师五帝。十二仙乡。玄都玉京京阙。七宝群台。明王上帝。东华南极西林北真。五方五老高真十极十华天尊。日宫太圣太阳帝君。月府素曜太阴皇后。起主天罡大圣。魁罡上帝别度梓潼帝君。斗父龙汉祖劫周御国王天尊。斗母至光真君。巨德天后元君。中天大圣。东斗五宫主算星君。南斗六司延寿星君。西斗四府纪名星君。北斗九辰解厄星君。中斗三尊大奎星君。赤宫列秀星君。三台华盖星君。十二宫辰星君。二十八宿星君。六十甲子星君。周天分渡河汉吉威星君。道光主照现患（某）人当生当照本命星君。上增福禄寿老星君。命宫三方四正星君。大运小运星君。大限小限星君。流年月建星君。交宫遇渡出官入限星君。天解月德照临星君。天地水府三元三品三官大帝。上元一品天官赐福紫薇大帝。中元二品地官赦罪。青（清）虚大帝。下元三品水官解厄洞阴大帝。三元主宰三百六十应感天尊。祖师教主玄天上帝。荡京阙化身荡魔护佑天尊。祖师龙虎山万法天尊。阳魔护道天尊。	(14—27 行) 拜请天地神明。掌今年。管今月。值今日。奏今时。四值功曹神君。御前通报。威风凛凛圣德洋洋。头缠霞彩一枝花。脚踏云梯九重绿。身披金甲。腰佩霜刀。传言即在与头更。应祷不离于顷刻。凡赐恳求。必赖通传。即恐阴阳两隔。万圣难通。仰仗使者。经诸司而恳请。达众圣之庙门。神祇圣众。列职威灵。或在本宫祖庙。或游五湖四海。或关外于岳庭。或朝班于玉阙。或赴宴降恩。光于处处。或神圣救苦难于他乡。或在云头游嬉。或在洞府着棋，全凭功曹使者。扬鞭跃马。须臾速离于人寰。莫令稽迟。走务端正于顷刻。降临圣殿。速达神庭。弟子虔诚。当庭拜请。遥望来临。

续表

			杜本	陶本
请神	2 奉请上界神祇	4	王赵二真人。天蓬献奕大元帅。九天妙圣众真人。中天枢相伏魔真君。西河救苦萨贡真人。光妙应真人。真定光真人。祖师法明。斋法空洞真君。坐坛祖师。传符传法祖师。除邪通（ ）正祖师。医男救女祖师。遣瘟灭毒祖师。斩灭妖怪祖师。五十五代张天师真人传经演教。历代祖师。斗中擎羊陀罗二（黑医秀医）仙使者。斗中清灾散祸星君。斗中天医院治病仙官。斗中用药治病功曹。斗中解二十四厄灵官。斗中七千神将。斗中斩灭妖怪神王。斗中充和万福星君。斗中护命玉洞星君。斗中掌籍掌算星君。斗中财库禄库星君。九天注福定命星君。九天雷司皓翁星君。九天德圣圣母元君。九天好生寒君丈人。九天度即司马大神。九天天曹列班圣众。东斗木精张使者。南斗火精刘使者。西斗金精赵使者。北斗水精司使者。中斗土精吏使者。东井基使者。雷霆一府二院。三司各法，官军将帅，鉴证坛靖。家堂香火列位高真，文昌开化。梓潼帝君。九天送生锡嗣张真人。上界朝元。列班真宰。伏愿离天大罗飞玄之境，开九天阆阆之门。瑶离仙翁。证盟修奉。	
	3 奉请中界神祇	5	(66—77行) 奉香次启。中界之尊。东岳泰山青帝真君。南岳衡山赤帝真君。西岳华山白帝真君。北岳恒山黑帝真君。中岳嵩山黄帝真君。五岳朝班圣众。北阴酆都帝主。冥府十殿王官。水府扶桑丹林大帝。阳谷詹王。江河淮济四渎真君。东海广德龙王。南海广利龙王。西海广顺龙王。北海广泽龙王。饶州鄱阳湖。岳州青草湖。润州丹阳湖。鄂州洞庭湖。苏州	

续表

			杜本	陶本
请神	3 奉请中界神祇	5	太湖。五湖四海。七泽大神。盈洲环洲玄洲元洲长洲炎洲锦洲生洲凤林洲九洲尊神。执（ ）江吴江楚江松江松江湘江南江汉江长江洋子江九江水帝龙王。水府洞渊官典。	
		6	（77—87行） 今年大岁清灾布福尊神。雷音电吼不动尊神。天府押瘟都元帅。地府押瘟副元帅。上清和瘟教主。匡阜真人。慈悲劝善明觉大师。五方行瘟使者。东方行灾木精张使者。南方行灾火精刘使者。西方行灾金精赵使者。北方行灾水精史使者。中方行灾土精钟使者。三界行瘟大王。李冯姚三圣者。七子八桑兄弟眷属。十二年所属。周赵魏郑楚吴秦宋齐鲁越刘大王。十二将神王。主水主火神官。主寒主热神官。痰咳吐泻神官。主气主饱神官。主疼主痛神官。瘟部移灵一切圣众。咸丈真香普全供养。	（27—29行） 光降祭筵。初谨焚香。虔诚拜请供养。拜请值年太岁至德尊神。
		7	（87—92行） 奠香拜请掌茅船大司。里连官。外连官。搜检官。顺埠官。掌柴米油盐酱粮官。起蓬授钉打跳官。呵风嗓指神员。扬帆起叮神员。喝风喝浪神员。鸣锣擂鼓神员。船头大王。船尾小王。左八达二郎。右八达二郎。张稻公。李长年。船上执事一切神祇。	
		8	（92—120行，叙述台州府内及近郊神庙以及神祇，共叙112尊神祇） 奠香拜请。台州府城隍感应韦灵公尊神。……诸山都土地，神祇寻众。□降光福筵。普全供养。	（29—35行） 历来降国天下都大城隍。杭州省主城隍。台州府城隍。威烈圣帝。临海县城隍。永宁尊神。开历土地兴福尊神。五门香火北郭神祇。上至山头。下至海岛。有宫无庙。有庙无宫。宫宫相请。庙庙邀迎。光降祭筵。

续表

		杜本	陶本
4 奉请下界当境	9	（121—212 行，叙述东乡境内八都、十二都、七都共280 尊神祇） （页首，八都）奠香拜请出东乡乡主白石宫梁宋二帝……下林桥桥梁真宰。（页首：十二都）堂内伽蓝土地。……页首七都）保和宫。保德明王。分身建宁庙。保德明王。护龙宫。保德明王。……尽转某都某乡界内有庙无宫。有宫无庙。宫宫相请。殿殿来临。	（35—120 行，叙述下乡境内南侧自杜桥镇至章安、前所镇135 尊神祇） 沿江两岸。汾水派流。敕赐保南乡。永福里。嵩山老庙神主。白鹤重合大帝。……上至山峰。下至海岛。有宫无庙。有庙无宫。宫宫相请。殿殿邀迎。
	10		（120—132 行） 香烟传（ ）。当方当境。镇福庙五显灵官大帝。护国广平周选尊王。念二总帅。念三总管。汪杨太保。火铁太尉。引龙禅师。朱叶两相。镇坛土地。本堂帅宝。招宝财神。掌金通银。梦童梦姑。圣后夫人。祁祝安康四大元帅。合庙文武。官班圣众。智慧堂。观音大士。伽蓝土地。玄弼真君。后堂。尤天圣姥娘娘。张仙抱老。六甲胎神。魁星点化。合堂圣众。普通供养。
	11	（213—218） 侍奉家堂香火。释道高真。东厨司命。五龙灶君。祇茶郁垒。金甲将军。屋上广汉神君。地下泽龙神君。来龙去脉神君。左（前）青龙神君。右（后）白虎神君。前朱雀神君。后玄武神君。（ ）（ ）（ ）（ ）九宫八卦神君。一切神祇请。出斋筵。普全供养。	自奉家堂香火。观音大士。三官大帝。住居土地。司命六神。悉仗真香。总伸供养。

续表

		杜本	陶本
4 奉请下界当境	12	（218—224 行） 奠香拜请。东方甲乙木青面白虎神君。南方丙丁火红面白虎神君。西方庚辛金白面白虎神君，北方壬奎水黑面白虎神君。中方戊己土黄面白虎神君。柴一郎白虎。柴二郎白虎。柴三郎白虎。柴四郎白虎。柴五郎白虎。开口白虎。闭口白虎。呼脓吃血白虎。坐命星宿白虎。为灾主祸白虎。五方白虎一切神祇等众。普全供养。	
	13	（224—229 行） 奠香再拜东方东九夷。九九八十一道丧车。南方南八蛮，八八六十四道丧车，西方西六戊。六六三十六道丧车。北方北五狄。五五二十五道丧车。中方中三才。三三得九道丧车。丧杀神君。张家丧。李家丧。悬梁丧。服毒丧。披头太岁丧。散发丧。堕胎丧。落孕丧。五方丧车一切神祇等众普全供养。	
	14	（230—233 行） 奠香拜请。召请杳杳冥冥。鬼神之精。五方路头孤魂。五方路头童子。夜来赐梦。来讨羹饭。命中所犯。课中所点。一切阴灵等众。名到福筵酒浆之内微妙真香。普全供奉。	

第五章　共同体观念影响下的村落公共仪式叙事　161

续表

		杜本	陶本
酬神	15	（233—243行） 奠香再请。今日时分过往神祇。统三界之高真。尽十方之圣众。一神不来。符官使者。走马相催。二神不到。符官使者。走马相报。神神来到。圣圣家临。金瓶之内。有酒开壶酌献。初杯酒来献。银壶具酒桃花现。相逢不饮空中去。明月春风爱少年。二杯酒日山瑶台两朵桃花上前开。杜康制造红浆酒。今日将来献圣贤。三杯酒滴杯中。饮尽桃花喜气浓。神圣饮得三杯酒。马蹄急走快如风。祖师法令三杯酒。三官大帝三杯酒。本命圣君三杯酒。行灾大神三杯酒。白虎神官三杯酒。丧车代人三杯酒。米筛粪饭三奠请酌酒食速遍不敢再献。	（133—138行） 情重礼薄。不敢再三拜请。倘若一神不来。仰劳符使走马相催。或有一神不到。烦劳符使走马相报。速去速回速到筵前。伏维龙来绕树。云来伏地。鹤栖红桃。马卸金鞍。宽袍解带。同启福筵。
	16	（243—257行） 小西（）洞中千秋草。散花林。玉京台上万年春。满福筵。 福筵圣帝前供养。 三请玉女持花节。一对童子捧金炉。满福筵。 时有仙花空中降。散花林。吹来玉女捧金盘。满福筵。 玄帝道高。龙虎伏。散花林。天师法大鬼神惊。满福筵。 白虎神官前供奉。 北斗七星三四点。散花林。南山万寿十二年。满福筵。 丧车代人供养。 七长王母蟠桃献。散花林。八洞神仙送福来。满福筵。 米筛粪饭前供奉。 三界神明亲降赴。散花林。四之福庆入门庭。满福筵。 前到者自有金次。后到者自有尊杯。望神圣开金刀。动玉箸。酒杜康所造。壶中取干。杯中取尽。响席上之清风。酒遍食遍。不敢再献。	（139—156行） 有酒在筵。酒当初奠。酒碧沉沉。杜康造酒敬神明。今日福主供酌献。传祈福寿永康宁。 二奠酒在筵前。饮入桃兰满园闻。奉献诸神多饮酒。共祈四季永平安。 三奠酒满十分。风吹（）气绿沉沉。神君脸上生喜色。惟祈地盘住宅永康宁。 开金刀。动玉箸。开金口。露银牙。壶中有酒取干。盘中有食取尽。享其情。纳其意。上有金童执盘。下有玉女传杯。伏望圣恩鹤架。

续表

		杜本	陶本
祈愿	6	17	(257—266行) 今有保命情纸对圣再宣。伏垂鉴听。众圣律马亭杯。细听丹困。伏以灵宝大法司。为禳灾保命事。今据浙江省。台州府。临海县（某）都（某）庙保下（某）村（某）姓。居住。奉道。祈天禳灾。保命集福。（弟子\信女）（某）人拜授。洪造斗真清听。情因抱患（某）人当生（某）宫（某）月（某）日（某）时庆生。向来康泰。每岁均安。年庚不吉。命运当灾。波涛因风而起，灾殃不测而生。惊于今庚（）月（）日起因。得受一症在身，瘟热不清。心音饱闷。遍体瘦废。咳嗽呕吐。四肢不和。饮食减少。无门可告。寸发诚心。（）易坛问卜（）求降。看花。六甲神书。派下。祥保则结。	(第157—164行) 今有（谢岁\还愿）弟子（某人）蒙天地之化育。赖圣德以陶铸。择取本月（）日良辰。虔备香花烛灯。炸（）头清酒。水花净腐。麻条细食。灌浆馒糕。红脸猪头。肝肠肚肺。八爪金鸡。东海鱼鲜。盐为（）五味之主。贴福赠筵。合作一筵。三谨奉香。虔诚拜请供养。 拜请 天地神明。今日云空过往一切神祇。悉仗真香总伸供养。
		18	(266—276行) 取今本月（）日具福香灯酒供之仪。三官妙经。后有三牲福祀当门酬谢。天地三界。十方圣众。咸长真香。普全供养。上祈洪恩叶佑。更保现患（某）人名下。凶星退度。吉曜临宫。千灾扫散。万病清除。一夜五更更减退。一日六时时改轻。开笼放鸟。割网放鱼。再保现患至康泰。至一百岁之寿。元统登彭祖之寿。得受陈潭福同登麻姑之福。得受王母娘娘之寿。再保后手清吉。人口平安。春多节庆。夏多安宁。秋无三灾。冬无灾障。祝不尽言。恭叩。三宝同盟。高真朗鉴。示维。某年某月某日保命（弟子\信女）人今请百叩具疏。	(第164—172行) 上祈 洪恩叶佑。瑞祈合透人等。男康女泰。福臻寿长。老者重添花甲。再注遐龄。小者天花朗赐。关煞无侵。种田者田禾丰熟。六种全收。商贾者生意兴隆。财源茂盛。捕鱼者舱舱满载。水水车宏。读书者文星高照。科甲联芳。善牲兴旺。盗贼无虞。更祈地盘稳镇。风水长善。（）（）（）（两句无法辨识）。言祝不尽。求大吉祥。

续表

			杜本	陶本
祈愿	6	19	(277—279 行) 供养三天教主。清净法心。满坛圣众。无量群真。水米一粒。运除宝鼎。烹（ ）法传。移香满空。江遍十方。临照大众。法界人天。普全供养。香注妙供天尊。不可思仪功德。大不可思仪功德。三元尽拥护。万圣以同盟。无灾亦无障。永保患圣灵。圣人在上。情旨朗朗。无路在前。不可文犯重宣最读。	
		20	(280—284 行) 今夜受纳三牲福礼。祈求一圣。（不吉不净礼义轻） 现患某人好在今夜。贺喜一圣。代人代马。出门庭祈求一圣。太上宝剑镇雷霆。（行间：遣送米筛羹饭示门庭。天玄地方肆今九章遣送小饭永保安康。急奉上帝律令敕。）剖遣丧车白虎神。白虎头上去了一点红。更保现患健如龙。白虎头上去了一点白。永不到阳宅。天圆地方律令九章遣送白虎体安康。	
送神	7	21	(285—301 行) 香薰金炉里。氤氲绕太空。微忱通紫府。一炷格苍穹。香云达圣天尊。（三称） 花明五色开。王母玉池栽。英花滋雨露。鲜艳璨瑶台。宝花圆满天尊（三称）。 灯献宝坛前。光芒透九天。十方常照遍。福利广无边。灯光普照天尊（三称）。 香焚宝（ ）。氤氲金炉。飞扬直透九重天。万里风云夜光照。上通天界。下彻九泉。斗移星宫。香烟并到。	

续表

			杜本	陶本
送神	7	21	沧海茫茫馥郁。闻知缥缈紫微宫。九天阊阖一齐开。万里如云皆（）（）。灵泉霄汉。遍洒无方濛濛法雨连碧天。浩浩波涛泛白浪。乾坤纪奠。派别支分。万壑朝宗。澄清沧海。两涧无方流水润。水润万物以无方。一滴遍洒涤尘凡。内外坛场悉清净。稽首烧香飯太上。真气维烟炉。惟希开大有。南斗主长生。香云达圣天尊（三称）。 宝花藕池建（）。独热（）一枝鲜。光寒云宇宙。大地一齐开。宝花圆满天尊（三称）。银灯光灿烂。无处不常明。列焰照圣像。大地放光照。灯光普照天尊（三称）。	(第172—179行) 台上灯花烛尽。炉内尽火无烟。不敢久留。圣驾各位都同拜送。各位圣贤。扳鞍上马。在天转还銮驾。在地勒马排班。城隍归社庙。当境转龙宫。来时（）（）迎接。去时堂钱奉送。今有金钱对圣焚烧。收宝库藏。永降吉祥。发炮起马。降福来春。
			(302—303行) 急奉上帝律令敕。丧车王官听吾言。良久之家不可缠。我将宝马付于你。急保现患早全安。	
			(303—306行) 吾奉上帝律令（敕）。今将法水泼明堂。健保现患便起床。恭敬者多。毛渎者少。来是香花迎请。去与宝马金钱。敬龙头。援龙尾。金降回驾天尊（三称）。	
			(306—308行) 太上弥罗无上天。妙有悬真境。渺渺紫京阙。太微玉清宫。无极无上圣。廓落法光明。（）寂浩无踪。玄范总十方。湛寂真上道。	

如上表可见，从整体上，两本都可以分为5个主要部分：靖坛、请神、酬神、祈愿、送神。这5个部分是笔者所集所有"通香观"的相同组成方式。在5个第一级段落之下，还可以以文献中明显的祈请标记以及持有者的念诵情况划分出7个第二级段落，尤其是请降阶段分为上中下三界，这七个段落可以代表"通香观"在具体科仪扮演中的基本组织方式。其下根据内容以及念诵情况，可以具体分为22个仪格，这些仪格可以说明其中在科仪本内容上的基本单元划分。这一三级结构的划分参照了包括现今南方正一派依然在使用的《群仙会》科仪，① 全真派白云观整理的《大上表仪》科仪，② 可见"通香观"与现今道教科仪中请圣科仪的基本结构差异不大。而就具体中下两界所请神祇而言，明《正统道藏》所载《无上黄箓大斋立成仪》对应段落具有可比性。《立成仪》中"天下都大城隍、州县城隍、系祀正神、诸道诸岳、九州社令、蒿里相公、水陆关津、五方境界、真关幽路"一段与杜陶两本的行文顺序基本一致，仅"水陆关津、五方境界"等处扩充为"通香观"中的中下界神祇群。同时，该本所载《土地里域真官》牒文有"某官观土地里域真官五方境界内外侍卫正神"句，《发牒引》中此句下注有"引当处土地传送"句。因此可见，"通香观"与黄箓传统之下的科仪体系存在渊源关系。③

但如上所见，"通香观"并非一类单纯由道士持有搬演的科仪。具体比较杜陶两本，可以看出由于持有者身份的不同，"通香观"在组织仪格时存在许多内在差异。

首先，在整体风格上，两本大不相同。由于其祖父的特殊身份，以及其家族在本地道士中的权威地位，杜本的正典科仪风格尤其浓厚，而陶家属于"先生"家庭，尽管也是民间道教信仰活动的重要组织者和主持者，相比而言内文中科仪搬演的道教正典色彩相对弱化，而增加了不少从普通

---

① 此仪格划分方式参考上海道教协会曹岁辛道长提供的《群仙会》科仪抄本以及现场法事演示，在此致谢。

② 《大上表仪》，北京白云观编印（内部资料）。

③ 参见《无上黄箓大斋立成仪》卷一、卷八、卷九，明正统道藏本，见顾廷龙《续修四库全书·子部·宗教类》，1295卷，上海古籍出版社2002年版：976卷，同时，与陶本类似，徽州地区用于民间"礼生"祭祀的科仪本中，也有对这几处加以本地化扩充的例子，但具体扩充对象与方式并不相同，参见《迎神赛会与地缘组织——明清以来徽州的保安善会与"五隅"组织》中所载《泰山召帅》科仪文与《铺司》科仪文，收入王振忠《明清以来徽州村落社会史研究》，上海人民出版社2011年版。

民俗出发形成的内容，儒礼传统下的赞祝色彩尤其浓重。

其次，在具体科仪内容的叙述角度上，由于使用者在科仪中扮演的角色不同，两册文本也存在较大差别。相比于杜本典型的道士视角，陶本更接近于斋主的直接视角。因此，杜本仪格1、2、3组成了一个典型的靖坛科仪，而对应的陶本仪格2在叙述视角上指向为斋主本人代言，因此杜本以"道光主照现患（某）人"引入斋主身份，科仪搬演以道士为中心，而陶本则直接以第一人称的"弟子"引入斋主作为整个科仪搬演中的主角。这种差别一直贯穿两本的科仪全过程，杜本的"现患"与科仪的第一叙述者始终互相隔离，而陶本则不然。因此从叙述结构上，道士"通香观"为二元结构，而"先生"的"通香观"则基本为一元结构。但鉴于道士搬演的"通香观"从属于一个更大的科仪结构，在其他科仪单元中同样存在着叙述视角上的一元结构，因此道士通香观与"先生"在叙述视角上的差异更应归因于不同的科仪语境，而不意味着两类文本属于完全不同科仪类型。

最后，从仪格构成上，杜本也远比陶本复杂。在所有22个仪格中，杜本具备21个仪格，其中8个为杜本独有，请神以及送神中另有5段为杜本内容中的独立片段，而陶本仅有仪格10为其独有，其他内容均在杜本中能找到对应。但通过这种繁简差别同时也可以看出在统一于"通香观"这一科仪文本类型前提之下形成的分化。这一点涉及"通香观"的内容特征，因此以下从五个第一级科仪单位入手略加分析。

在第一段落"靖坛"中，两本的仪格差异即有所体现。本书将陶本仪格2、3作为靖坛段落，事实上未必准确，从具体内容上，这一片段更接近台州所流传的礼书[1]中的祝赞段落，比道教科仪中的靖坛有较大差别，这一段落是下文请神之前的一个准备仪式，更接近一个半独立的仪式片段。相比而言，杜本仪格3则是一个典型的靖坛片段，与正典科仪中的

---

[1] 台州地区的"先生"群体中还流传着一类礼书文本，与"通香观"不同，大多为刊本，其内容基本为当时流行的"徽礼"，内容十分庞杂，就笔者所集而言，基本以家户以及宗族礼事的礼仪安排为主，包括礼单、行仪过程以及其他安排。礼书持有者为"先生"中较接近士绅的一类，旧时组织有"长生会"专门组织行仪，但同样涉足庙事，因此礼书与"通香观"较易混淆，具体内文也确实存在相当程度互相交叉的情况。但以笔者所集，礼书完全不存在"通香观"的区域特征，与"通香观"以庙事为中心的应用特征也不尽相同。"通香观"与礼书的比较限于篇幅，谨以另文详述。

相关片段基本相同，在具体搬演时伴随具体身法进行念诵时也比陶本更具仪式独立性。

但在请神段落中，杜陶两本既有差异，也存在更多的共同之处。在请降上界神祇段落中（仪格4），杜陶两本尽管内容大不相同，但请降对象与请降形式基本一致，其差别只是在于篇幅和具体行文方式之上，杜本体现出浓厚的箓书色彩，而陶本则存在一定的祝赞色彩。在请降中界神祇时，杜陶两本的差异较大，陶本没有杜本中的仪格5、7，同时缺乏仪格6的绝大部分内容，仅在"值年太岁至德尊神"一格上两本相近，这是陶本较为特殊之处。但从仪格6可见，这一段落两本的基本科仪结构依然共通。① 在中界请降中，仪格7在所集诸本通香观中为杜本独有，是台州民间"送茅船"习俗的体现，可能是作为独立的民间科仪合并入通香观科仪的结果。中界请降中的仪格8以及下界请降中的仪格9、10，两本有较大不同，但这与两本的持有背景关系不大，而属于使用地域造成的差异，下文另述。在下界请降中，两本最大的不同在于杜本的仪格11至14在陶本中完全缺失，这四个仪格属于家堂以及斋主身体相关神祇的请降，应为道教民间科仪的独有内容。同时，这四个仪格也应与两本使用情境上的差异有关，由此可见，道士通香观的使用范围要大于"先生"通香观，后者仅为单纯的庙事祈福所用。

酬神段落，杜陶两本在尽管篇幅和叙述方式上有所不同，但实际科仪结构基本相同。在祈愿段落，杜本较为详细，陶本所缺的仪格20、21应为道教科仪的特有段落。送神段落，杜本的仪格22由三个部分组成，科仪搬演和念诵本身为一个整体，但在内容上陶本仅有第一部分有所对应。从最后较小三个段落可见，尽管大结构相同，但持有者本身宗教身份上的差异依然有所影响，这与之前两个大段落一致。

综合而言，杜陶两本的以上差异，基本可以归结为持有者宗教身份不同的结果。就内容而言，陶本的儒礼成分非常多，内容上和同为"先生"所持有的礼书有所交叉，但就宏观的科仪构成和应用情况而言，陶本与礼书的行仪特征区别依然十分明显，而其中最明显的就是对于区域内民间神祇的记述。从这一点可见，尽管宗教内涵不尽相同，但杜陶两本所代表的

---

① 笔者所集属于"先生"通香观的《轻盈庄通香观》《下周通香观》以及之前撰文所述《戴本通香观》中不同程度收录了仪格5的内容，但完整程度相较道士通香观均有较大差异。

两类通香观是同一个民间科仪传统的体现,其中的道教渊源十分明显,而这一类科仪的中心内容则是两本所述共565尊民间神祇①在内,由"地+庙+神"所形成的村庙名录。因此"通香观"在道士与先生之间呈现出的形态变迁,实际上体现的正是较长时段内,村庙的共同体观念不断通过搬用道教的斋醮话语生成自身仪式语言的过程。假如考察笔者所收集的更多通香观版本,这一点体现得更为明确,从不同时期、不同地区所使用的抄本中可以明显看见道士三界型通香观的逐步衰退和"先生"当境型通香观的增加,限于篇幅,本书暂不赘述。

小 结

司马虚（Michel Strickmann）认为道教是一种背离民间宗教的革命。对民间诸神信仰中的巫术和巫觋、附体、狂欢等因素,道教总想取而代之。② 然而,施舟人（Kristofer Schipper）认为道教是民间宗教的升华。他指出道教不断排斥民间宗教的做法本身就可疑,这恰恰反映出道教在根源上难以和后者划清界,民间法师代表的白话传统与道观里道士代表的文言文传统具有诸多共同点,如使用符、抵制血祭、仪式结构相似、使用禹步、使用"急急如律令"等字眼,道教和民间宗教之间的关系与其说是敌对,不如说是互利共生与和解（rapprochement）。③ 这两种观点一定意义上描绘了"通香观"的基础,正一派道教传统在民间实践中的两面性。如上所见,使用通香观作为保界行法基础的群体虽然并不限于正一派火居道士,就这一类科仪的基本结构而言,它依然植根于道教的斋醮仪式传统,而其中体现的神圣宇宙观,依然来自道教所拥有的三界体系。但正如上文所见,这一类科仪在实际搬演中却是围绕共同体的保界空间认知组织形成的,其核心内容是将村庙这一本地对象置入道教的科仪话语形成的科仪内容中。在这一过程中,道教在共同体传统中的宗教话语也就不可避免

---

① 本书在统计通香观所载神庙名录时将"许阮相公""朱叶相公"的同祀一庙的复数神祇组合作为同一神祇。

② Michel Strickmann, *Chinese Magical Medicine*, Stanford: Stanford University Press, 2002, p.5.

③ 见Edward L. Davis, *Society and the Supernatural in Song China*, Honolulu: University of Hawaii Press, 2001.

地在风格和文本结构上向着共同体化转化。至少在通香观这一特殊的科仪传统中,我们所看的并不仅仅是施舟人所认为的"共生与和解",而是在共同体围绕村庙所形成的观念内,道教科仪话语在形成具体仪式叙事文本时发生的自我重构(self-reconstruction)。因此正如渡边欣雄所论,祭神的属性并不取决于祭神本身,而取决于祭神民众。[1]

进一步讨论这一现象,并和上文所讨论的村庙传说与村落族谱文献形成在共同体民间叙事传统之内的比较,我们需要首先对这一类科仪文本的内在性质加以分析。如博格斯(Charles L. Briggs)所言,"祭文"是一种异质性的文本,不同的直系亲属的各自回忆性叙述被不同的"礼生""去语境化"并"再语境化",进而"文本化"为适于表演的文本。"礼生"创作与演唱"祭文"的过程,既是一种"文本化"与"去/再语境化"的行为,也是不同声音、不同文本"类型"之间的对话。[2] 以通香观而论,道士与包括"礼生"在内的"先生"群体在斋醮话语的共同体化上只有程度的不同,他们所体现的叙事文本构建过程正如博格斯所论,代表在共同体情境下外来信仰话语体系的实际形态。正如清代钱箦峰《绍兴新年竹枝词》所见:"道士先生法事间,前来演唱庙堂前。开场绝妙高腔戏,煞尾居然好乱弹。"[3] 道教的科仪话语在"村"所形成的语境内,本身就是"村"所形成的共同体仪式叙事的一部分,它的形态、功能和具体的仪式内涵尽管有来自于道教仪式传统的固定内涵。但是当其转化为一种共同体语境内的具体宗教实践时,这些内容都需要由后者重新赋予意义。

王振忠先生曾经利用徽州文书中的"礼生"科仪本,讨论了在多种文化因素推动下,仪式传统的区域"一体化"特征。[4] 而如上所述,通香观不仅是地域文化下"一体化"的体现,它本身就是道家科仪话语与共

---

[1] [日]渡边欣雄:《汉族的民俗宗教——社会人类学的研究》,周星译,天津人民出版社1998年版,第151页。

[2] Richard Bauman and Charles L. Briggs, "Poetics and Performanceas Critical Perspectives on Language and Social Life", *Annual Review of Anthropology* 1990, pp. 59 – 88.

[3] (清)钱箦峰:《绍兴新年竹枝词》,见罗萍《绍剧发展史》,中国戏剧出版社1996年版,第222页。

[4] 王振忠:《明清徽州的祭祀礼俗和社会生活——以〈请神奏格〉展现的民众信仰世界为例》,《历史人类学学刊》2003年第2期。

同体认知之间"一地化"关系的体现。韦尔南（Jean-Pierre Vernant）在讨论古希腊宗教时，曾说明在地域保护神和一个更为宏大的整体神祇观之间存在张力，"到了公元前 8 世纪，宗教本身肯定已经深深地重新扎根，以满足一种双重需求：一方面，回答每一个人类集团的地方神宠说（particularisme），因为每个集团在各自的地方上，都处于它自己的保护神护佑之下；另一方面也以同样的运动，通过建立巨大的神庙、游戏与史诗文学，创建全希腊共同的一个万神之殿（panthéon）和一种宗教文化。"[①]从信仰特征上，通香观是对于韦尔南提出的宗教需求一种异常简单而朴素的回应：首先，通香观强调每一个聚落都能够在道教的神圣宇宙中实现一种立体的定位；其次，通香观通过自身内容与本保居民共识的契合，为本保居民依靠自身的本地经验对于神圣宇宙中的自身地位进行解释和认知提供了空间，维持了自身保界关系的独一性。在这一过程中，共同体既是信仰话语转化为具体宗教实践的背景，更是其获得具体意义的方法。因此，"通香观"体现了共同体在权利图式作用下形成的主动对话能力，而保界这一信仰传统也只有在这一层面上，才能成为绝大多数本地社区民俗的基础。

[①] ［法］让－皮埃尔·韦尔南：《神话与政治之间》，余中先译，生活·读书·新知三联书店 2005 年版，第 19 页。

结　　语

　　尽管涉及浙南这一特定地区较长时段内的各种村庙叙事文本，但本书并不是一项民间文学史取向的研究。首先，上述几类民间叙事文本是在共时层面形成比较关系的；其次，尽管具体的文本可能已经不再使用，但无论是传说还是通香观，它们都是今天在浙南地区发挥着文化功能作用的活态传统。因此，上述民间叙事文本中体现的共同体观至少在本书所讨论的时空范围内，始终保持着稳定和活性，无论是以口头形态流传并在当代收集的村庙传说文本，还是在近代以宗族话语和斋醮话语形成的书面文本，它们本身都是以实际应用中形成的状态存在，并且遵循着始终一致的表述原则。

　　另外，本书也不是一项立意于"传统化"（traditionalization）的研究。简而言之，"传统化"是将当下所获得的民间叙事现象作为"巩固和增强传统，通过追溯更高、更好、更超自然的最初事件，赋予传统更高的价值和威望"[1] 这样一种文化意图的反映。但如上所见，无论是村庙传说、族谱还是通香观，它们都没有将其中的叙事内容转化为静态的"传统"图式。共同体观念的"权利"图式使得村庙叙事传统本身将村落共同体作为一个独立于历史，由村庙当下的"祈拜—受佑"关系建构的对象加以表述。因此，正如"柱"制度所体现的，村庙叙事传统所表述的共同体观念首先是一种不断面对当下挑战，通过对村落本身进行自我界定和自我更新才得以维系的意识形态。当这一观念诉诸历史叙事时，它应对的依然是围绕村落当下的社区现实，通过将历史记忆投射于具体的社区"权利"规范，可以为未来的村落公共行为提供引导。因此，村庙叙事文本对于共同体观念的表述在本质上是在对村落现实问题提供实际处理方式，如皮庆

---

[1] ［英］马林诺夫斯基：《巫术科学与宗教》，见［美］阿兰·邓迪斯《西方神话学读本》，广西师范大学出版社2006年版，第238页。

生所言，形成的是一种"技术性的文本"。

陈泳超认为："问题并不在于传说运用了夸张、虚构，是'文学'的，而是传说提供了现实生活必要的历史记忆。这才是最重要的。"[①]村庙叙事传统所体现的共同体观念使得村落的社区传统对于村落定居者而言具有明确的现实功能。包括传说在内，村庙叙事本身是情境化（contexturalize）的活动，那么具体叙事文本的生成则是同一共同体观念不断再情境化（recontexturlize）的过程。只有对研究者而言，这些文本才是一种"记忆的残余"，对村落公共生活的实际参与者而言，它们本身既是动因，又是目的。王明珂在讨论上古史料时认为，上古历史文本的"使用"远超过人们对器物工具性的使用。在一个社会中常蕴含着许多互相矛盾、竞争的多元社会记忆，它们透过不同的管道相互夸耀、辩驳与模仿、附和，各社会人群借此凝聚其群体认同，并与其他群体相区分、抗衡。作为一种社会记忆的铜器铭文，其所蕴含的时代与社会意义便在此"使用"过程中产生。[②] 因此正如克罗齐（Benedetto Croce）所言，"一切真历史都是当代史"[③]。而假如从另一个角度看，任何当代性的文化实践也是以"过去时"为工具进行的建构活动。无论是传说、族谱、碑刻还是科仪书以及仪式传统，它们都是在某个"现在时"加以演述的，而无论是社区的合法性、群体的安全或者其他诉求，它们的功能都依托于演述活动所在的"现在时"。因此，与其说它们是"历史记忆"的投射，不如说它们是"当下"的讲述者综合编辑，并赋予功能的对象。在这一意义上，以村庙传说为代表，上述村庙叙事传统在形成具体文本时才形成适应于"使用"的特定叙事结构、主题构成方式，围绕"使用"主体预设的演述—接受关系形成特定的文本形态。

村庙叙事传统的"使用"本位最直接的体现便是"通香"科仪。正如通香技巧中所见，保界仪式本身是一个动态的对话过程，道士与"先生"的宗教知识权威与本地人的保界认同需要在仪式中保持着不断互相对话，寻求契合。前者的神圣权威取决于对后者能否根据保界自身的共同

---

① 陈泳超：《民间传说的虚构与真实》，《民族艺术》2005 年第 1 期。
② 王明珂：《历史事实、历史记忆与历史心性》，《历史研究》2001 年第 5 期。
③ ［德］贝赖戴托·克罗齐：《历史学的理论与实际》，傅任敢译，商务印书馆 1982 年版，第 2 页。

体认知形成与之相适应的仪式叙事文本。这要求道士不仅是将神圣宇宙付诸仪式的专家，更是一个行法区域内民众保界经验的"局内人"。借由这一仪式传统，村落共同体实际上在斋醮这一正统宗教话语之下依然扮演着仪式叙事的主体。在历史叙事文本中，共同体观念则成为村落具体界定居者的公共权利义务，形成互相之间的社区关系，并由此形成村落之间争夺社会资本的基础，因此同样只有在共同体观念的支持下，村落才呈现出"社区"所具有的社会文化功能。而体现这一"使用"本位内在文化逻辑的则是村庙传说，尽管传说本身无法直接从文本确定其在演述情境中的具体功能，但是从文本角度出发，我们依然可以明确看出这一文本作为共同体观念的再生产平台所具有的特定文本结构。

  这一再生产过程的结果可以从贯穿族谱历史叙事的"柱"制度中看到。族谱围绕"柱"所形成的社区叙述与"份"所确认的"入住权"有着不同的时间逻辑。后者将共时问题诉诸宗族世系所提供的历时图式，而对于"柱"而言，定居者的领地感（territoriality）本身建立在共时的"柱"权图式之上。因此，尽管围绕"柱"展开的事件——身份循环本身构成了保界之内的身份传统，但是这一传统却是从任一"捐产"事件向前延伸的，而社区认同本身也正是沿着这一时间逻辑在不断进行的神事中反复生成。因此"柱"也就有了和"份"不同的关系视角，后者关注的是义务，即谁应该对神庙负责，前者关注的是谁有权以"土著"身份参与神庙，"份"看到的是村落的"传统"，而"柱"则展现了村落定居者不断自我建构的一面。在不断经历"土著"身份挑战的背景下，后者正是"保界"得以维持社区功能的基础。

  由此可见，村落叙事传统在日常语境中不断加以表述的共同体观念，正是在实际的村落公共生活中转化为具体仪式实践，并由此形成村落制度的意识形态基础。因此，村庙叙事传统所体现的共同体观正是一种不同于"国家—地方"范式下的"地方"，也不同于任一精英视野所见的"民间"。它本身并非上层文化主体的投射对象，而始终作为一个独立的文化单位存在，以自身的日常境遇作为依据，主动选择不同来源的文化资本，在共同体主体意识下重新拆解，最终由共同体观念重新赋予意义以及具体形态。在这一意义上，村落叙事传统是"民间"基于实际的文化功能需求，自主发声形成的，它正是村落在实现上述文化功能时，以民间信仰的文化资源形成的具体实践。这一声音所表述的共同体观体现的首先是一个由"本地人"自我诠释和构建的领域。无论是国家还是宗教，都必须和"本地人"借由类似于"祈拜—受佑"而形成的村落之声进行对话，被共同体承认为一种对于自身有"使用"价值的文化对象，才有被接受的可能。正是由于这一点，村庙传说作为一种直接的主体表述，即使在经过研究者的重新编辑，村落主体的共同体观念依然形成了文本中固定化的预设结构，支配着传说形成具体的叙事内容；村落的历史记忆文本无论是口头表述，还是经由族谱的宗法话语加以组织，围绕村庙表述的共同体观都成为其最基本的叙事架构，前者明确地以村落庙宇的生成过程为主轴，而后者则在整体上趋向于"地志"化。由此可见，"村庙一体"本质上是村落共同体权利图式在具体的社区信仰对象上的体现，村庙本身的信仰属性、村庙叙事中无处不在的"神奇故事"，本身都是对共同体观念之下"人—地"关系的图解。

　　因此正如上文所见，村庙叙事传统中体现的共同体观念形成了一个以村落而非个体为对象的当下生活认知方式，它的非日常性使得"村"成为本地人认知中明确的独立文化单位。村庙叙事中共同体观念的动态性和对象性则使得"本地人"借由这一观念建立起与聚落定居集体之间特定的文化归属关系。这在村庙传说围绕"村—庙"关系所形成的特定文本接受形态中反复强调，再生产为村落不断面对现实境遇而形成的"传统"。在这一意义上，尽管村落社区本身的客观制度特征是千差万别的，但村落叙事传统依然借由其共同体观念的表述，为我们从民间主体的主位视角说明了中国传统村落共同体的基本内涵。

　　上述对于村庙叙事传统的讨论说明，只有将视野从客观的村落制度转入主位视角，考察中国传统村落自身对于"共同体"的功能性认同，以及由此而来适应于特定村落生活语境的特定共同体形态，村落这一民间文化的基本场景才能首先得到厘清。在这一意义上，民间文化研究也就不能仅仅是"礼失求诸野"，而是需要直接面对"本地之礼"，获得研究的合法性基础。

附录
社区保护神庙的庙界科仪与乡村重建[*]
——以台州中部村落的保界信仰为例

从 2008 年到 2012 年，笔者在台州市临海市（县）近郊（Ethnologue：吴语区台州片，ISO639-1 代码［WUU］[①]）的大田镇街进行了一系列以村落保护神庙为主题的田野考察工作。通过一种专门记述本地村落保护神庙宇的民间道教科仪本——通香观，本文希望通过田野考察所得材料，考察民间道教传统之下的仪式知识与技巧在民间社区信仰生活中的具体功能，尤其在八十年代后，在民间信仰生活所发生的种种变迁中所起的特殊作用。

一 保界与通香：台州民间的村庙关系与科仪知识—技巧

保和宫位于台州的旧府城临海市东北面的大田盆地上，大田镇街[②]东侧的下埔山东南麓。这座庙宇是本地下街村和大田刘村两个行政村共管的

---

[*] 本文曾收入［美］魏乐博（Robert Weller）、范丽珠主编《江南地区的宗教与公共生活》一书，感谢两位主编的悉心指导。

[①] Gordon RG Jr (2008) Ethnologue: Languages of the World, Fifteen edition. Dallas: SIL International. Web version: http://www.ethnologue.com/.

[②] 大田镇街是大田区（原大田镇）的主要镇区，背靠下埔山，连接椒江中游的主要支流大田港，以由东西走向的主街与中点向南延伸的横街组成，并由此形成上街、下街和横街三个行政村。从 2008 年至 2012 年，笔者对该地的村庙信仰进行田野考察。大田镇自宋《嘉定赤城志》以来屡见记载，但根据实地考察，该镇街原先位于台州府城向北两条主要官道的分叉点上（北向杭州、东北向宁波，该地现为方家弄行政村辖地），但在清晚期时，由于大田港成为灵江支流航道的重要港口，因此迁至现址。在镇街的三条街的延长线上，现今分布着大田刘、大田桥、下高三个行政村，它们和本街三村构成了大田街周边的主要村落群。

村庙，供奉保德明王①。庙宇始建于嘉庆三年（1798 年），现尚存清代大殿，但厢房和戏台都在 2000 年改建为混凝土建筑。2010 年的农历九月十四，这座村庙开始举行一年一度主神保德明王的神诞庆典。在这一天到来之前的九月十四需要举行一系列的法事活动，主要包括当日上午和中午的靖坛和摆供、当日下午的道教斋醮、晚上的接神仪式剧以及被本地称为"打小食"的信众布施祈愿仪式，它们共同组成了当地称之为"接老爷"的仪式段落，是整个神诞庆典仪式的主要组成部分。这一系列的仪式一直持续到最后一场布施祈愿活动结束，在本夜寅时，主神会在守夜信众的"护寿"诵经中再次降临本庙，继续成为两个村落的保护神。

　　保和宫在本地属于一类被本地人称为"保界庙"的村落庙宇，这类庙宇的特殊之处在于它们的建立和日常民俗信仰活动建立在"保界"这一观念基础上。以笔者考察所见，保界遍布台州乃至整个浙南地区，是一类以定居的地缘身份为基础的民俗信仰系统。依靠和一座"保界庙"建立的联系，每一个聚落都拥有或属于一个特定的保界，由此在民间信仰上形成一个独立的社区空间概念。在保界庙的公共性法事中，除了每月初一、十五的守斋和各种名目繁多的牒会，每年固定的是正月敬香、七月份的中元渡孤和每个保界庙的神诞庆典。在这些节庆中，保界内的聚落将作为统一社区参与其中。而任何一户定居于保界内的住户，在迁居之初都需要在保界庙举行"拜保界"仪式来确立自己与居住地的保界关系，而在任何的保界神事中，也只有确立了定居身份的保界成员才有捐献经费或承担劳务的义务和资格。在此基础上，保界居民一般的民俗信仰生活也都将以这一身份为前提，从丧仪到祈禳，只要不是以民间佛教或者其他民间宗教，包括基督教作为仪式的宗教基础，都不可避免地要涉及行法家庭的保界地位，而重申这一地位的方式就是下文讨论的通香科仪。参与保和宫神事的成员包含两个行政村的村民，一个是大田街三村之一的下街村，另一个则是下埔山东北麓，本地大姓刘氏聚居的大田刘村，而在神事中，又分为下街、大田刘与下埔陶，三个依然保持部分独立的聚落社区，其中下埔

---

① 保德明王，即宋初名将呼延延寿廷，神祇形象来自于传统戏曲《龙虎斗》。本地传说清代曾有村民梦到该神率领兵马到此地，因此立庙作为下埔山周边几村的保界神。另有传说（见于保和宫碑记，原碑已毁，碑文为本村人回忆），该神在生时曾到过大田下埔山，因此在他枉死成神之后，本地人立庙将其奉为保界神。

陶在人民公社化中并入下街大队，成为其中一个生产小队。这些聚落共享同一座保界庙，因此在保界神事中，它们暂时失去村落身份，而以单一保界组织神事。

保界庙的法事称呼是"当境殿"或"当境庙"。这一概念源自道教术语"当方当境"，指在斋醮法事发生地的土地神，而对于保界内的成员而言，保界居民自称保界为"本保"，因此庙宇也可以自称为"本保殿"。但是在保界之外，以及由道士等仪式执业者主持的神事中，保界庙都以正式名称称呼，比如"保和宫"。这个名称和保界的地名连在一起，构成了一座保界庙的全名，保界地名也直接作为庙宇对外的称呼。因此，保和宫的法事全称是"下埔保和宫"，在保界之外，又俗称为"下埔殿"。这些各居一地的保界庙构成了遍布全境的庙宇群，而在本地民间的法事活动中，有一类科仪本专门记述着这些庙宇的名录，当地人一般称之为"通香观"，而念诵这一内容的科仪则被称为"通香"。

通香科仪，本地俗称为"话老爷"，"话"是指仪式性的念诵，而"老爷"则是指包括广义的保界神祇。从仪式形态上，"通香"是一种请降科仪，从科仪本内文可见，该科仪可以分为靖坛、请神、酬神、祈愿、送神五个独立的科仪段落。在请神段，通香请神按照上中下三界作为整个请降仪式的基本结构：上界以掌管本次神事的年月日功曹开始，包括诸天星君和天尊大神；中界包括山川水泽诸神、阴司诸神等；下界则包括各类家堂神祇。就这一神谱结构以及科仪文特征而言，通香科仪应当是道教黄箓斋醮系统的衍生物，并不脱于一般道教醮仪请降的大致框架。但由于使用者并不仅限于道士，各个通香观文本根据宗教背景不同，会在仪文中产生一定差异。

"通香观"是对记载通香科仪的抄本较为普遍的一种称呼，所谓"通香观"，事实上也就是指科仪的目的在于"通观诸神，敬香请降"。根据科仪目的，这一类科仪的抄本还有"香通观""请圣簿""请神明"等题名。而由于科仪内文在编辑上有明显的名录特征，所以这种科仪又有"神明录""三界圣目""大圣目福科"等不同的题名。

本地神庙地名—庙名名录构成了通香观的核心部分，并且在编列上形成了较为统一的格式。在笔者所收集的 24 册通香观中，尽管繁简差别极大，但每一本台州本地发现的通香观文本都首先将台州府城作为一个独立的段落，并以府城城隍和邑主庙为中心，按照城墙—街坊—诸山神祇的顺序加以叙述。因此，这一部分空间是每一本通香观所共享的部分，而且和上述中界神祇并列，并不作为本境神祇加以叙述。而第二部分的内容，每一本通香观名录对于本乡的神庙都有一个明确的覆盖区域，小至一个保界，大至数个乡镇，随着区域缩小，互相之间的交叉也随之减少，单个保界的版本一般没有异本。文本包含的名录大小也差距巨大，多至五百余个，而最少的单个保界文本则只有15个神祇。

通香观的第二部分叙述按照空间范围一般分为三个层次。首先，每一本通香观按照与府城四门的方位关系，有一个明确的隶属区域，称之为"乡"或者"向"，其中有一座保界庙居首，称之为"向主庙"或"乡主庙"。其次，在乡主之下，大部分通香观还区分出了大小不同的区域，包含20个到60个不同的保界，其中居首的保界庙称为"都主庙"，其中上文所述的白石宫，就是名为"七都"的通香观分区的都主庙。① 最后，在都主庙以下，通香观罗列了一系列的神庙，保界庙是每一个保界中的首庙，其下罗列各种供奉着土地神的庙和堂，也即广义上保界关系所及的神庙。因此，通香观在仪式宇宙观上构建起一个纵向的层次划分，同时，本身又是本地保界信仰区域的一种横向分区。

但与滨岛敦俊在江南对于镇村庙界的研究结果不同，② 保界庙中的

---

① 在乡主庙之外，少数版本的通香观对府城诸神的叙述中还提及了邑主庙。邑主庙虽然只在《通香观》中有明确提及，但散见于南方各地地方志与地名遗存，台州范围内，临海县邑主庙供奉白鹤崇和大帝，"邑主"一名除杜本通香观外再无记载，但庙见载于康熙时张联元所撰《台州府志》，"临海县城隍为会稽赵炳，亦另附白鹤神祠"；黄岩县邑主庙至今尚存遗迹，称"邑祖庙"[（康熙）《台州府志》卷十二《寺观（附神祠）》]，供奉王维，"在县南一里，宋绍圣初祈雨有验，敕封昭应侯，政和六年复赐庙额……明宣德七年旱饥，庙前二古树忽雨谷，居民赖以播种，后树枯，民不忍，弃为刻香炉于树，水旱疾疫祈之必应"。其他地区的地方志中以"邑庙""邑主庙"或一县"境主庙"为名，同时可以确定不属于城隍系统的庙宇记载尚得几例：（光绪）《嘉兴府志》卷十二《坛庙》，"关帝庙，在庆源桥西，明崇祯十三年建，知为邑主庙，后有文帜阁"；（光绪）《宫阳县志》"郭昭侯庙，俗称邑主庙，在县西北二百步"[转引自（光绪）《嘉兴府志》]；（同治）《安义县志》"余邑割自建昌，而县治之内有大唐古庙一所，该境主灵应真人庙也……自神衷迁于城隍右，夫城隍、当境本相表里，从而居之……"。对照上述材料和杜本内容，府志中对府城白鹤庙的记载应当是将临海县的县城隍与邑主庙混淆，但绝大多数通香观文本都未提到这一庙格。黄岩县境内另有名为"乡主庙"的民间庙宇，但在台州府城周边，"乡主"一名仅见于通香观以及民间信众的零星叙述，"都主"则暂未见于其他文献记述。综合各种材料可以推断，这一体系可以作为邑主—乡主—都主—本保四重的神庙体系，不同于传统所认为的城隍—社庙体系。对于这一体系在实际民间信仰中的具体内涵，将在另文详述。

② [日]滨岛敦俊：《明清江南农村社会与民间信仰》，厦门大学出版社2008年版。

"保"与保甲划分并无实际关系，而对比现存的通香观与地方志，都主庙与明清两代的都图乡庄同样并非一一对应。① 同时，这些"主"庙和一般保界庙之间也不存在科层关系。根据笔者对于通香观所标明的"主"庙的考察，尽管它们在通香观中有特殊地位，但这些居首庙宇本身首先都是某一个或几个特定聚落的保界庙，其护佑范围与一般的保界庙并无二致。同样，每个区域的居首庙宇和一般庙宇也基本没有实际或者仪式上的隶属关系（有明确分香关系的庙宇不超过五例，大多是主庙的分身），不存在"上位庙"与"下位庙"的类似概念或者与之相关的民俗活动。

这一庙宇之间的空间科层关系很可能只在执业宗教专家如道士的内部传统中存在，但由于他们的宗教权威地位，主庙还是存在一系列具有区域中心意味的民俗现象。比如本地的中元普渡习俗中，主庙会选择在这一区域第一座或最后一座举行施食炼度法事的庙宇，称之为"开门"或"关门"。另一方面，本地流传有"拜香当从主庙起，莫使一年功德空"的谚语，说明主庙在本地信众心目中依然具有一定优先性。但是中元普渡的习俗实践事实上是与民间火居道士的解释密不可分。而"拜香"谚语实际上找不到对应的民俗实践，事实上本地人对于"本保"和周边大庙的重视程度远远超出这些主庙，大多数信众甚至并不知道自己所在区域的"主"庙何在，连主庙所在保界的居民也未必知道其"乡主"或"都主"庙格。因此，主庙在祈香活动中的优先性很可能只是对通香科仪念诵的一种印象。因此，在超出"保界"的空间层次上，本地人对于保界庙的印象很大程度上是通香科仪的一种投射。

按照惯例，本年保和宫寿诞接神在九月十四日以道士的午朝开始，在完成靖坛之后，就进入了通香科仪。通香科仪由这场法事中的主法高功杜道士进行。在开始前，保和宫大殿中间和殿前布置了两张法桌，周围零散聚拢了一些村民，在坛场的左侧，设座安排着本庙保界内几个村的老人。仪式开始，主法道士背向大殿，做朝科，开始念诵今天醮仪中要奉请通香的诸天神祇。在念完上界和中界两个段落之后，杜道士深拜上香，开始念

---

① 乡主庙与实际基层区划的关系较为特殊，以府城、郡城或重要村落分四乡或"四隅"是传统空间叙述的习惯，本文所论"东乡"接近于此，但这是一个闭合的空间范围而非单纯的方向概念，包含了大固乡、重晖乡等四个府城东北面的乡。同时，通香观的"乡"也存在与雍正后乡庄划分对应的"乡主"庙，比如下乡地区的"保南乡乡主庙"嵩山殿。因此，单纯从乡都区划无法直接对应通香观的空间划分。

本乡神名。这一段神名以东乡的乡主白石宫为首,此后首先是保和宫的主神保德明王与分身庙宇,其次是下文将提及的高塘宫,其下罗列了四十七座周边村落的保界庙与神名。在这一段落的最后,杜道士再次提高声调念道:"尽转十一都东乡界内有庙无宫。有宫无庙。宫宫相请。殿殿来临。"此后朝科上香,结束了这一仪格。在念诵完神庙名录之后,通香科仪还包括酬神、祈愿和送神仪格,其中在祈愿段落,一直在一边等待的村长夫人和几位村中大户的户主或女眷捧手炉跟随道士绕殿内的法坛绕行拜香。

在当天晚上的神戏中,戏班丑角的表演存在一个类似通香的段落。在当夜的仪式剧《踏八仙》①的献寿环节里,当戏班的全副班底在台上表演排列出天界诸神时,丑角扮演的东方朔需要在向天官或玉皇献寿的大段祝文中,插入念诵本保庙的地名、庙名和神名,以及保界周边八个方向相邻的保界庙宇。这一环节是整个长达五到七天的神诞戏庆成功的关键。念诵准确成功,神戏顺利进行,丑角能够获得一份厚礼;但如果念诵有误,神戏乃至整个神诞戏庆必须立即停止。戏班除了会受到本地村民的围攻之外,一般需要以罚戏加以处罚,免费上演双数天。② 为了避免失误,现在的戏班一般提前向村里的"先生"或老人请教名录情况以提前背诵。

而在道士的通香科仪中,这一段念诵则需要更为复杂的技巧才能完成。本地人如此描述保和宫的通香念诵:

> (道士)先生讲法不同,照他讲,像我大田刘这么讲,到别的地方讲法就变了,保界不同。保界是要讲界上的庙,主(乡主庙)要带着,再就是保界界里的庙,(赵:哪里位置,保界就派到前面了)。大田庄庄里的话,像我们大田刘,主就是白石宫,然后是保和宫,高塘宫,高塘宫是城隍,后埔殿是当境爷,一村一个当境爷,府主城隍现在因为大,所以要号上,然后是保和宫,就像一村之主。剩下了就是先生讲了,从哪里开始由他,下面打湾落坑就是先生决定了。每个

---

① 该仪式剧是常见仪式剧《蟠桃献寿》与《天官赐福》的接合版本,按照戏班的班底、戏金和保界庙声望的不同,又分为"天官寿"和"八仙寿"两种。仪式剧的具体情况另见傅谨《草根的力量——台州戏班的田野调查与研究》一书中的描述。

② 本地罚戏方面的习惯惯例极多,涉及这一类情况的罚戏一般为四到八天。按照2008年调查,神诞戏中戏班每天损失戏金和其他费用在人民币四千到一万两千元左右,同时将失去客户并对戏班的行程安排造成重大影响。

先生讲法就都不一样了，水平问题。①

可见，道士的通香并不像戏班丑角按照固定模式进行，从刘守足的描述可知，它的念诵过程建立在通香观内容与本保居民保界认知的经验契合关系之上。如上所述，"保界"提供了一个闭合的信仰群体边界，因此，通香的目的在于遍请诸神，也就需要对每一个保界所涉及的保界网络加以叙述。本地居民对于道教科仪本身一无所知，但这一环节中，道士所编辑的内容是否和居民共识形成微妙契合，最终的判断权却在于居民对于自身保界关系的共识。因此，通香科仪最为复杂的部分，在于道士必须熟知自己的通香观内的每一个保界的神庙关系网，根据每个保界自身认同的关系的重要程度编辑出一段与每一个保界最为契合的下界庙录，并根据保界社区、家庭乃至于个人不同的仪式情境灵活地加以运用。这使得"话老爷"成为本地火居道士最关键的科仪技艺之一。

二 道士与先生：保界信仰复兴中的仪式知识权威

保和宫寿诞的主法道士名叫杜子明，现年52岁，是本地正一派火居道士的官方领袖。杜家居住在下浦陶，这个道士家族到杜子明时已经三代为道，闻名东乡。杜子明持有的通香观（以下简称杜本）是笔者所集通香观抄本中抄成年代最早、仪格最多的一本，为线装抄本，有蓝厚纸封面及封底，内共42页，页长19厘米，宽8厘米，每页纵写8行至9行，7394字。该本大约抄成于民初，全文是对通香科仪的土官话记音，行文较为随意。该本内文中有"五十五代张天师真人"字样，可见底本是清雍乾时旧本，但从清末到民国至少经过两次转抄重编，考察地名，现存应为民国初年抄本。

保和宫寿诞在座的老人里，为首的是大田刘的"先生"刘守足，现年96岁，是现在大田刘刘氏辈分最高的成员。同时，刘家与下街村的堪舆家戴家从民国时就是大田镇周围最出名的"先生"家族之一。刘守足对杜家的通香观有如下说明：

---

① 采访人：刘守足，96岁，私塾文化。采访地：大田区大田刘村。采访时间：2011年4月。

> 他们家呢，我们东乡都懂，十二都都有，到白石，到下汇头都是，总的上界中界都是一样的，但是下界不一样。他的中界最多，是因为他最懂，一般的先生不懂，像中界外关爷、里关爷，上茅庵下茅庵，小牯岭白塔桥，五道庙，永庆寺，五个斗八个庙都有，五个城门都有。因为他有本师。

刘守足所谓的"本师"①，是指杜子明的曾祖父杜宇卿。杜宇卿师承不明，但曾于光绪初年在龙虎山受灵宝箓，台州民间因此尊称为"道士王"，诨号"道士狗"。而根据杜家的回忆，他受过官方的正式委任，在世时已经参与台州府城道纪司的管理活动。这位"本师"羽化于民国初年，而他最重要的遗产，就是这本通香观。

直至近代，台州府城四隅的火居道士群体基本上是由二十个到四十个家族组成的，而每家通香观的本乡神庙分布范围大致就是他们世代传承的行法区域。每一个火居道士家族都对其持有的通香观采取严格的家内秘传制度，通香观文本中有些在封面上题有"只做传说，莫作传宣"警语，意为只能搬演科仪，而不能将文本示人。按照刘守足所言，杜本的通香观实际上包含了除邵家渡乡以外的整个东乡，但考察内文，杜家现存的通香观仅叙述了三都内容，即内文注明的七都、八都和十二都，大致分布在大田盆地的东北侧，未能包含盆地东北面的东塍乡和西南面的城郊地区。尽管如此，杜本所载依然为现在所见东乡最大的一个行法区域。现存本罗列了348座庙宇和565尊神祇，其中府城包括86座庙宇，121尊神祇，下界则包括262座庙宇，444尊神祇。保和宫在杜家通香观（下文简称为杜本）中是"八都"的都主庙，是组成该本乡庙宇名录的三个都之一。

今天杜家的主法区域事实上要小于杜本所记载的区域，以大田镇街为界，只包含街东北面的村落，而西南面上街、大田桥以及更西面的村落大多由住在大田镇街上街的陆家作为主要的执业道士。陆家的第一代陆永冬是本地最早恢复执业的"道士先生"。陆家在陆永冬之前以何为业尚未可知，但根据刘守足的回忆，可能只是所谓的"野道士"，即没有家传也没

---

① 本地方言对于有神异色彩人物的称呼，原指僧人，也包括道士、医生、"先生"或拳师等。

有师传，自学而成的道士，甚至可能是更为低级的土忏师①。但由于长期担任本地生产队的会计，陆永冬是当地有名的"文化人"，精于书法，加上对道教科仪十分热衷，因此从为人主持丧仪开始很快建立了自己的执业声誉，并且成为大田镇街逐渐恢复的保界活动中的主持者。2005年，陆永冬过世，长子陆秀铭在90年代初已经继承了父亲的道士职业，后成为陆家的主法道士，并且以组班的方式活跃在大田镇街西面和北面更大区域的保界活动中。

在陆永冬行法的十几年间，陆家先后获得或编辑了两本通香观，第一本题为1982年抄，仅有4页，第二本题为1985年陆秀铭抄，有19页。前后两个版本均载有题为十一都的行法区域。按照刘守足和杜子明的说法，十一都原先属于杜家的行法区域，而比较通香观内容，陆本十一都大致等于杜本十二都，尤其是陆家家宅附近的镇街南段与西段地区。由于陆家居住在大田镇街西段，同时，镇街西段在人民公社化中从镇西下高村的宗族地产并入独立的下街大队，在80年代保界复兴之后，这一区域拥有独立保界。因此，居住于本村的陆家将其纳入了自家通香观中十一都的范围，使这一都延伸到了大田街东西两段的中点。同时，由于杜家长期缺席，陆家的行法范围也逐渐向大田镇街东西两段延伸，在1995年抄成的版本中，出现了与杜本七都的重合部分，也题为七都。因此经过两个版本，陆家形成了包含两个都的行法区域。而在20世纪80年代，保界活动逐步恢复之后，这两个区域正是大田盆地人口最密集，经济最发达的区域，其神事需求也最旺盛。因此，尽管陆家缺乏世家传统之下的权威地位，但这两个行法区域还是使得陆家在本地民间信仰生活中一度占据了重要地位。

相比之下，杜家家族第二代和第三代均未完全继承家族的道法知识和技巧。其中杜子明之父虽然是杜家长子，曾有执业经历，但也未能在此条件下传家，相反在其手中损失了大量本家科仪文献和法器。在杜子明之前，杜家两代人中只有杜子明的族叔从80年代初开始，在台州城西北部、河头镇等地从事火居道士，杜子明最早的执业经历亦从其而来。因此，由于历史原因，杜家作为一个权威道士家族的通香传承在杜子明之前已经接

---

① 土忏师是本地民间活动中的一种职业或半职业的仪式执业群体，即只会念诵经忏而不能搬演科仪的领经者，在宗教身份上往往释道不分，至今依然是本地民俗仪式市场中的底层从业者。

近中断了,而当陆家兴起之后,杜家行法区域的瓦解则更为明显。

但是,尽管陆家成为当时大田盆地中部火居道士的主要人选之一,却未能获得相应的权威资格。其父去世之后,杜子明开始独立执业,但一开始只是与人搭班的普通道士[①]。90年代初,由于火居道士逐渐增多,县一级的道教协会开始考虑吸收火居道士代表接受官方培训,使其成为政府宗教部门在火居道士群体中的代言人。当大田的文化站向本地遴选道士参与这一培训时,包括上文所述的刘守足和戴家的后人戴鉴道在内的一批老人推荐了杜子明,其理由首先是杜家在本地信仰传统中突出的世家地位。尽管杜子明由此获得了大量民间火居难及的正统道教知识,但并没有从陆家和其他几家后来兴起的火居家族手里恢复祖传的通香行法区域。究其原因,杜子明由于家族师承的中断,因此未能掌握上述通香技巧中的几大要素,也就无法借由通香科仪重新建立起与各个保界之间的共同体认同。而此时,刘戴两家"先生"成为了他恢复通香行法区域的重要指导者。

"先生"是本地民间文化观念中的一个独特群体,广义上的"先生"是各种传统知识精英的通称,但狭义的"先生"则专指本地民间的一类仪式专家,其中既包括类似前人研究"礼生"的民间仪式权威,也包括堪舆卜卦行业的从业者,而他们所掌握的仪式知识都被本地人概括为"科仪"。对于本地人而言,"科仪"等同于科仪本,而后者则代表着仪式专家世代传递的权威身份。刘家和戴家世代是本地民间信仰生活中的权威人物。戴皆道现年70岁,自幼随父习艺,至今在大田镇街周边依然是最受推崇的择日堪舆先生。戴皆道的伯父戴叔初在府城执业,和杜宇卿一样是台州一地本行的领袖,民间称之为"先生头"。戴父戴明方迁居大田下街,以书法著称,同时收集了包括道教科仪在内的大量的民间科仪本。刘家则是大田刘村刘氏一族的大房成员,刘守足的爷爷曾经考取秀才,父亲为监生,一直是本地生活中重要的"文化人"。刘家另一个身份是大田刘村的首席"先生",三代以来一直在本地的"先生"群体中充当着核心角色,刘守足至今是本地祠庙仪式中重要的指导"先生",也是笔者所知东乡至今唯一在世的民国"先生"。由于同样能读能写,同时以搬演科仪为

[①] 本地的火居道士一般以组班方式行法,一般最少包括一名主法高功,三到四名辅助道士,一到两名专门的乐师。传统上极少数大家族可以靠自己的子弟组成班底,但今天绝大多数班底为互相约定的半固定班底。

业，道士广义上也在"先生"之列，民间多称之为"道士先生"，但是由刘的回忆可见，"先生"与道士的"科仪"有高低之别。

> 这套东西是没有道士参加的，过去一般人家亡故的话，如果请得起（先生），道士先生不用在做祭里。（道士）谈不上做祭，都用儒教，这帮地方上的先生参加帮忙来完成。道士先生做祭是什么情况呢，家里困难，那找道士和大调工（台州民间专门以扛棺和料理丧事杂务为业的一类特殊群体）做，一起做了作数。

这种师徒关系对于杜子明在本地重新建立执业地位至关重要，因为这些知识较之正统科仪更能证明杜子明的祖传身份。但是，刘戴两家"先生"对于杜子明知识权威地位的恢复不仅在于一般的科仪指点，他们的保界知识与权威成为杜子明重建自家通香行法区域的关键。

"先生"也拥有一套与保界相关的科仪知识体系，其中也包括"先生"版的通香观（下文简称先生本）。在笔者所集通香观中，传自各种"先生"的抄本占共13本，将近过半。在传承方式上，椒江下游依然为保界法事主流的"先生"群体继续坚持相对严格的族内或师徒秘传，但东乡的"先生"基本不再参与保界法事，因此仅对官方的"反封建迷信"有所余悸，但对于火居道士则较宽松。尽管从内文可见，先生本系统大致源自道士系统，但两者在科仪风格、神庙名录的编辑方式和传承方式上有很大不同。首先，尽管与正一派科仪关系密切，但"先生"有一套自己的宗教话语，道士本科仪中的咒法内容大多替换为民间儒礼的祝赞内容。其次，由于先生并不具有道士游动行法的职业特性，因此先生本罗列的庙名大多以先生所居的保界为中心排列，很多为单保界本。

戴家持有的戴本的篇幅远不如杜本，全文只有14页，135行，3615字。由戴本上界请降中"望离圣宫，来临法会"等句可知，其主要为镇街周边斗会活动时使用，在靖坛和上界请降段落，行文表述与道士本完全不同，但从具体记载推测可能戴本与杜本可能有所渊源。[①] 戴本只包含本家所居住的"七都"保界，而这也是杜本中包含的三个都之一。都图制度中的七都事实上就是清代的大田庄地界，包含大田镇街三村的大部分，

[①] 杜、陆、戴三本的内容比较参见附表1。

但比较两本对于七都保界神庙的记载，杜本包括42座神庙的46尊（组）神祇，而陶本包含30座神庙的31尊（组）神祇，而在保界村落上，陶本的七都和杜本的七都只有11个保界是相互重合的。戴本的覆盖范围主要以大田镇街东段为中心，而杜本的涉及保界则分布在从街东段到东塍镇的广大区域内，因此，戴本的七都相当于对杜本七都的大田街部分进行了更为精确的叙述。在神庙名录上，相比于杜本以土官话记音为主，行文多有颠倒，戴本行文严谨，较少错漏，内容上严格按照地名、庙名、神名的顺序排列进行编辑，互相之间的保界关系远比杜本清晰。同时，戴本大致抄成于民国末期，因此大田镇街上能够回忆这些地名的在世老人较多，较之杜本更容易得到验证。因此，当杜子明需要借由通香观而恢复家族行法区域时，戴家的通香观成为其重要的依据。

　　根据对几位参与者的采访，恢复是在两个方面进行的。首先，杜子明通过对比戴本的记载，对自己通香观本中较为混乱的记述进行了逐一识读，明确了这些地名现在对应的村落位置。而在这一过程中，刘守足作为本地最年长的仪式权威起到了很大作用，通香观中的分都排列和很多清末地名的辨识，几乎都依靠这位老人极其准确的记忆完成。其次，戴本对于七都的记载为杜子明直接描述了七都这个大田镇街东向地区内最重要的几个保界之间错综复杂的相互关系，并由此延伸到整个大田镇街周边的保界关系网。虽然杜本并没有因此形成新的版本，但是在杜本中原本记载较为混乱的七都诸庙由此得以厘清。以笔者考察所见，杜子明在七都两个主要保界庙——高塘宫与保和宫的法事上进行的通香中念诵的本都内容已经明显偏向戴本的记载。

　　经过这一系列努力，杜家建立了大田镇街东北部直至东塍镇一系列重要保界内的执法地位，恢复了其中三个都的大部分区域。而陆家则在大田镇街退回了自己划定的十一都，但在行法区域划界上仍然有一系列保界互相重叠。但因刘戴两家的支持以及自身家族的传统权威，杜家的行法区域沿着大田镇街东西两段中轴以横街村为首的一系列保界得以稳定。从现今两家行法活动看，镇街东西段之间的新街已经成为两家划分行法区域的固定界线。

　　在行法区域重建过程中，杜子明获得的不仅是知识，也包括刘戴两家在大田镇街周边各个重要保界庙活动中的支持。通过两人的推崇，这些保界庙也慕名找到这位道士王的后代作为主法，杜子明由此逐渐建立了在本地保界社区中的声誉,成为极少数主法高功之一。尽管由于陆家等后起火居道士家族也逐渐接受官方管理,成为道教协会的会员,但依靠在本地的声望、官方培训经历以及自身出色的社交能力,杜子明在2005年成为本县道教协会的副会长,从此成为本地正一派的代表人物。

杜子明的权威地位在大田镇街高塘宫的重建中体现得最为明显。高塘宫又名大田城隍庙,现存庙宇建于光绪十五年,前者是其通香观名称,后者更可能是由于所供主神系台州府城隍屈坦之父屈晃在民间获得的通称。[①] 由于位于镇街中心,这座保界庙成为本地除乡主庙白石宫和都主庙保和宫之外最重要的保界庙,尽管以大田镇街为主要保界范围,但周边诸如大田刘、大田桥等大村均与其有祀产捐献关系。同时,围绕对于屈晃的信仰,高塘宫形成了极其广泛的保界关系网,与台州南北部均有朝香关系。

高塘宫的特殊地位使之成为民国之后一系列废庙运动的焦点。在20世纪80年代末,横街村从几个本村妇女建立的烧香点开始,逐步在原址西侧的一处荒地重建了庙宇,并合并了原先在大田镇街中段的北斗宫,形成了自村的保界庙,并以此为基础恢复了本村的保界活动。1998年以后,庙宇由三村的老年协会共管,并修建起正式的庙宇殿台厢建筑。到20世纪90年代末,高塘宫以其靠本地人多方保护幸存下来的清代大殿获得了市级文保单位的称号,本地也发起迁走学校重建庙宇的呼声。2002年,在获得本地政府支持后,三村组建了新的庙务管理委员会,正式在原址上重修庙宇,恢复本地小学占用时拆毁的庙门、戏台和厢房。在重建过程中,戴鉴道作为堪舆先生,成为重建过程的顾问,而刘守足作为唯一曾经亲自参与民国高塘宫神事的"先生",则成为建庙

---

① 屈晃为台州府城隍屈坦之父,三国人物,在民间有专奉神庙分布。宋《嘉定赤城志》中记载:"灵佑信助祠,在州治后山,祀吴尚书屈晃……世号圣公,庆元六年封灵佑寻加信助。"另有光绪《黄岩县志》记载:"屈王庙,在县西四十里,祀吴东阳亭侯屈晃。"但大田镇街的这座供奉屈晃的神庙不见于历代地方志记载,通香观中仅称为"高塘宫",由于本庙在民国后屡遭占用,因此未能留下文字材料说明庙宇渊源。但根据笔者考察,民国前应为现大田桥村保界庙(该村人主要迁自三门县高塘村,因此以为村名),此后由镇街住户接管,大田桥村失去庙权后另立保界庙锦桥庙(以大田桥正式名称为庙名)。现存庙宇建于光绪九年,民国项士元著《临海县志稿》认为其为"府城隍行宫",本地人并不认同,但可见民国初年本地已有其为"城隍庙"的说法。按照本地人说法,该庙在民国初被本地辛亥元老屈映光改为屈氏家庙,现庙名为20世纪80年代恢复,法事中依然使用高塘宫旧名。

中各个仪式环节的重要指导者。

但高塘宫的重建引起了一系列的冲突。一方面，道教协会指派了一位师承全真派名观桐柏宫，非本地籍的赵姓道士担任城隍庙的主持，希望将城隍庙道观化并得到了区办事处的默许。另一方面，在开光仪式中，区办事处和道教协会邀请了北京白云观的道士举行相关斋醮，以图提升城隍庙的宗教地位，希望使之成为本地的宗教旅游胜地。赵姓道士是一位虔诚的全真教徒，坚持以城隍庙作为新建庙宇的庙名，并按照民国县志的记载，将庙格定为府城隍的行宫。但这等于断绝了恢复传统高塘宫神诞活动的可能性，尤其切断了本庙在神诞中与以保和宫为首的周边神庙的联系。其次，他希望正殿开光后开工的后殿供奉以三清四御为中心的正统道教神系，与供奉城隍主神的大殿组成前殿后宫的格局，因而拒绝从隔壁的横街高塘宫（此时按照后来合并迁入的庙宇改名为北斗宫）迎回安放于后殿的城隍娘娘等从神。① 最后，赵道士反对本地信众进行"打小食"之类的传统祈拜仪式，对于保界庙中常见的妇女以民俗信仰中佛道不分的民间经忏进行的仪式活动也采取禁绝态度。

同时，开光仪式中白云观的正统科仪尽管在官方和本地精英知识分子那里颇受好评，但却受到了本地民众极大的排斥，认为"做得好看，但是看不懂，像做戏，没用"。而本地人最无法理解的是白云观道士正统的请神科仪与本地的通香科仪差异极大，完全缺失了本地的神庙名录。对于如此开光的庙宇是否护佑本地，本地人心存疑惑。因此，在开光前，村落之间关于庙宇保界归属的争议一致转化为对本庙是否还是一座保界庙的担心。

在这时，杜子明利用杜本中对于高塘宫的记述提出了一系列建议。首先，杜子明根据通香观所载，认为城隍庙应该同时以保界庙名高塘宫作为庙名。其次，关于后宫的供奉对象，杜子明力主按照杜本的记载将城隍娘娘迎回后宫。再次，杜子明提议恢复被赵道士拒斥的城隍庙传统的保界信

---

① 事实上后殿供奉神祇在本地一直有所争议，"先生"群体认为应当供奉斗姆天尊，而一般信众则属意城隍娘娘，因本地流传屈晁夫人为"龙母"的传说，影响甚大，但戴刘均未明确表态。

仰活动，允许信众按照传统组织"打小食"①、争头香以及神诞前日的神舆巡游与神戏，同时，在高塘宫的神事中，恢复由本地的正一派火居道士担当主法。最后，高塘宫管委会成员以杜本和戴本的记载由其中记载的高塘宫保界九个祠庙所在区域为限，而这基本等于现在三村的范围。这些意见的中心，是按照通香观的记载恢复高塘宫的保界，包括刘守足在内，本地的"文化人"与信众表示了一致认同，认为这最契合他们记忆中高塘宫的神事传统。

由于杜子明的官方身份，这些建议并未遭到区办事处的直接拒绝，管庙的全真道人也无法公开否定这些意见，而刘守足的大田刘等强村也并未提出反对意见（部分因为该村已有保和宫作为保界庙，地位并不下于高塘宫）。在这一系列活动的支持之下，镇街三村首先拿回了原先由赵姓道士和本地文化站掌握的管庙权。同时，三村的老"文化人"努力考证了民国初年大田镇街管理高塘宫采用的方式，提议以三村六柱②的方式重新组建庙务委员会。另一方面，横街村的信众开始再次力主将城隍娘娘迎回新建庙宇，尽管这一点在其他两村那里有不同看法，但由于关系到高塘宫是否能够恢复到"老爷殿"，最终成为三村的一致意见。

最后，三村力主按照刘守足和戴鉴道所回忆的形式恢复高塘宫的神诞巡游，出资制作神舆、组织依仗，以民俗文化庙会的名义恢复传统的保界神事，并按照杜本和戴本的记载，制定了以镇街三村为主，包括下高村的

---

① "打小食"为台州民间信仰习俗，"小食"即为夜宵。大庙庆典和节令时，由信众自发组织临时性的拜香团队，称为"帮"，合资购买干散食物，如馒头、方便面，在拜香守夜时，每"帮"按事先议定的顺序上供发榜后，向在场者散发作为功德，散发过程中有时伴随道士的经文唱诵或者宝卷演唱等（另文有述）。这一活动主要由保界中的女性参与，包括外嫁的本村女儿在内，与保界内的家庭有血缘关系的女性才可以参与其中。重要保界庙的神诞等活动中，打小食的女性信众一般占到在场信众的绝大部分，帮与帮之间存在激烈的攀比和次序竞争，因此有"打小食"的神事场面都极其火爆。关于台州保界庙中的布施与供献习俗将另文专述。

② 按照近年本地老人的回忆和自发考证，六柱制度是指大田镇街的三村以各自对于高塘宫的祀产捐助份额建立的共管轮值制度，具体分权方式为上街村三柱，横街村两柱，下街村一柱，各自按照柱数名额选出执行人，每年以一柱轮值主持，五柱协商监督的方式管理庙宇。最后一届六柱结束于1936年，此后由于抗战全面爆发，庙宇被南迁的各类机关学校占用，这一制度不复存在。但是按照本地包括家谱在内的其他材料，人们对这一制度的实际情况如何其实存有极大疑问，最大的问题在于上街与下街两村在民国期间极可能并未以单独村落形式存在，而是在人民公社化运动中重新划分镇区才得以形成。因此，三村人主张将六柱分到三村，本身就是一种建立在历史虚构上的方案。

巡神线路，一个新的保界由此建立。

讨论

村落庙宇与乡村社区的关系是中国乡村社会研究的古典问题之一，在韦伯对于中国社会的开创性研究中，就曾提出论断"村庙是主要代理人"[1]。而从平野义太郎在村落共同体之争中提出村庙对于中国乡村社区的共同体意义开始，[2] 以中日村落神庙在护佑边界上的比较为基础，庙界与乡村社区的关系就成为之后学者关注的焦点。从明清江南地区的镇庙出发，滨岛敦俊[3]首先建立了从民间社会史角度进行庙界问题的探讨，从"解钱粮"这样标示庙际边界关系的习俗入手，建立了以"上位庙"和"下位庙"为基础的科层模型，近年来，包括王健[4]、吴滔[5]等学者根据太湖流域具体神庙的护佑区域与村庙关系变迁，对于这一模型进行了修正。本文的讨论建立在以上一系列研究的基础上，但是，村落神庙无论社会功能如何，首先是民俗信仰中的活动空间，因此，民俗信仰自身的观念与实践是庙界问题的必要研究维度，这是本文展开研究的出发点。

正如上文对于通香观技巧的分析所见，保界观念是一种布迪厄意义上的"习性"，"客观的限制形成了一种限制，一种通过对于客观限制的经验而获得的对于客观限制的实践参与，一种'恰如其分'感，这种感觉引导人们把自己主动排除于与自己无缘的商品、人物以及地方"[6]。正如其所言，作为一种以划分庙界，建立社区与庙宇之间的护佑关系为中心的民俗信仰观念，保界的信仰实践通过对于本地信仰地域的复述，反复在仪式中建立着"本保"与"保外"的区分，而这成为保界观念之下，任何一个"本保人"的信仰诉求得以实践的前提。因此，这一观念并不指向

---

[1] [德] 马克斯·韦伯：《中国的宗教·宗教与世界》，广西师范大学出版社2004年版。

[2] [日] 平野义太郎《会，会首，村长》《支那惯性调查汇报》第1—2号《中国农村惯行调查》，中国农村惯行调查刊行会编，岩波书店1981年版。

[3] [日] 滨岛敦俊：《明清江南农村社会与民间信仰》，朱海滨译，厦门大学出版社2008年版；《総管信仰：近世江南農村社会と民間信仰》，研文出版2001年版。

[4] 王健：《明清以来江南民间信仰中的庙界：以苏、松为中心》，《史林》2008年第6期。

[5] 吴滔：《神庙界域与乡村秩序的重组——吴江庄家圩庙考察报告及其初步研究》，《民俗研究》2008年第2期。

[6] Pierre Bourdieu, *Distinction: A Social Critique of the Judgement of Taste*, Cambridge, Mass.: Harvard University Press, p. 471.

任何一种具体的信仰诉求,却提供了信仰民俗话语在社区生活中运行的基础,这也是各色保界活动的共同主题;通过"人神胥悦"实现"合境平安"。

因此,保界观念提供了一个老社区所要追求的静态日常面貌,保界成员在每年通过神诞建立的保界关系中延续着自身的社区身份,也创建出一种周而复始的民俗信仰生活。在 20 世纪 80 年代之后,对于这种过往"平安"的追溯成为保界复兴活动的主题,这或许为保界的复兴提供了一种"传统主义"的解释路径。但是与贝斯特(Theodore C. Bester)在研究日本传统社区时所认为的有所不同,① 在浙南的台州,保界的复兴所面对的不仅仅是一场现代生活方式的入侵与反抗,它还有一个历史背景,那就是时间上在整整一代人的人民公社化运动中,乡村社区的传统生活方式已经失去了诸如祀产这样的制度基础,而当生产队逐渐退出现实而成为新的历史记忆,原本成为禁忌的民间话语重新回到日常生活之中,村落社区需要重建自己的文化身份,在民俗信仰的层面去寻找自身在历史和现实之间的连续性。在这一过程中,保界与通香提供了一种行之有效的机制。

正如通香技巧中所见,保界仪式本身是一个动态的对话过程,道士与"先生"的宗教知识权威与本地人的保界认同需要在仪式中保持着不断互相对话,寻求契合,前者的神圣权威取决于对后者能否实现情境性的复述,同时,本地人的社区认知由此转化为道教神圣宇宙的一部分。因此,当境的"平安"是一种日常生活与精英知识之间的平衡,而这使得保界与通香所构成的民俗信仰知识—技艺系统本身就具有知识面貌上的两面性。

首先,通香观中所描述的保界网络本身,如布迪厄所言,是一种"非形式化、实践性的知识",原则上,它来自于本地社区的日常生活对于民俗信仰的认知与诉求。但另一方面,通香观本身却是一种以正统科仪的宗教逻辑组织而成的叙事文本,因此,它同样是一种推论(discursive)的知识形式。② 道士和"先生"的权威来自于他们的"本地人"身份,

---

① [美]西奥多·C. 贝斯特:《邻里东京》,国云丹译,上海译文出版社 2008 年版。

② Pierre Bourdieu, *Distinction*: *A Social Critique of the fudgement of Taste*, Cambridge, Mass: Harvard University Press, p. 466.

但是正如先生的仪式权威首先来自于其各自领域专家身份所形成的知识精英角色，正一派火居道士的宗教权威也首先由其自身的宗教传统所维系。上文所述的杜家正是依靠其龙虎山授箓，参与府城宗教管理的道士王祖父而重建了本地的家族权威，而陆家在这种权威面前，最终在仪式市场中选择了退让。正如高塘宫与保和宫之间的新传统所暗示的，尽管通香观所叙述的是早已消失的地名和庙名，但是这种在精英知识与社区生活之间产生的差异却成为社区对于自身所经历的近代历史和现今发展并通过民俗话语加以解释的文化空间。因此，通香观时间上的滞后性成为今天的保界活动跨越历史的方式，通过一种专家文献，当下的村落通过民俗话语实现了某种重建。

保界与通香只是民间仪式市场中的一环，本地的民俗话语在不到三十年的时间里为道士、斗会"先生"、神像雕刻师、堪舆占卜业者以及成百的民间戏班创造了一个高度繁荣的仪式市场，或许甚至已经超越了通香观所记述的那个年代。这种繁荣的背后或许不仅仅是昨日的回归，当身为火居道士，以行仪为业的杜家后人成为官方宗教管理的参与者，新的官方话语以"民间文化"甚至"非物质文化遗产"的积极修辞委婉地取代了"封建迷信"这样的消极定义，模仿旧日"柱"制度而建立的庙务委员会逐渐成为乡村社区生活的主要发言者，保界的重建或许并不仅仅是一种文化的重建，而是一个社会空间创造性的再生。因此，正如罗沛霖所言，民俗宗教成为地方文化语境下，引导传统民间生活方式与现代文化实现弥合的重建力量。① 但如上所见，本文中主要的采访对象刘守足已经年近百岁，其他文中的关键人物也大多为老年人或者正在步入老年，本地的保界活动则基本上由 60 岁以上的老年人作为主要参与者，因此，这个社会空间在将来会发生怎样的变迁，仍是一个未知之数。

---

① Pui-Lam Law, *The Revival of Folk Religion and Gender Relationship in Rural China: A Preliminary Observation*, Asian Folklore Studies, Vol. 64, No. 1 (2005), pp. 89 – 109.

参考文献

一 古籍藏本

（1）《东塍潘氏宗谱》，同治八年刻本，临海博物馆藏。
（2）《杜本通香观》，手抄本，抄成年不详。
（3）《临海黄世世谱》，光绪十一年刻本，临海博物馆藏。
（4）《临海庄头冯氏家乘》，光绪十一年刻本，临海博物馆藏。
（5）《台临百岩周氏宗谱》，嘉庆三年刻本，临海博物馆藏。
（6）《台临虞氏宗谱》，1944刻本，临海博物馆藏。
（7）《陶本通香观》，手抄本，抄成年不详。
（8）《涂川潘氏谱》，1948年刻本，现藏于临海市杜桥镇，杜东村潘氏祠堂。
（9）《涂川潘氏谱》，咸丰二年刻本，现藏于临海市杜桥镇，杜东村潘氏祠堂。
（10）《涂川项氏宗谱》，光绪十四年刻本，临海博物馆藏。
（11）《溪口马氏族谱》，光绪四年刻本，临海博物馆藏。
（12）杨晨：《路桥志略》，1918年石刻本，临海博物馆藏。
（13）杨晨：《杨氏家乘》，1916年石刻本，临海博物馆藏。
（14）张联元：《台州府志·康熙六十一年版刻本》，复旦大学图书馆藏。

二 内部资料/未刊稿

（15）《2010年临海市文物普查报告》，临海市博物馆，内部资料，临海市文物保护局。
（16）《大上表仪》，北京白云观编印，内部资料。
（17）《民间文学集成·浙江卷·黄岩县卷·故事册》，黄岩县文化馆编印，1992年。
（18）《民间文学集成·浙江卷·椒江市卷·故事册》，椒江市文化馆编印，1992 年。
(19)《民间文学集成·浙江卷·临海市卷·故事册》，临海市文化馆编印，1992 年。
(20)《民间文学集成·浙江卷·三门县卷·故事册》，三门县文化馆编印，1992 年。
(21)《民间文学集成·浙江卷·天台县卷·故事册》，天台县文化馆编印，1989 年。
(22)《民间文学集成·浙江卷·温岭县卷·故事册》，温岭县文化馆编印，1991 年。
(23)《民间文学集成·浙江卷·温州市卷·故事册》，温州市文化馆编印，1992 年。
(24)《民间文学集成·浙江卷·仙居县卷·故事册》，仙居县文化馆编印，1992 年。
(25)《民间文学集成·浙江卷·玉环县卷·故事册》，玉环县文化馆编印，1992 年。
(26) 彭连生：《下乡海塘考》，未刊稿。

三 中文论文

(27) 陈春声、陈树良：《乡村故事与社区历史的建构——以东凤村陈氏为例兼论传统乡村社会的"历史记忆"》，《历史研究》2003 年第 5 期。
(28) 陈勤建：《当代七月七"小人节"的祭拜特色和源流——浙江温岭石塘箬山与台南、高雄七夕祭的比较》，《广西师范学院学报》（哲学社会科学版）2005 年第 2 期。
(29) 陈勤建、衣晓龙：《当代民间信仰研究的现状和走向思考》，《西北民族研究》2009 年第 2 期。
(30) 董乃斌、程蔷：《民间叙事论纲（上）》，《湛江海洋大学学报》2003 年第 2 期。
(31)［法］劳格文：《人类学视野下的客家与客家研究》，黄萍瑛、钟晋兰整理，《客家研究辑刊》2009 年第 2 期。
(32) 韩森：《神明标准化：华南沿海天后之提倡》，《思与言》1988 年第 4 期。

(33) 何廷瑞：《台湾高山族神话·传说比较研究》，王炽文译，《民间文学研究》1985 年第 3 期。

(34) 李贵连：《〈万国公法〉：近代"权利"之源》，《北大法律评论》1998 年第 1 期。

(35) 刘铁梁：《"标志性文化统领式"民俗志的理论与实践》，《北京师范大学学报》（社会科学版）2005 年第 6 期。

(36) 刘枝万：《清代台湾之寺庙》，《台北文献》1964 年第 4、5、6 期。

(37) ［美］康豹：《西方学界研究中国社区宗教传统的主要动态》，李琼花译，《文史哲》2009 年第 1 期。

(38) ［美］理查德·鲍曼：《民俗界定与研究中的"传统"观》，杨利慧、安德明译，《民族艺术》2006 年第 2 期。

(39) ［美］武雅士：《神、鬼和祖先》，张珣译，《思与言》1997 年第 3 期。

(40) 屈啸宇：《社区生活与村落节庆的时间结构》，《民俗研究》2012 年第 5 期。

(41) ［日］西村真志叶：《学科范式转变中的"民俗志"——以〈中国民俗文化志〉的"标志性文化统领式"民俗志为例》，《西北民族研究》2008 年第 4 期。

(42) 施振民：《祭祀圈与社会组织》，《"中央研究院"民族学研究所集刊》1973 年第 2 期。

(43) 万建中：《刍议民间文学的主题学研究》，《民间文化》2000 年第 7 期。

(44) 万建中：《民间传说的虚构与真实》，《民族艺术》2005 年第 3 期。

(45) 万建中：《西南民族地区赶山鞭型传说中禁忌母题的文化诠释》，《中央民族大学学报》（哲学社会科学版）2001 年第 2 期。

(46) 王健：《明清以来江南民间信仰中的庙界：以苏、松为中心》，《史林》2008 年第 6 期。

(47) 王明珂：《历史事实、历史记忆与历史心性》，《历史研究》2001 年第 5 期。

(48) 王振忠：《明清徽州的祭祀礼俗和社会生活——以〈请神奏格〉展现的民众信仰世界为例》，《历史人类学学刊》2003 年第 2 期。

(49) 吴滔：《神庙界域与乡村秩序的重组——吴江庄家圩庙考察报告及

其初步研究》，《民俗研究》2008年第2期。
（50）杨利慧：《表演理论与民间叙事研究》，《民俗研究》2004年第1期。
（51）章毅：《祀神与借贷：清代浙南定光会研究——以石仓〈定光古佛寿诞会簿〉为中心》，《史林》2011年第6期。
（52）章毅、冉婷婷：《公共性的寻求：清代石仓契约中的会社组织》，《上海交通大学学报（哲学社会科学版）2011年第6期。

四　中文著作

（53）陈淳：《北溪字义》，中华书局1983年版。
（54）程蔷：《中国民间传说》，浙江教育出版社1995年版。
（55）丁伋：《堆沙集》，中国社会科学出版社2007年版。
（56）董晓萍：《"迁移"型风物传说类型研究》，中国民间文艺家协会辽宁分会《民间文学论集》（第二册），中国民间文艺家协会辽宁分会，1985年。
（57）方慧荣：《"无事件境"与生活世界中的"真实"——西村农民土地改革时期社会生活的记忆》，杨念群《空间·记忆·社会转型——新社会史研究论文精选集》，上海人民出版社2001年版。
（58）傅谨：《草根的力量——台州戏班的田野调查与研究》，广西人民出版社2001年版。
（59）顾廷龙：《续修四库全书·子部·宗教类》1295卷，上海古籍出版社2002年版。
（60）李丰楙：《礼生与道士——台湾民间社会中礼仪实践的两个面向》，王秋桂等编《金门历史、文化、生态国际学术研讨会论文集》，汉学中心，2001年。
（61）李丰楙：《神化与变异：一个"常与非常"的文化思维》，中华书局2010年版。
（62）李扬：《中国民间故事形态研究》，汕头大学出版社1996年版。
（63）李亦园：《文化的图像（下）》，台北允晨文化实业股份有限公司1992年版。
（64）李亦园：《中国人信什么教》，氏著《宗教与神话》，广西师范大学出版社2004年版。

（65）林美容：《乡土史与村庄史——人类学者看地方》，台原出版社 2000 年版。

（66）刘铁梁：《村落庙会的传统及其调整——范庄龙牌会与其他几个村落庙会的比较》，郭于华《仪式与社会变迁》，社会科学文献出版社 2000 年版。

（67）彭连生：《杜桥志》，浙江人民出版社 2009 年版。

（68）皮庆生：《宋代民众祠神信仰研究》，上海古籍出版社 2008 年版。

（69）钱箩峰：《绍兴新年竹枝词》，见罗萍《绍剧发展史》，中国戏剧出版社 1996 年版。

（70）屈啸宇：《浅议地方保护神信仰中的"地方观"——以戴本通香观为例》，《中国俗文学与民间文化学术研讨会论文集》，2010（待出版）。

（71）任林豪、马曙明：《台州道教考》，中国社会科学出版社 2009 年版。

（72）任林豪、马曙明：《台州道教考》，中国社会科学出版社 2009 年版。

（73）谭达先：《中国的解释性传说》，商务印书馆 2002 年版。

（74）王明珂：《历史文献的社会记忆残余本质与异例研究——考古学的隐喻》，《民国以来的史料与史学》，台北"国史馆"1998 年版。

（75）王秋桂等编：《信仰、仪式与社会——第三届国际汉学会议论文集》，"中央研究院"民族学研究所，2002 年。

（76）王孝廉：《死与再生》，《古典文学·第七集》，台湾学生书局 1985 年版。

（77）王振忠：《礼生与仪式——明清以来徽州村落的文化资源》，王振忠《明清以来徽州村落社会史研究》，上海人民出版社 2011 年版。

（78）王振忠：《明清以来徽州村落社会史研究》，上海人民出版社 2011 年版。

（79）徐三见：《台州府城墙——明长城的示范与蓝本》，文物出版社 2011 年版。

（80）杨庆堃：《中国社会中的宗教：宗教的现代功能与其历史因素的研究》，范丽珠译，上海人民出版社 2007 年版。

（81）殷梦霞、李强编：《民国赈灾史料续编·卷十五》，国家图书馆出版社 2009 年版。

（82）郑振满、陈春声：《民间信仰与社会空间》，福建人民出版社 2003

年版。

（83）中央气象局及沪、苏、皖、浙、赣、闽五省（市）气象局编：《华东近五百年气候历史资料》，1978 年。

（84）钟敬文：《民间文学概论》，高等教育出版社 2010 年版。

（85）钟敬文：《民间文艺学文丛》，北京师范大学出版社 1982 年版。

（86）钟敬文：《钟敬文民间文学论集（下）》，上海文艺出版社 1985 年版。

（87）朱海滨：《祭祀政策与民间信仰变迁——近世浙江民间信仰研究》，复旦大学出版社 2008 年版。

（88）庄英章、许书怡：《神、鬼和祖先再思考：以新竹六家朱罗伯的崇拜为例》，《台湾与福建文化研究论文集》第二辑，台北"中央研究院"民族学研究所 1994 年版。

五　古籍（现代出版）

（89）（晋）《杜预春秋左传集解》，上海古籍出版社 2007 年版。

（90）（晋）干宝：《新辑搜神记》，中华书局 2007 年版。

（91）（北周）《玉清上元戒品》，《无上秘要》卷四十五《道藏》，上海书店 1988 年版。

（92）（北魏）寇谦之：《老君音诵戒经》，《道教要籍选刊·卷四》，上海古籍出版社 1989 年版。

（93）（宋）李昉：《太平御览》，河北教育出版社 1994 年版；《太平广记》，中华书局 2013 年版。

（94）（宋）陆九渊：《象山集》（卷二十六），中华书局 1980 年版。

（95）（元）俞希鲁：《至顺镇江志》，《宋元方志丛刊》（第三册），中华书局 1990 年版。

（96）（明）佚名：《道法会元》，《道藏》第二十九卷，上海书店 1988 年版。

（97）（清）王棻、陈宝善：《黄岩县志》（光绪二十五年刻本），《中国地方志集成·浙江府县志辑》，上海书店 1993 年版。

（98）（清）张寅：《临海县志》，1934 年刻本影印版，《中国方志丛书·华东地方辑》，成文出版有限公司 1970 年版。

（99）（清）阮元：《十三经注疏》，中华书局 1980 年版；《两浙金石志》卷十八，浙江古籍出版社 2012 年版。

六　外文中译专著

（100）［德］贝赖戴托·克罗齐（Benedetto Croce）：《历史学的理论与实际》，傅任敢译，商务印书馆1982年版。

（101）［德］马克斯·韦伯（Max Webber）：《中国的宗教：儒教与道教》，康乐、简惠美译，广西师范大学出版社2010年版。

（102）［德］马克斯·韦伯（Max Webber）：《宗教与世界》，康乐、简惠美译，广西师范大学出版社2011年版。

（103）［法］让-皮埃尔·韦尔南（Jean-Pierre Vernant）：《神话与政治之间》，余中先译，生活·读书·新知三联书店2005年版。

（104）［法］索安（Anna Seidel）：《从墓葬的葬仪文书看汉代宗教的轨迹》，赵宏勃译，《法国汉学》第七辑，中华书局2002年版。

（105）［美］阿兰·邓迪斯（A. Dundes）：《结构主义与民俗学》，《民间文艺集刊》（第八集），上海文艺出版社1986年版。

（106）［美］杜赞奇（Prasenjit Duara）：《刻划标志：中国战神关羽的神话》，韦斯缔《中国大众宗教》，陈仲丹译，江苏人民出版社2006年版。

（107）［美］海登·怀特（Hayden White）：《元史学：十九世纪欧洲的历史想象》，陈新译，译林出版社2004年。

（108）［美］韩明士（Robert Hymes）：《道与庶道——宋代以来的道教民间信仰与神灵模式》，皮庆生译，江苏人民出版社2007年版。

（109）［美］韩森（V. Hansen）：《变迁之神——南宋时期的民间信仰》，包伟民译，浙江大学出版社1999年版。

（110）［美］康豹（Paul R. Katz）、连晓鸣：《天台县传统经济社会文化调查》，民族出版社2005年版；《多面相的神仙——永乐宫的吕洞宾信仰》，吴光正译，齐鲁书社2010年版。

（111）［美］克利福德·格尔兹（C. Geertz）：《地方性知识》，王海龙、张家宣译，中央编译出版社2000年版。

（112）［日］渡边欣雄：《汉族的民俗宗教——社会人类学的研究》，周星译，天津人民出版社1998年版。

（113）［日］濑川昌久：《族谱——华南汉族的宗族·风水·移居》，钱杭译，上海书店出版社1999年版。

(114) ［苏］弗·雅·普洛普（Vladimir Propp）：《神奇故事的历史根源》，贾放译，中华书局2006年版。

(115) ［英］华德英（Barbara Ward）：《从人类学看香港社会》，尹庆葆译，香港大学出版社1985年版。

(116) ［英］科大卫（David Faure）：《皇帝与祖宗》，卜永坚译，江苏人民出版社2009年版。

(117) ［英］马林诺夫斯基（I. B. Malinowsk）：《巫术科学与宗教》，李安宅译，中国民间文艺出版社1986年版。

(118) ［英］莫里斯·弗里德曼（Maurice Freedman）：《中国东南的宗族组织》，刘晓春译，上海人民出版社2000年版。

(119) ［英］奈杰尔·拉波特（Nigel Rapport）、［美］乔安娜·奥弗林（Joanna Orering）：《社会文化人类学的关键概念》，鲍雯妍、张亚辉译，华夏出版社2005年版。

(120) ［英］王斯福（Stephan Feuchtwang）：《帝国的隐喻：中国民间宗教》，赵旭东译，江苏人民出版社2008年版。

七　外文文献

日　文

(121) 滨岛敦俊：《総管信仰：近世江南農村社会と民間信仰》，研文出版2001年版。

(122) 福武直：《中國農村社会の構造》，東京：有斐閣1976年版。

(123) 戒能通孝：《法律社会学の諸問題》，東京：日本評論社1945年版。

(124) 平野义太郎：《大アジア主義の歴史的基礎》，東京：河出書房1943年版。

(125) 平野义太郎：《會·會首·村長》，《支那慣行調査報告書（1—2）》，中国農村調査発行会：《中國農村慣行調査》，東京：岩波書店1981年版。

(126) 清水盛光：《中國の鄉村統治と村落》，日本評論社1949年版。

英　文

(127) Alessandro Dell'Orto, *Place and Spirit in Taiwan：TudiGong in the Stories, Strtegies and Memories of Every-day Life*, New York：Routledge Ourzon 2002.

（128） Bernard Galin, *HsinHsing, Taiwan: A Chinese Village in Chang*, Berkeley and Los Angeles: University of California Press, 1966.

（129） B. Tomashevsky Thematology, *Russian Formalist Criticism: Four Essay* ed. L. T. Lemon and M. J. Rcis Lincoln, University of Nebraska, 1965.

（130） David Jordan, *Gods Ghosts, and Ancestors: Folk Religion in a Taiwanese Village*, Berkeley and Los Angeles: University of California Press, 1972.

（131） Edward L. Davis, *Society and the Supernatural in Song China*, Honolulu: University of Hawaii Press,

（132） Fiorella, "Allio: Spatial Organization in a Ritual Context: A Preliminary Analysis of the Koah-hiu Processional System of the Tainan Region and Its Social Significance", 载王秋桂等编《信仰、仪式与社会——第三届国际汉学会议论文集》，台北"中研院"民族学研究所，2002年。

（133） Hayden White, *Metahistory*, The John Hopkins University Press, 1973.

（134） Malinowski B., The Problem of Meaning in Primitive Languges, C. K. Ogden & I. A. Richards. The Meaning of Meaning. London: Routledge, *Right in Moral Lives: A History-Philosophical Eassay*, Berkelay: University of California Press 1988.

（135） Michel Strickmann, *Chinese Magical Medicine*, Stanford: Stanford University Press, 2002.

（136） Richard Bauman and Charles L. Briggs, Poetics and Performanceas Critical Perspectives on Language and Social Life, *Annual Review of Anthropology*, 1990.

（137） Robert Weller, *Unities and Diversities in Chinese Religion*, Seattle: University of Washington Press, 1987.

（138） Stephan Feuchtwang, "Domestice and Communal Worship in Taiwan", *In Religion and Ritual in Chinese Society*, ed. Wolf Stanford, Calif: Stanford University Press, 1974.

（139） Stephen F. Teiser, *Popular Religion Journal of Asina*. 1995.